ORIGAMI

lernen leicht gemacht

von Hayashi Teijo

Zu Beginn würde ich mich gerne direkt an Dich wenden. Dieses Buch ist ein Herzensprojekt von mir und es floss viel Zeit und Leidenschaft hinein. Ich finde den persönlichen Kontakt zum Leser sehr wichtig. Jedes Feedback nehme ich mir zu Herzen.

Du kannst mich jederzeit unter der folgenden Adresse erreichen:
Hayashi.Teijo@BrainBook-Verlag.de

Liebe Grüße von deinem Hayashi

Hayashi Teijo

Herzlichen Glückwunsch!

Wir möchten dich zum Kauf dieses Buches beglückwünschen. Als Dankeschön haben wir Origami-Bonusmaterial für dich. Dieses kannst du wie folgt herunterladen:

Öffne
brainbook-verlag.de/origami-bonusmaterial/
oder scanne den QR-Code mit deinem Handy

Wir wünschen dir sehr viel Spaß!

Inhaltsverzeichnis

Vorwort

Die Magie des Origami besteht darin, dass wir nur mit unseren Händen ein einfaches Blatt Papier in ein zauberhaftes Kunstwerk verwandeln können. Origami bildet die Natur nicht exakt ab, sondern lässt der Fantasie genügend Spielraum um die Origami-Objekte lebendig werden zu lassen.

Sehen die filigranen Vögel, die als Mobile am Fenster hängen, nicht aus, als wären sie ein Schwarm Kraniche auf dem Weg in den Süden? Die Blumen, Gräser und Häschen, die liebevoll auf einem Tischchen arrangiert wurden, sind sie nicht die Blumenwiese, auf der am Ostermorgen die bunten Ostereier warten? Und welcher Junge würde nicht davon träumen, mit seinem eigenen Schiff die Weltmeere zu bereisen, auch wenn dieses Schiff noch ein Papierboot ist, das auf dem Gartenteich schaukelt.

Die Kunst des Papierfaltens blickt auf eine über 1000-jährige Geschichte zurück. Der chinesische Würdenträger Cai Lun erfand 105 n. Chr. das Papier. 500 Jahre später fand das Geheimnis der Papierherstellung nach Japan. Während Papier heute ein verhältnismäßig preiswerter Rohstoff ist, war es in den Anfängen der Papierherstellung anders. Da Papier selten und teuer war, wurde es nur zu besonderen Zwecken verwendet.

Die ersten gefalteten Modelle waren deshalb besonderen Anlässen vorbehalten. Angehörige wohlhabender Familien oder auch Mönche falteten bestimmte Modelle um damit Glück- oder Segenswünsche auszusprechen. Die Faltanleitungen für die einzelnen Modelle wurden dabei innerhalb der Familie weitergegeben und galten zeitweise sogar als Geheimnis. Sogar die japanischen Krieger, die Samurai, schenkten einander selbst gefaltete Origami-Kunstwerke als Glücksbringer für kommende Gefahren.

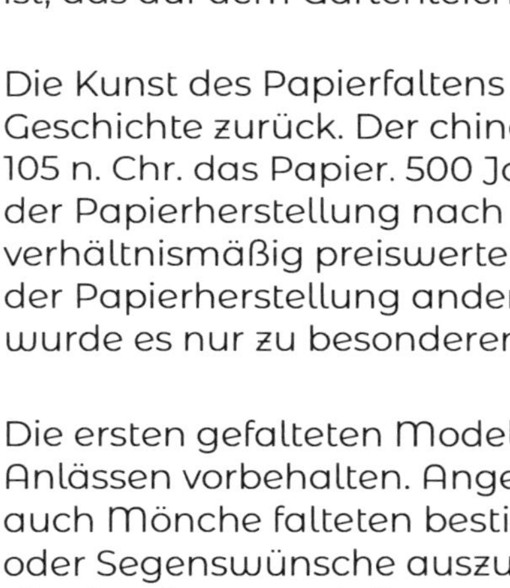

Erst der japanische Origami-Meister Akira Yoshizawa (1911-2005) begründete die moderne Origami-Kunst. Er entwickelte über 50.000 neue Origami-Modelle, ebenso wie sein eigenes System, um die Herstellung dieser Modelle zu beschreiben. Inzwischen gibt es eine Vielzahl an Modellen, von Faltungen, die unkompliziert und einfach zu lernen sind, bis zu hochkomplizierten Modellen, deren Herstellung viele Stunden dauert.

Es gibt eine wunderschöne japanische Legende, nach der sich ein Wunsch erfüllt, wenn man 1000 Kraniche gefaltet hat. Der Kranich, der traditionell Glück und langes Leben symbolisiert, spielt beim japanischen Origami ohnehin eine besondere Rolle. Deswegen werden gefaltete Kraniche auch oft und gern als Hochzeitsgeschenk übergeben (natürlich noch zusammen mit anderen Geschenken). Weltweit bekannt wurde diese Legende, als die japanische Schülerin Sadako, die nach dem Atombombenabwurf auf Hiroshima an Leukämie erkrankte, 1000 Kraniche falten wollte um wieder gesund zu werden. Obwohl sie sogar 1600 Kraniche faltete, blieb ihr dieser Wunsch versagt, doch dank ihr wurden Origami Kraniche zu einem weltweiten Symbol der Friedensbewegung und sie selbst zum Symbol des Weltkinderfriedens.

Heutzutage hat das Origami sich über das reine Kunstwerk hinaus noch viel weiter entwickelt. Es wird für technische und mathematische Zwecke verwendet. Manche geometrischen Probleme lassen sich beispielsweise nur durch Zuhilfenahme bestimmter Faltmethoden lösen. Sogar ins Weltall hat Origami es schon geschafft. Nach seinen Regeln werden nämlich beispielsweise Solarpaneele oder Satellitenschüsseln für den Transport ins Weltall zusammen gefaltet.

In diesem Buch findest du Modelle, die auch von Anfängern angefertigt werden können, aber ebenso Fortgeschrittenen noch Spaß machen.

Eräuterungen Material

Für alle Origami-Modelle verwendest du am besten Origami-Papier. Das bekommst du im Bastelgeschäft oder im Papierwaren-Laden. Origami-Papier gibt es in verschiedenen Größen und Qualitäten. Am besten probierst du aus, womit du besonders gut zurechtkommst. Natürlich kannst du dir auch selber ein quadratisches Blatt Papier zurecht schneiden, wenn du kein Origami-Papier zur Hand hast. Manche Origami-Papiere sind übrigens zweifarbig, wodurch du beim Falten hübsche Effekte erzielen kannst.

Andere Papierqualitäten

Du kannst jedes unserer Modelle mit Origami Papier herstellen. In einigen Fällen haben wir jedoch empfohlen, festere Papierqualitäten zu verwenden um die Stabilität des jeweiligen Modells zu erhöhen.

Klebstoff

Für Origami wird normalerweise keinerlei Klebstoff verwendet. Bei manchen Modellen haben wir dennoch die Verwendung von Bastelkleber oder ähnlichem vorgeschlagen, vor allem wenn das Modell benutzt werden und deshalb möglichst stabil sein soll.

Zusätzliche Materialien:

eine Bastelschere, denn bei manchen Modellen kannst du für einen besseren Effekt Muster ins Papier schneiden,

ein Federmesser mit scharfer Klinge, das Kinder besser nicht alleine verwenden sollten,

eine Schneideunterlage, wenn ein Federmesser benutzt wird. Es gibt im Bastelbedarf spezielle Unterlagen für diesen Zweck, aber ein fester Karton kann ebenso verwendet werden,

einen gespitzten Bleistift, der sich auch gut wegradieren lässt,

ein Lineal, das du auch benutzen kannst um die Falten nach zu ziehen,

Dekomaterial: Buntstifte, Aufkleber, Federn, Pailletten, Kulleraugen und vieles mehr, deiner Fantasie sind da keine Grenzen gesetzt.

Eräuterungen zu den Anleitungen

Gestrichelte Linie:

Die gestrichelten Linien sind immer „gedachte" Linien, damit du weißt, an welcher Stelle du genau falten musst. Du kannst diese Linien natürlich auch ganz fein mit Hilfe von Bleistift und Lineal ziehen, wenn dir das Falten dann leichter fällt und du es richtig exakt machen möchtest.

Knicke:

Bei sehr vielen Anleitungen musst du eine Falte machen und dann wieder aufklappen. Das hat den Zweck, dass die Falten einen Knick hinterlassen, der dir später beim eigentlichen Falten hilft. Hier musst du die Falte auch glatt streichen, aber nur leicht. Das machst du am besten, indem du mit der Fingerkuppe vorsichtig über die Falte streichst.

Glatt streichen:

In vielen Anleitungen steht, dass du eine Faltung glatt streichen sollst. Das dient dazu, dass dein gefaltetes Objekt später richtig gut aussieht und die Falten scharf und genau sind. Das Glattstreichen machst du am besten entweder mit dem Rücken deines Fingernagels, einem Lineal oder dem Griff einer Schere. Achte darauf, dass die Falten zwar scharf sind, aber nicht so stark glatt gestrichen, dass sie auseinanderfallen können.

Unter Wasser

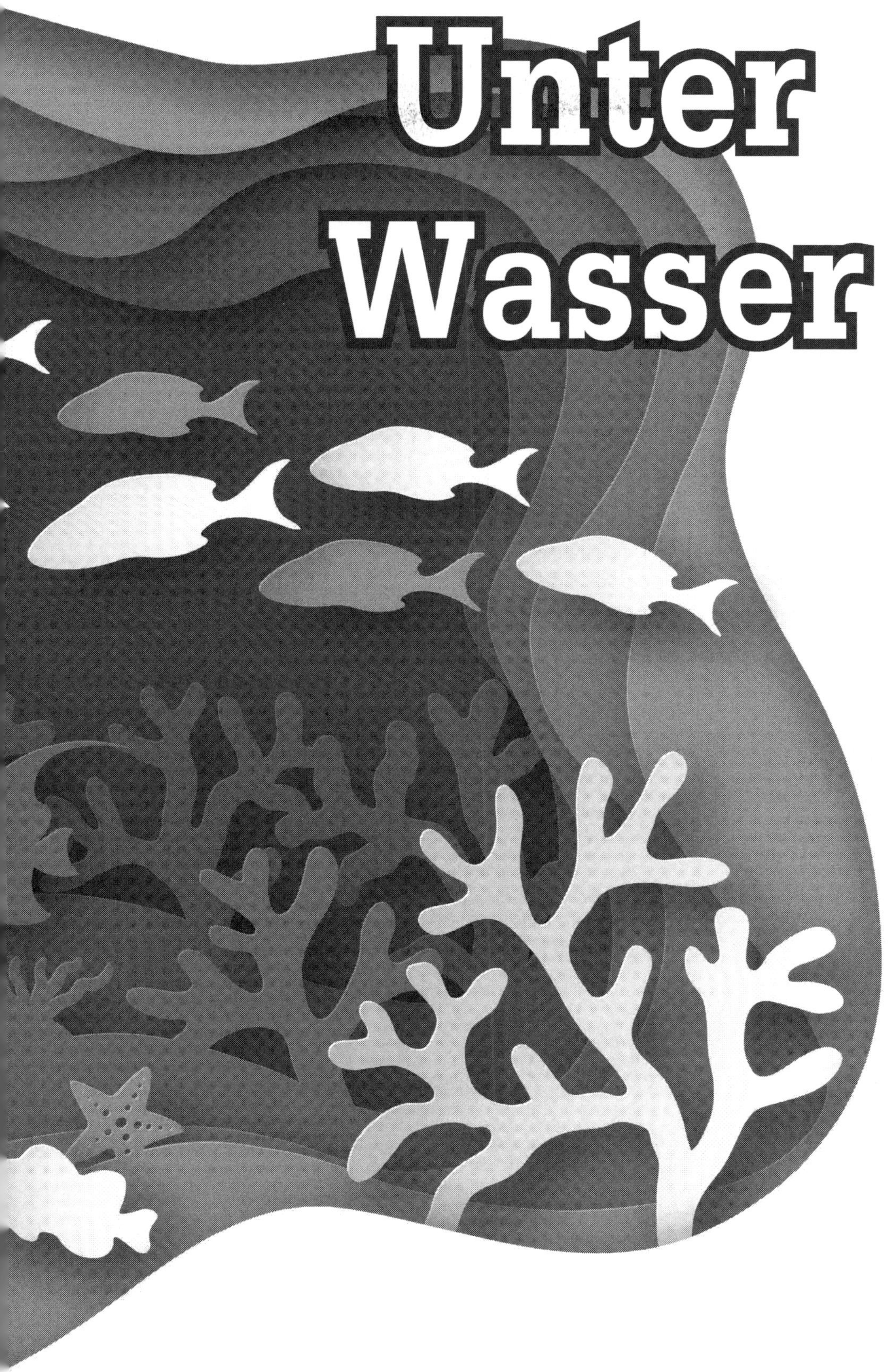

FISCH

Du brauchst du ein rechteckiges Blatt Origami-Papier.

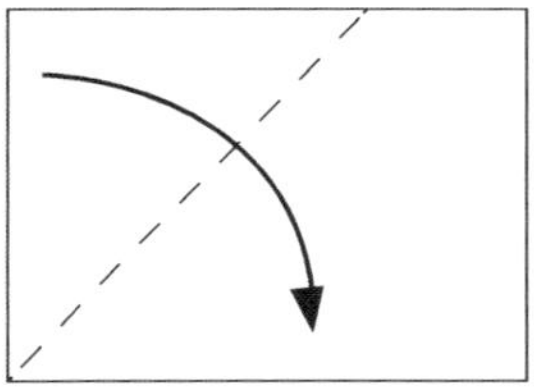

1 Diesmal brauchst du ein rechteckiges Blatt Origami-Papier. Dieses faltest du einmal entlang der gestrichelten Linie.

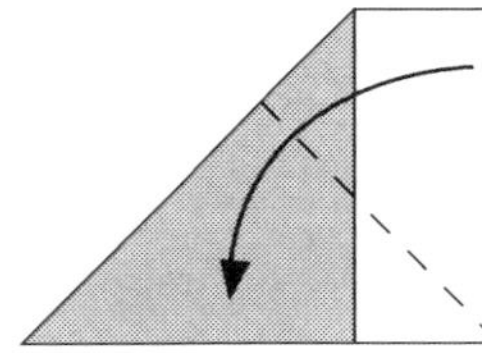

2 Falte das Blatt erneut entlang der gestrichelten Linie.

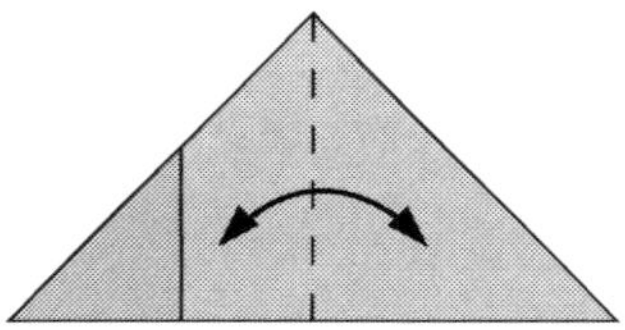

3 Die nächste Falte brauchst du, um einen Knick zu erzeugen. Falte entlang der gestrichelten Linie das Blatt nach innen und entfalte es wieder.

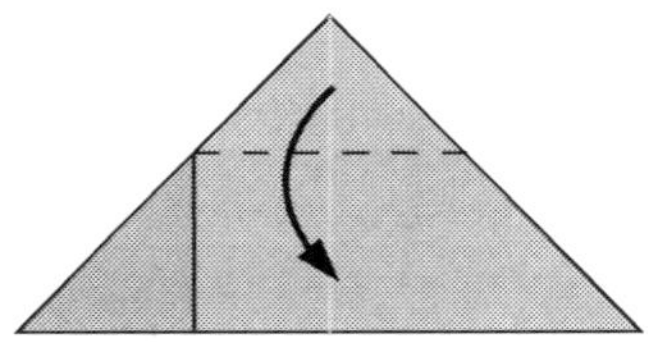

4 Falte jetzt die Spitze des Blattes entlang der gestrichelten Linie nach unten und streiche alles gut glatt.

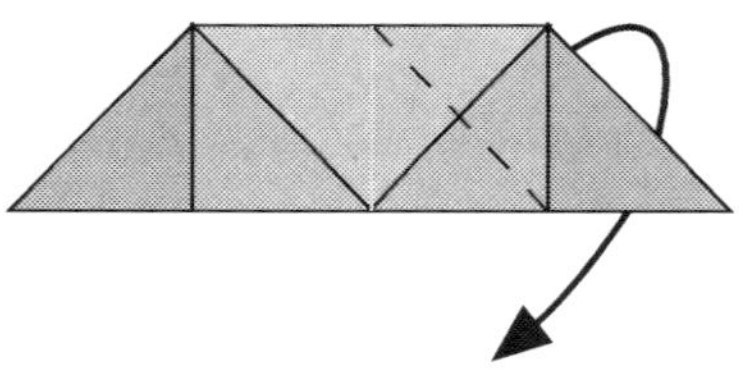

5 Falte das Papier entlang der diagonalen gestrichelten Linie nach hinten und streiche es gut fest.

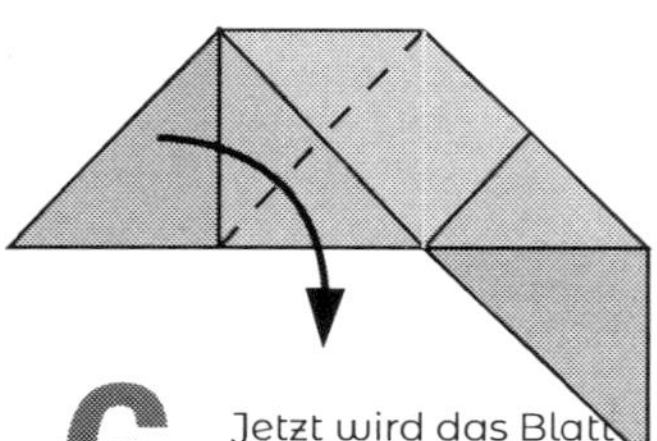

6 Jetzt wird das Blatt wieder entlang der diagonalen gestrichelten Linie nach vorne gefaltet und gut fest gestrichen. Du siehst jetzt vor dir eine dreieckige Form.

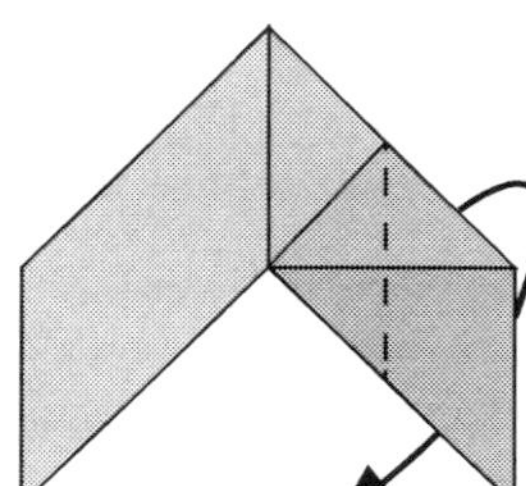

7 Falte das Blatt entlang der senkrechten gestrichen Linie erneut, diesmal nach hinten.

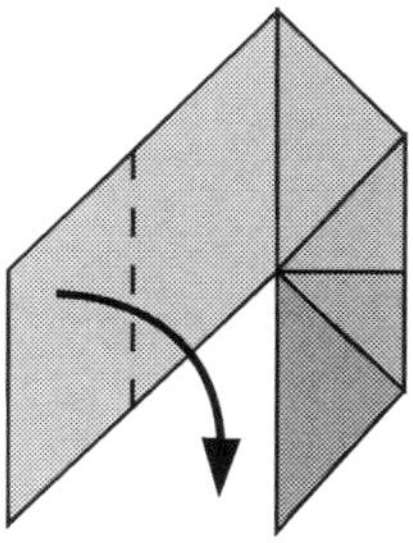

8 Jetzt wird das Blatt entlang der senkrechten gestrichelten Linie nach vorne gefaltet. Das gefaltete Objekt wird immer dichter.

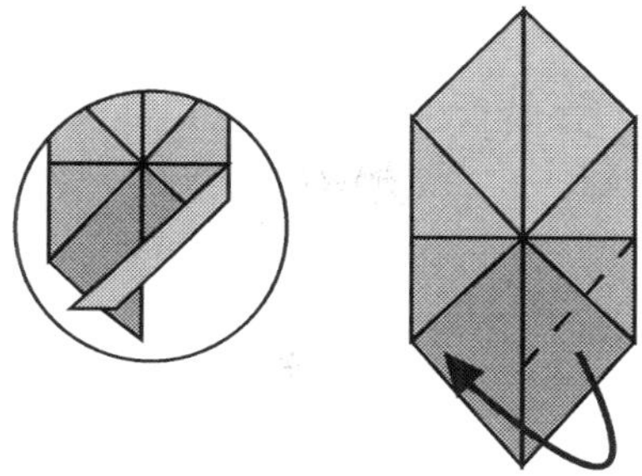

9 Dieser Schritt ist etwas schwieriger, denn du musst besonders genau sein, wenn du dein Blatt entlang der gestrichelten Linie nach innen faltest und sehr gut glatt streichst.

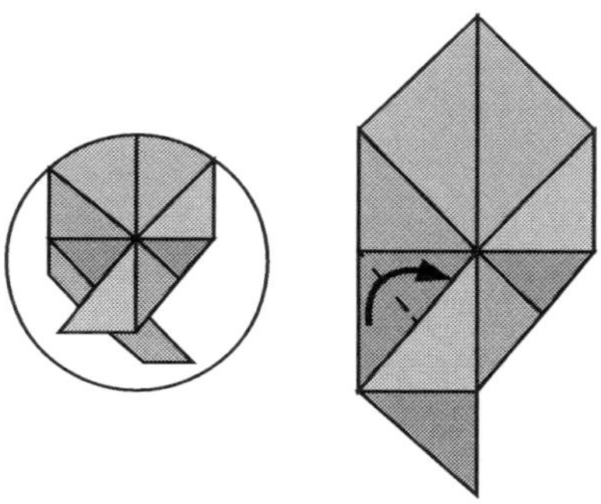

10 Zum Schluss musst du erneut entlang der diagonalen gestrichelten Linie falten.

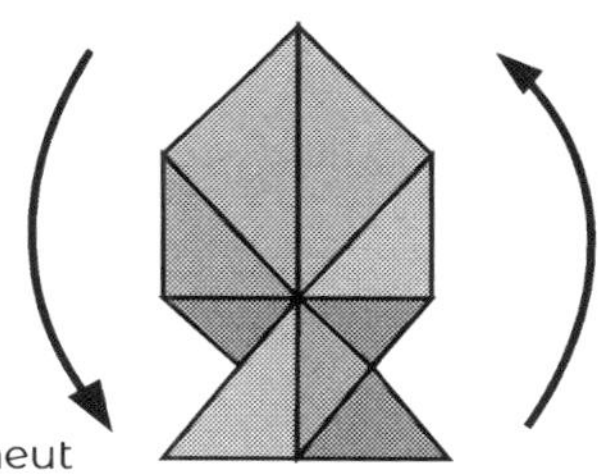

11 Drehe jetzt dein gefaltetes Objekt um und du siehst: der Fisch ist fertig!

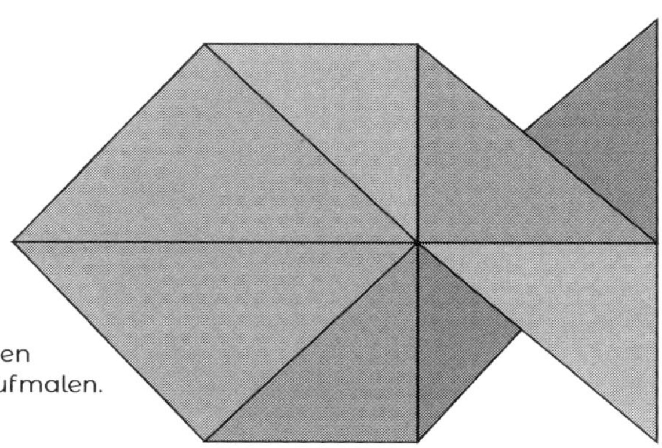

12 Um ihn zu verzieren, kannst du jetzt selbstgebastelte Augen oder Schuppen aufkleben oder aufmalen.

Wusstest du übrigens, dass es über 30.000 bekannte Fischarten gibt?

KRABBE

Du brauchst ein quadratisches Blatt Origami-Papier

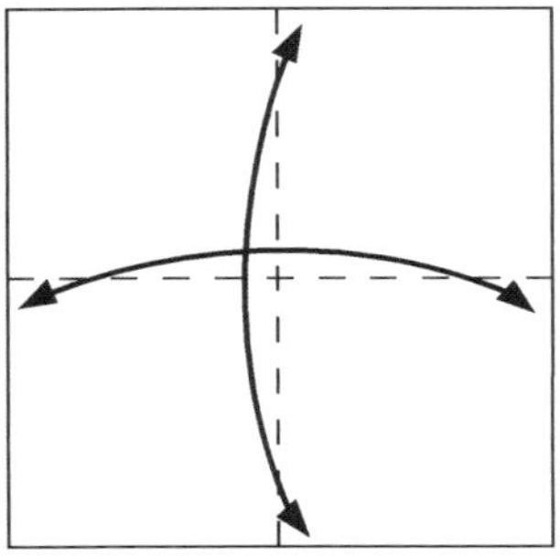

1 Im ersten Schritt musst du zunächst das Papier vorbereiten. Dazu faltest du das Blatt sowohl vertikal als auch horizontal einmal und öffnest es dann wieder. Jetzt sind vier, durch die Falten geteilte, gleiche Quadrate zu sehen.

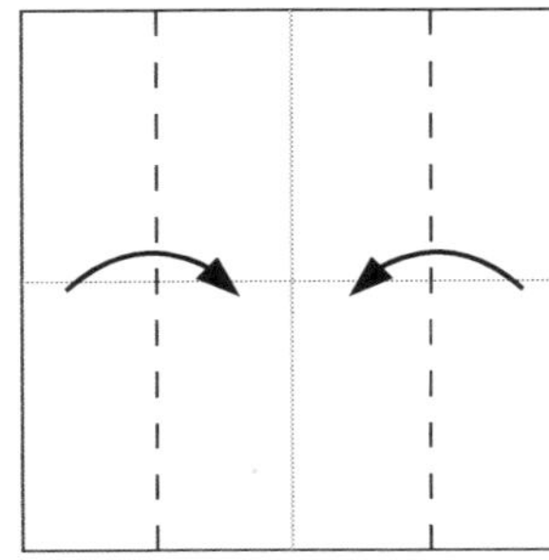

2 Anschließend faltest du beide Seiten des Papiers zur Mitte hin entlang der senkrechten gestrichelten Linien.

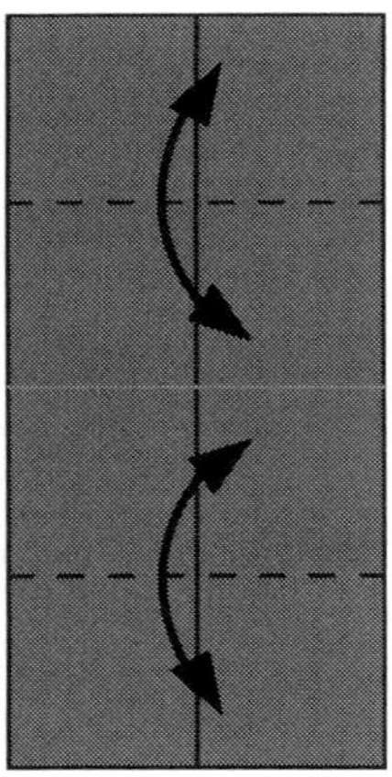

3 Jetzt faltest du von der Oberseite und der Unterseite des Papiers, diesmal entlang der waagerechten gestrichelten Linien, das Blatt wieder zur Mitte hin und entfaltest es wieder. Vor dir liegt nun ein rechteckiges Stück Papier, mit Hilfsfalten.

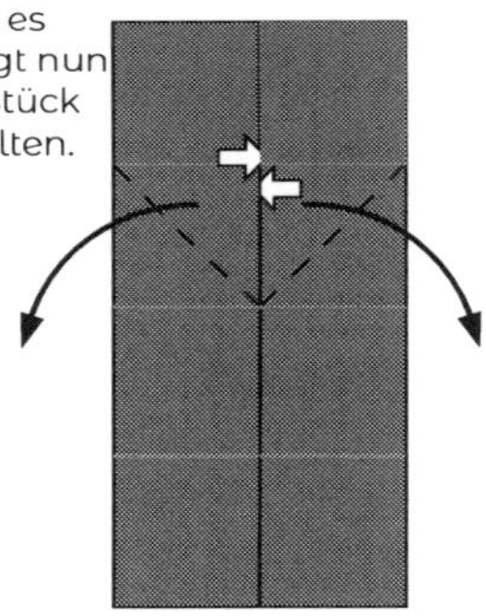

4 Auf deinem Blatt siehst du nun durch Falten angedeutete acht kleine Quadrate bzw. zwei große. Klappe nun das oberste der beiden großen Quadrate entlang der gestrichelten Hilfslinien nach außen auf. Falte den obersten Teil entlang der vorhandenen Falte nach unten und streiche alle Falten gut glatt.

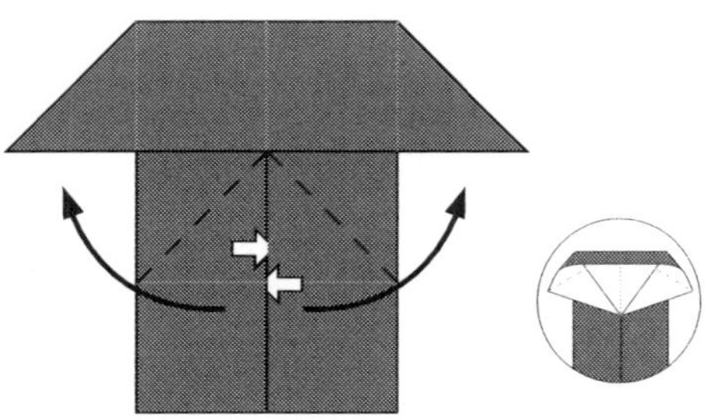

5 Jetzt siehst du nur noch sechs Quadrate, wobei bei dem obersten links und rechts eine Ecke herausragt. Nun geht es um das untere große Quadrat der beiden Quadrate von eben. Falte das Blatt entlang der diagonalen gestrichelten Linien wie beim vorherigen Schritt nach außen und streiche alles glatt.

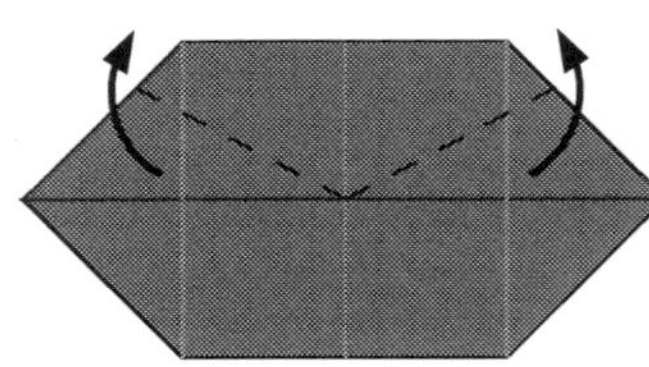

6 Jetzt widmest du dich zuerst dem oberen Teil des Blattes. Falte die linken und rechten Ecken entlang der gestrichelten Hilfslinie nach oben.

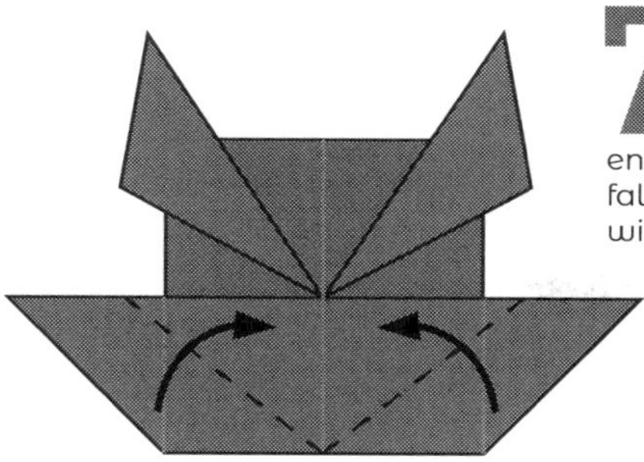

7 Es geht fast genauso weiter, denn jetzt musst du die linke und die rechte Papierecke von unten nach oben entlang der gestrichelten Linie falten. Auch jetzt streichst du alles wieder glatt.

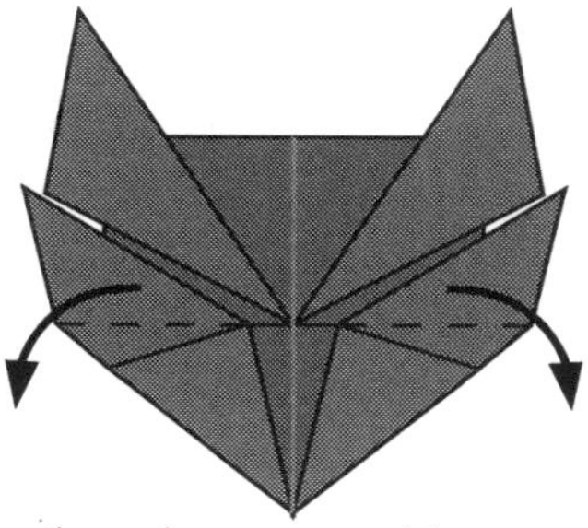

8 Falte jetzt entlang der waagerechten gestrichelten Linie die oberen Ecken wieder nach unten. Streiche auch wieder alles gut glatt.

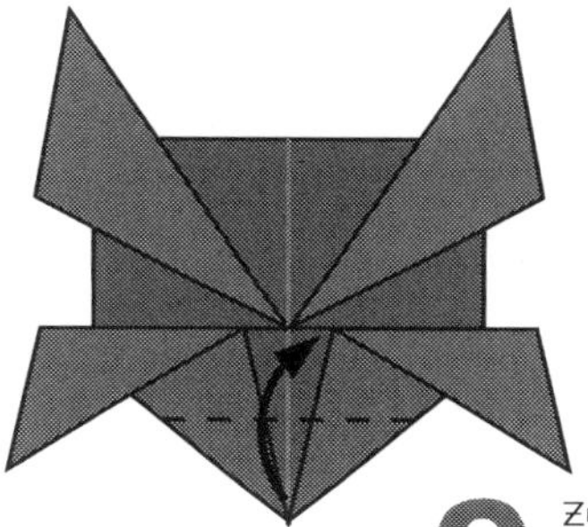

9 Zum Schluss wird nun die Ecke ganz unten entlang der waagerechten gestrichelten Linie nach oben gefaltet und glatt gestrichen.

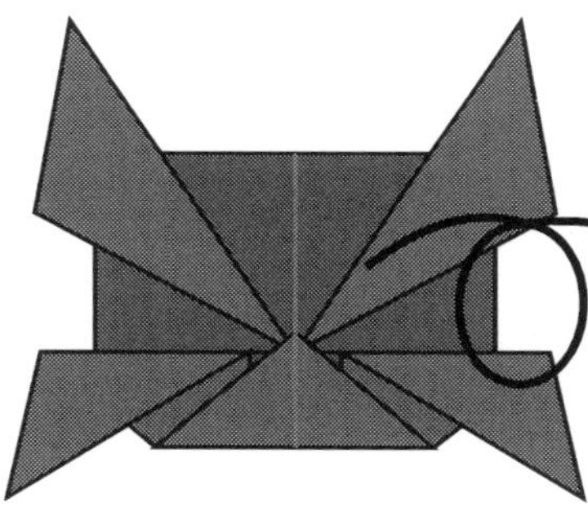

10 Streich noch mal alles gut glatt und dreh dein Faltobjekt jetzt herum.

11 Deine Krabbe ist fertig! Wenn du ihr jetzt Augen aufklebst oder aufmalst, kann sie sich sogar umsehen.

Wusstest du übrigens, dass eine echte Krabbe von unten ganz ähnlich aussieht wie deine Origami Krabbe? Schau mal im Naturlexikon nach.

TROPISCHER FISCH

Du brauchst ein quadratisches Blatt Origami-Papier.

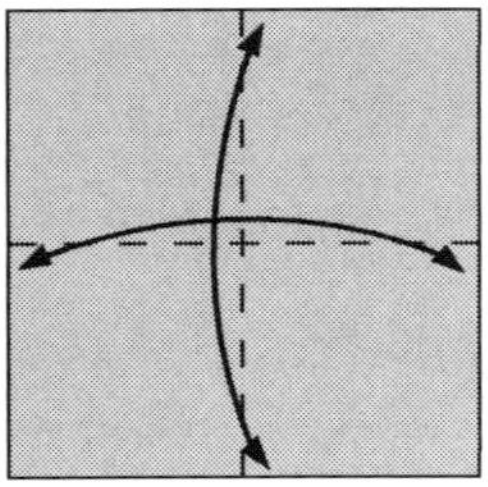

1 In den ersten Schritten bereitest du das Papier vor, damit die eigentliche Faltung später besser klappt und besonders exakt wird. Zunächst faltest du das Blatt entlang der waagerechten gestrichelten Linie. Streiche vorsichtig über die entstandene Falte, bevor du das Blatt wieder aufklappst. Es sollte jetzt nur noch ein feiner Knick zu sehen sein. Das Gleiche machst du entlang der senkrechten Linie.

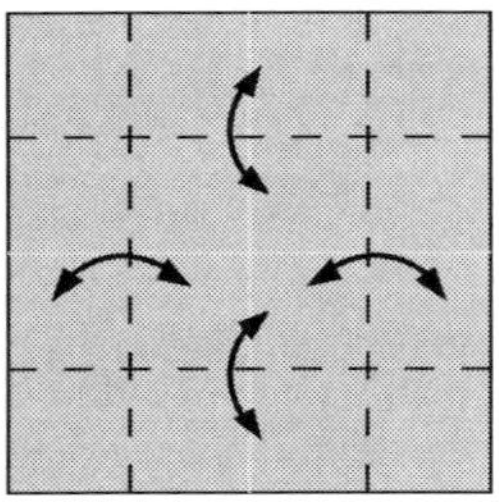

2 Im nächsten Schritt gehst du genauso vor. Du faltest das Blatt jeweils an den waagerechten und senkrechten Linien und klappst es wieder auf. Vor dir siehst du jetzt dein Blatt, das durch feine Knicke in 16 gleichgroße Quadrate aufgeteilt ist. Diese Quadrate helfen dir beim weiteren Vorgehen.

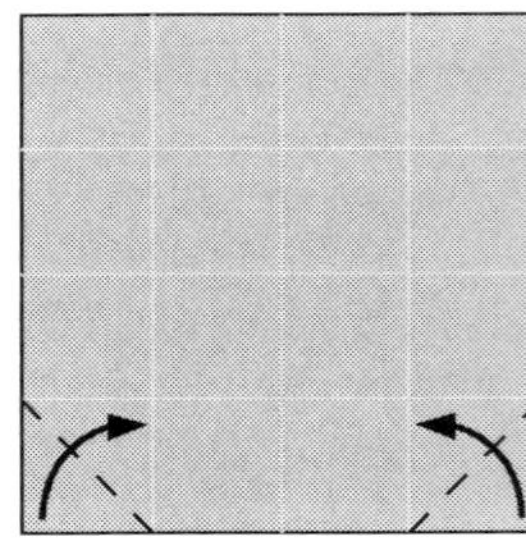

3 Nun faltest du die kleinen Quadrate links und rechts jeweils entlang der gestrichelten Linie. Die dabei entstandene Falte streichst du gut glatt.

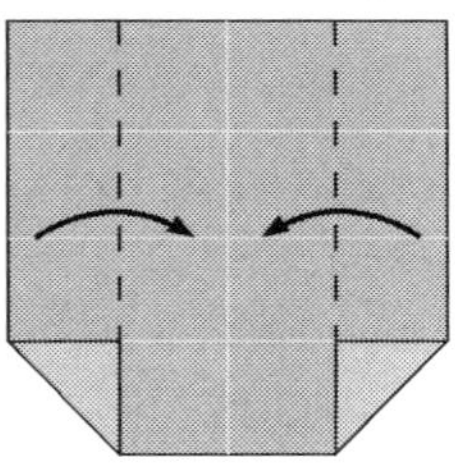

4 Falte das Blatt als nächstes entlang der beiden senkrechten gestrichelten Linien nach innen.

5 Im nächsten und übernächsten Schritt halbierst du das Blatt sozusagen. Zuerst faltest du das Blatt entlang der waagerechten gestrichelten Linie nach oben.

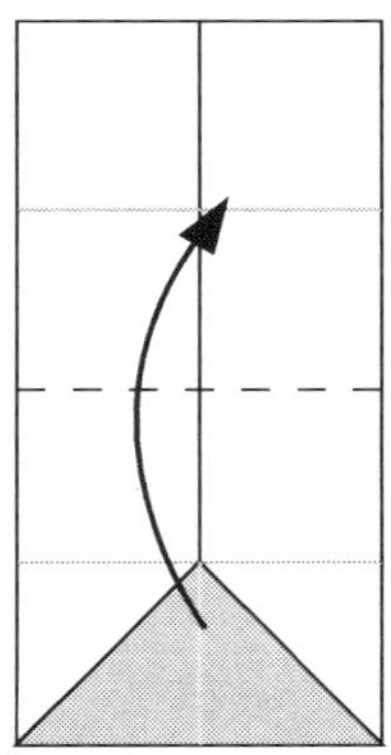

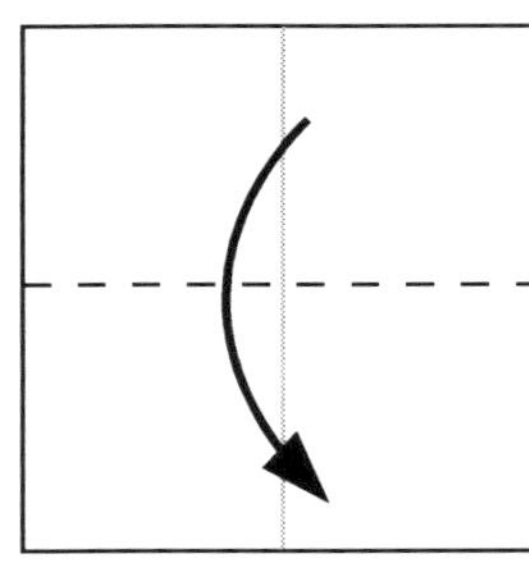

6 Und als nächstes faltest du erneut das Blatt entlang der waagerechten gestrichelten Linie nach unte
Streiche alles gut glatt.

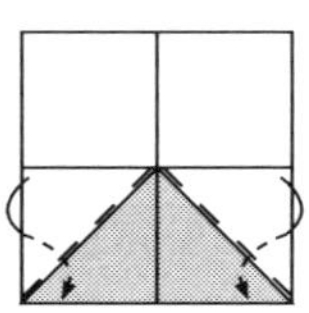

7 Die letzte Falte klappst du jetzt wieder auf, sodass die diagonalen Falten aus Schritt 3 wieder zu sehen sind. Aus diesen musst du jetzt eine so genannte Taschenfalte machen. Das funktioniert so, dass du mit den Fingern unter die beiden Ecken fährst und das Papier entlang der gestrichelten Linie aufklappst.

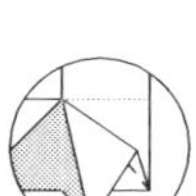

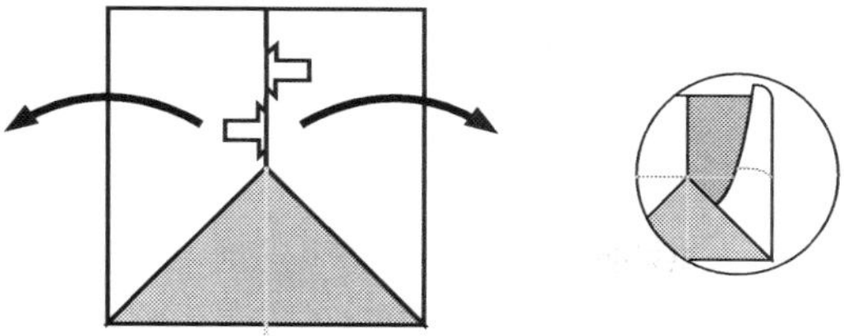

8

Jetzt klappst du das Papier unter den diagonalen Falten vorsichtig auf.

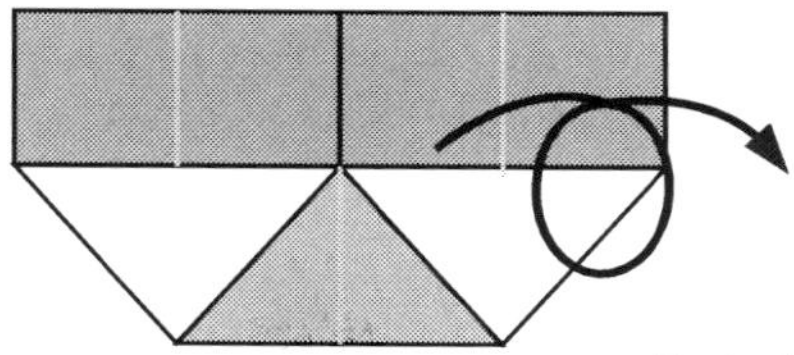

9

Dreh das Ganze jetzt um.

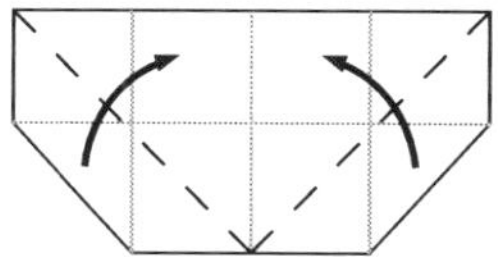

10

Falte dein Blatt entlang der diagonalen gestrichelten Linie nach innen, ohne jedoch die eckigen Flossen mit zu falten.

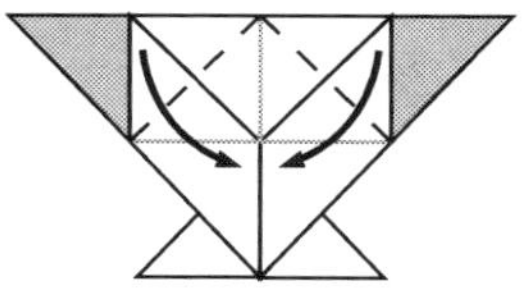

11

Deine Faltung sollte nun aussehen wie auf Bild 11. Jetzt wird das Papier entlang der diagonalen gestrichelten Linie wieder nach unten gefaltet.

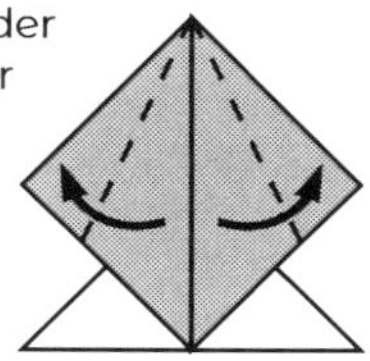

12

Falte als nächstes entlang der diagonalen gestrichelten Linien einen Teil des Papiers wieder nach außen.

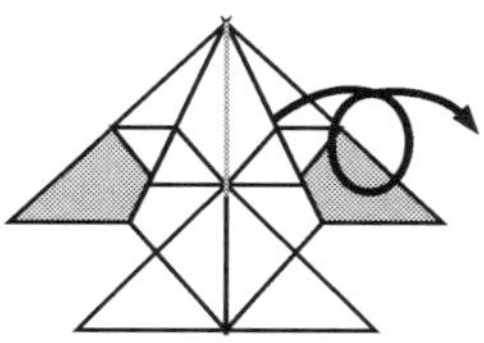

13

Wende dein gefaltetes Papier nun um -

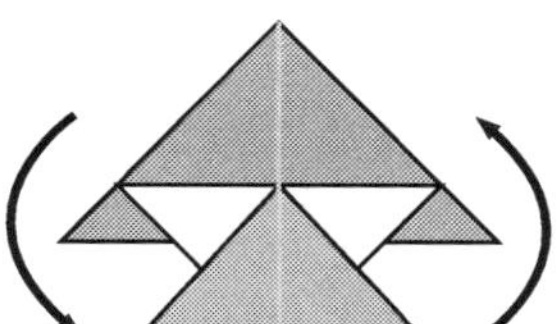

14

und drehe es zur Seite. Fertig ist dein Fisch.

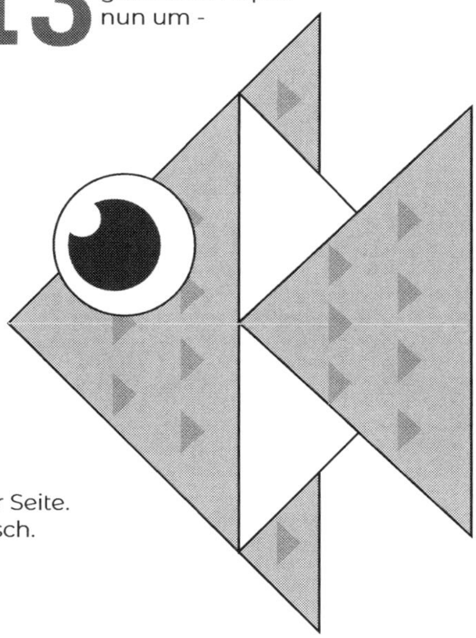

15

Du kannst ihn mit Buntstiften nach Belieben verzieren, denn viele tropische Fische sind ja sehr bunt.

Besonders bunte Farben haben Fische, die in Korallenriffen leben. Sie tarnen sich damit zwischen den bunten Korallen, damit Raubfische, die Appetit auf sie haben, sie nicht sofort entdecken.

WAL

Du brauchst ein quadratisches Blatt Origami-Papier.

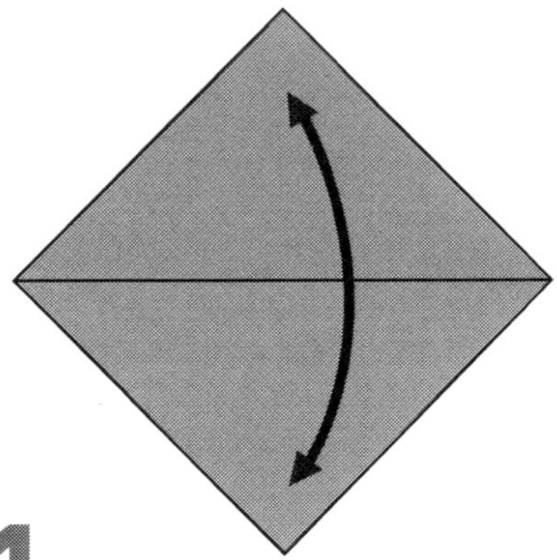

1 Im ersten Schritt faltest du das Blatt entlang der gestrichelten Linie einmal diagonal und entfaltest es wieder

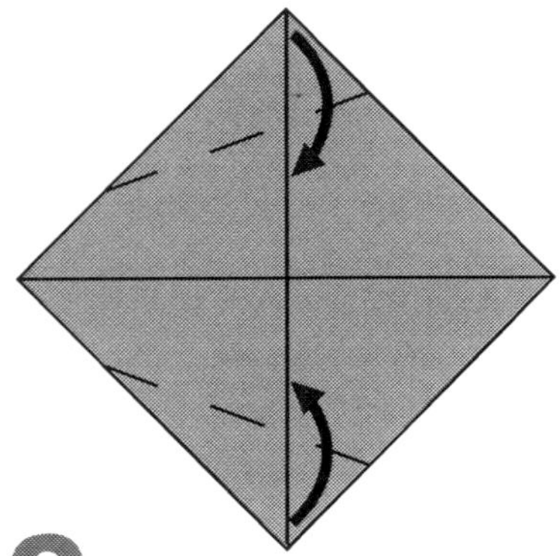

2 Als nächstes faltest du das Blatt wieder entlang der gestrichelten Linien nach innen. Streiche diese Faltung nun glatt.

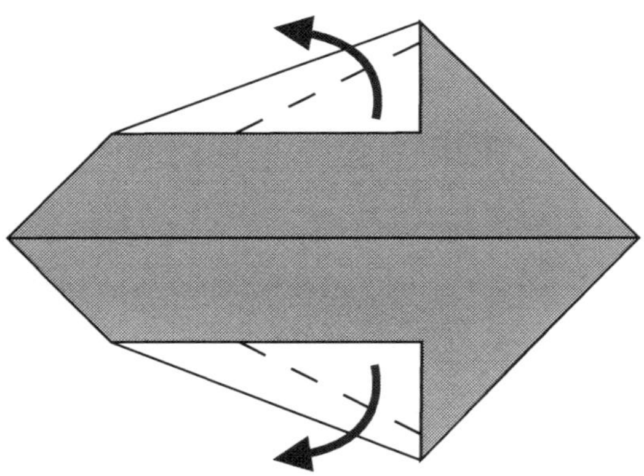

3 Im folgenden Schritt musst du die Papierteile, die du eben nach innen gefaltet hast, teilweise wieder nach außen falten und zwar auch hier wieder entlang der gestrichelten Linien.

4 Streiche alle Falten jetzt gut glatt. Nun wird es etwas schwierig, denn du musst das Papier zusammen mit einem kleinen Teil der eben angefertigten Falten entlang der gestrichelten Linie nach außen falten. Damit dein Objekt stabil wird, solltest du alles jetzt erneut gut glatt streichen.

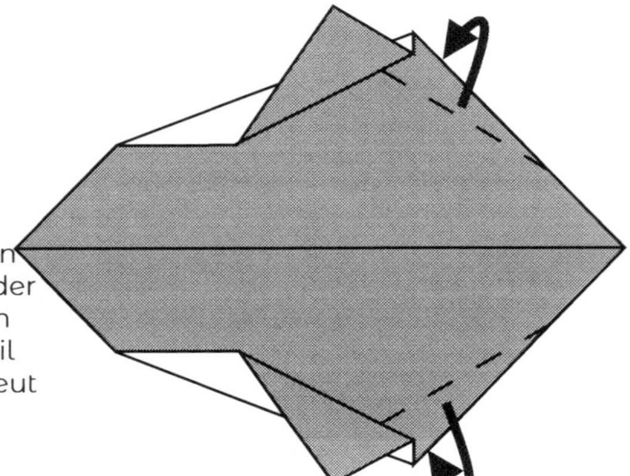

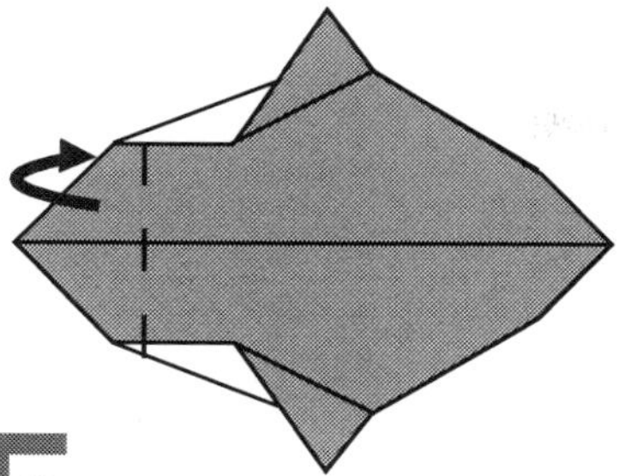

5 Jetzt kommt der Kopf an die Reihe. Dafür musst du das Papier entlang der senkrechten gestrichelten Linie nach hinten falten.

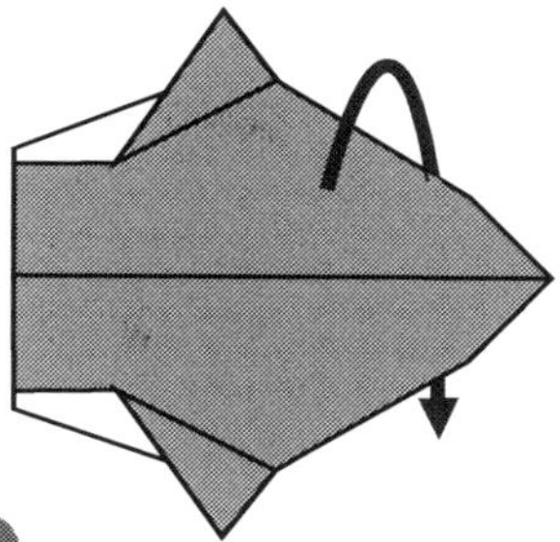

6 Deine nächste gestrichelte Hilfslinie befindet sich waagerecht exakt in der Mitte deiner Faltung. An ihr entlang faltest du jetzt dein Papier und streichst es wieder glatt.

7 Du kannst den Wal schon richtig gut erkennen, nicht wahr? Eine einzige Falte musst du noch machen und zwar für den Schwanzflosse. Dafür faltest du wieder entlang der gestrichelten Linie das Papier einfach nach hinten.

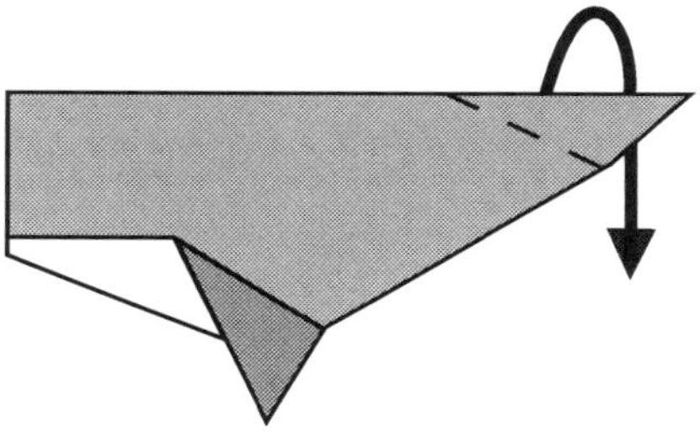

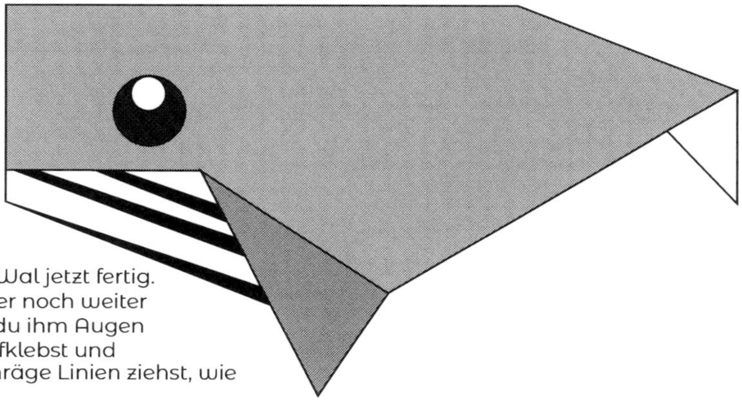

8 Eigentlich ist der Wal jetzt fertig. Du kannst ihn aber noch weiter verzieren, indem du ihm Augen aufmalst oder aufklebst und mithilfe eines Lineals schräge Linien ziehst, wie auf dem Bild.

Diese Linie nennt man beim echten Wal „Furchen" und sie sind dazu da, dem Wal bei der Nahrungsaufnahme zu helfen. Sie dehnen sich nämlich aus, wenn er sein Maul aufmacht. Dein Wal ist ein Blauwal und er kann mindestens 100 Jahre alt werden. Lies doch mal über ihn nach!

Dinos

TRICERATOPS

Du brauchst ein quadratisches Stück Origami-Papier.

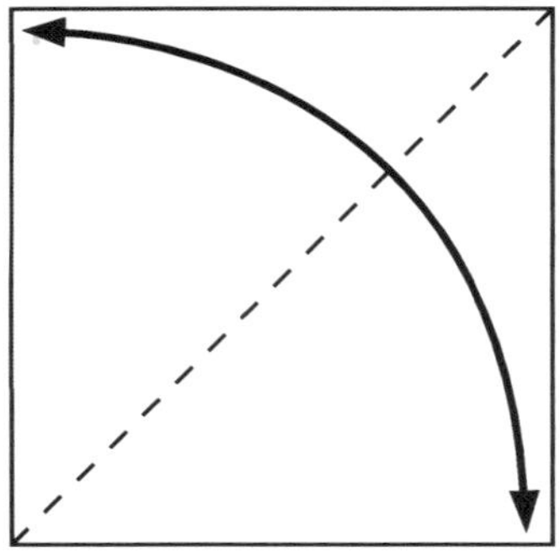

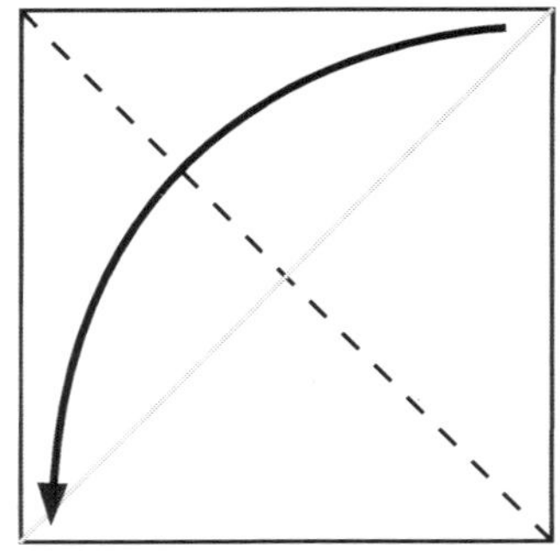

1 Falte das Papier einmal diagonal um einen Knick zu erzeugen und klappe es wieder auf.

2 Falte das Papier jetzt wieder einmal diagonal, allerdings in der Gegenrichtung und streiche es diesmal fest.

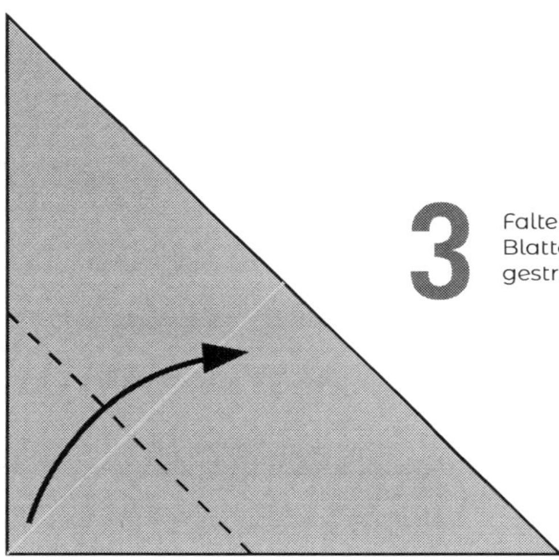

3 Falte die obere Lage deines Blattes entlang der diagonalen gestrichelten Linie nach oben.

4 Falte alles entlang der diagonalen gestrichelten Linie nach hinten. Deine Faltung kann jetzt schon stehen.

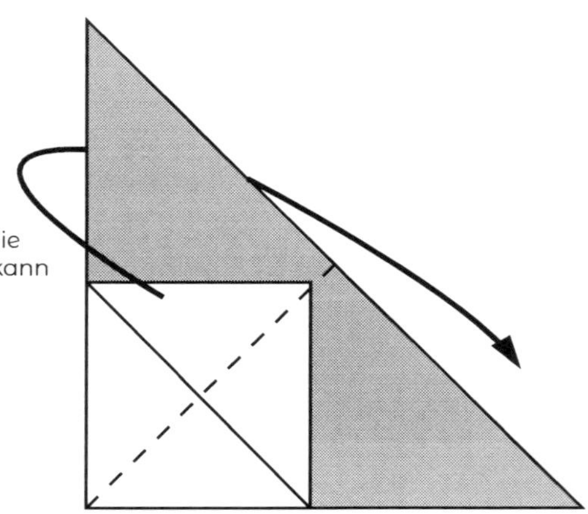

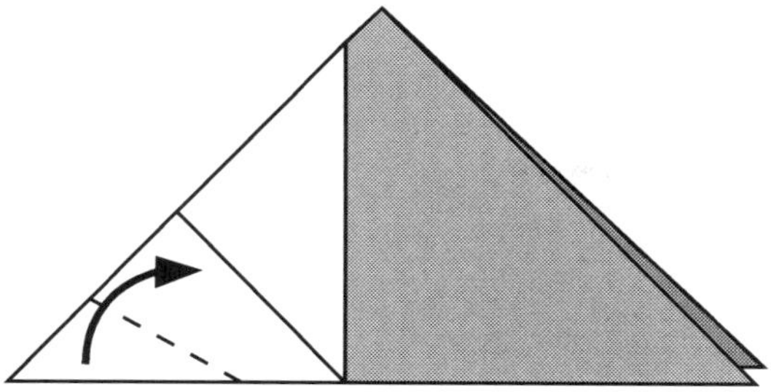

5 Falte das Blatt entlang der schrägen diagonalen Linien nach oben. Das wird später das Horn deines Dinos.

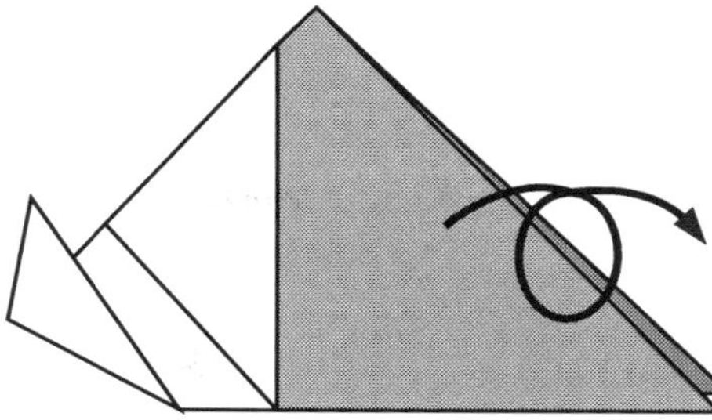

6 Drehe dein Objekt herum.

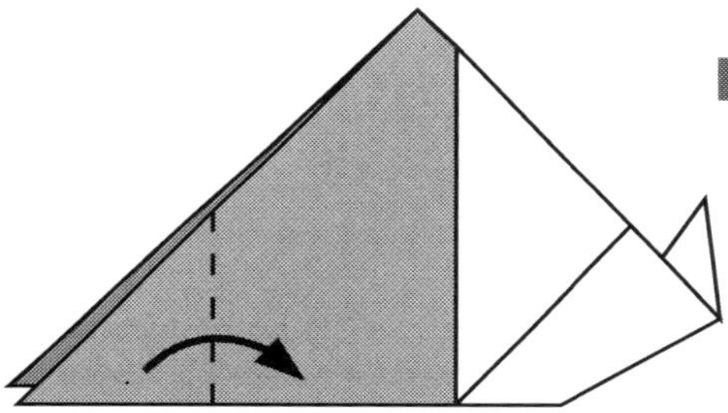

7 Falte die vordere Lage des Papiers entlang der senkrechten gestrichelten Linie nach vorne und streiche alles gut fest.

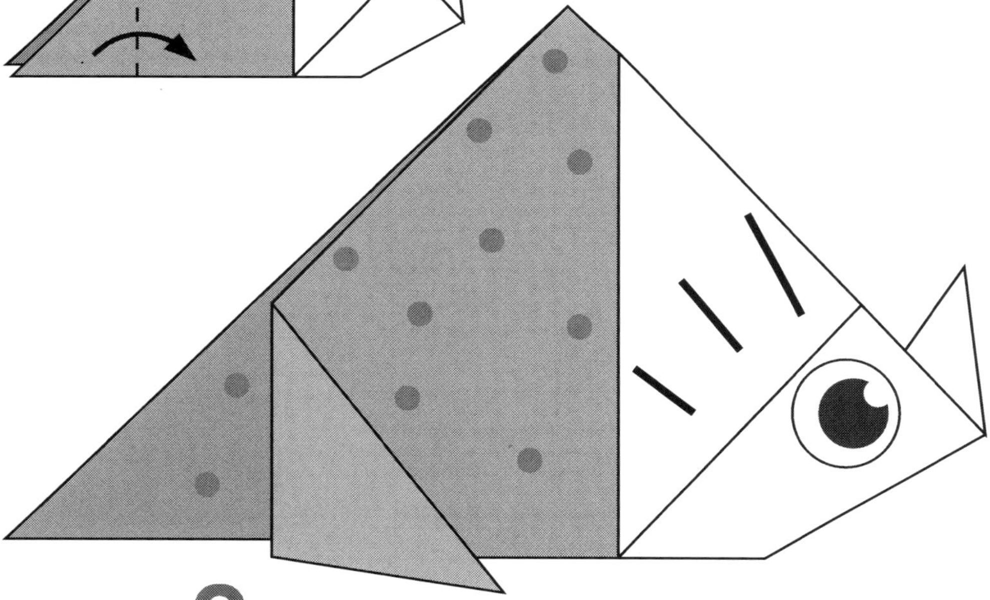

8 Dein Triceratops ist jetzt fertig und du kannst ihn bemalen.

Auch wenn der Triceratops so grimmig aussieht, war er ein vergleichsweise harmloser Pflanzenfresser. Allerdings konnte er sich auch mit seinen Hörnern sehr gut verteidigen und deshalb war sicherlich mit ihm trotzdem nicht zu spaßen.

BRACHIO SAURIER

Du brauchst ein quadratisches Blatt Origami-Papier und eine Bastelschere.

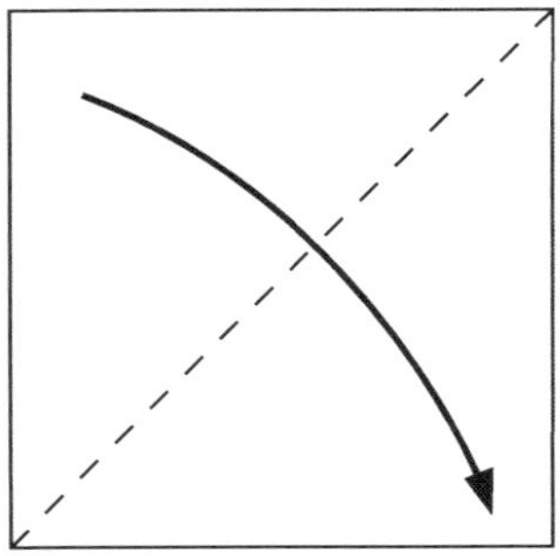

1 Falte das Papier diagonal, streiche kräftig über die Falte und öffne es wieder.

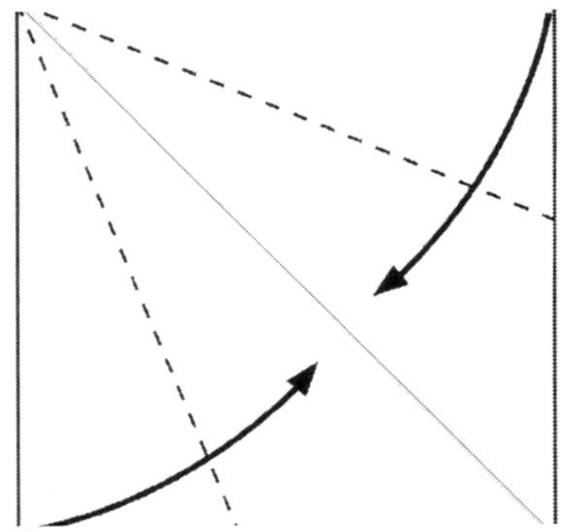

2 Faltedas Blatt entlang der senkrechten gestrichelten Linie nach außen.

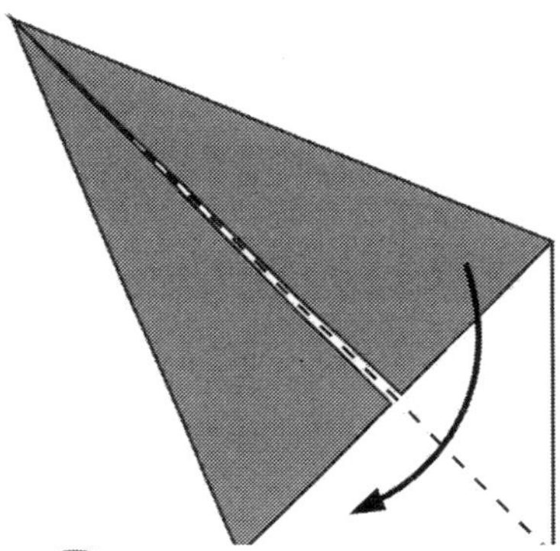

3 Nun faltest du die beiden Seiten entlang der ersten Diagonale zusammen.

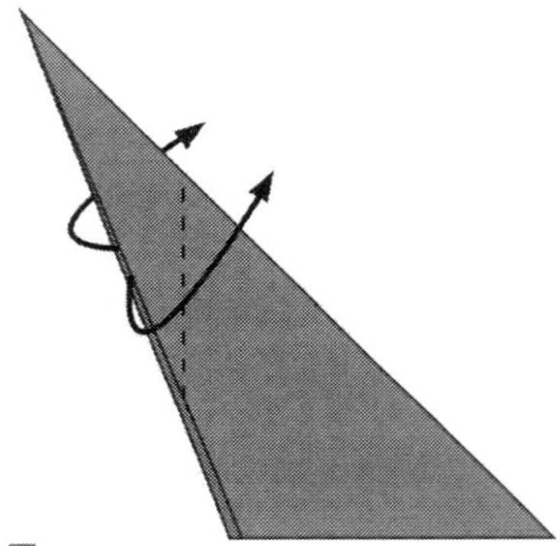

4 Jetzt wird es etwas schwieriger. Du musst entlang der gestrichelten Linie, die du dir entweder einfach denken oder mit Bleistift und Lineal einzeichnen kannst, das Papier nach außen drehen und falten

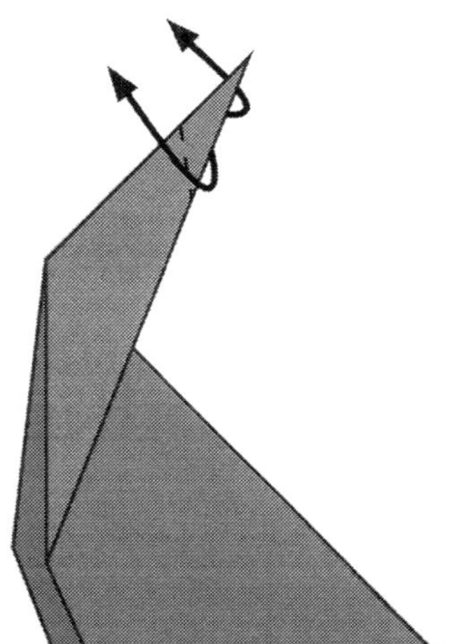

5 Wieder ist eine gestrichelte Hilfslinie zu sehen. An dieser entlang faltest du die Spitze des Papiers erneut, diesmal nach vorne.

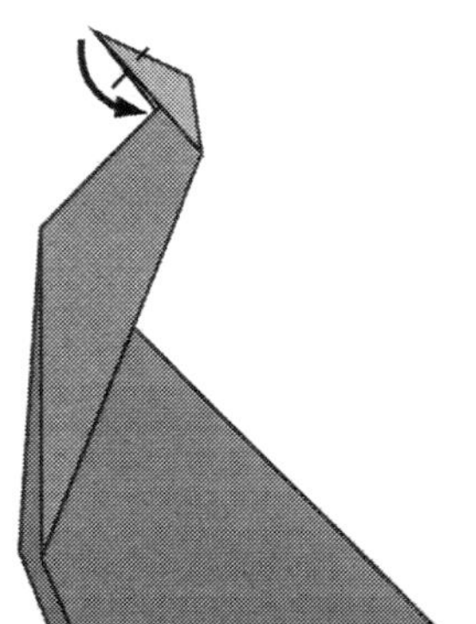

6 Um den Kopf zu formen, streichst du jetzt fest über die an der gestrichelten Hilfslinie entlang gezogene Falte.

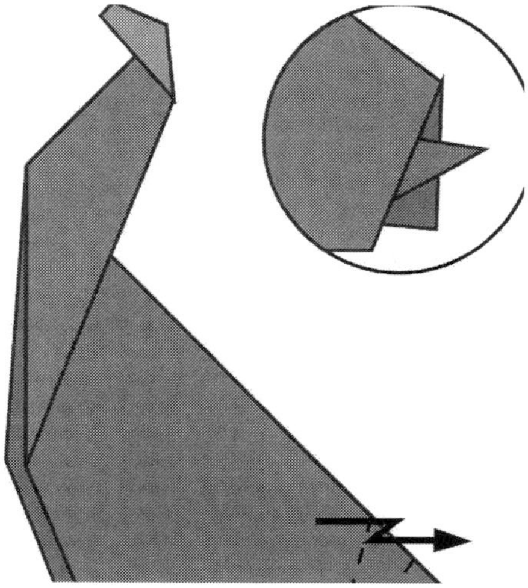

7

Nun musst du am hinteren Teil deines Dinos eine Quetschfalte machen um den Schwanz zu formen. Dazu musst du deine Faltarbeit vorsichtig ein wenig auseinander ziehen, aber ohne dass sie ihre Form verliert. Dann faltest du das Papier entlang der ersten gestrichelten Linie einmal nach innen und entlang der zweiten gestrichelten Linie einmal nach außen, so dass ein kleines Papierstückchen als Schweif nach außen schaut.

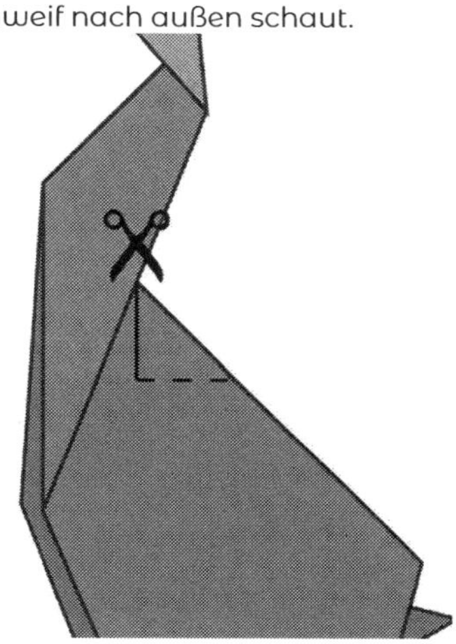

8

Jetzt brauchst du die Bastelschere. Schneide entlang der beiden Linien am Rücken ein kleines Viereck aus, um den Rücken des Dinos zu formen.

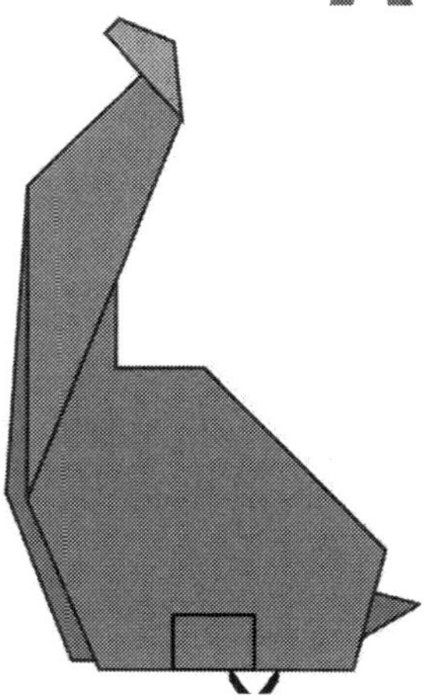

9

Zum Schluss schneidest du noch entlang der Linien und an deinem Papiermodell ein weiteres viereckiges Stückchen weg, wodurch die Beine geformt werden und er stehen kann. Achte darauf, dass du auf beiden Seiten deines Dinos gleich viel wegschneidest.

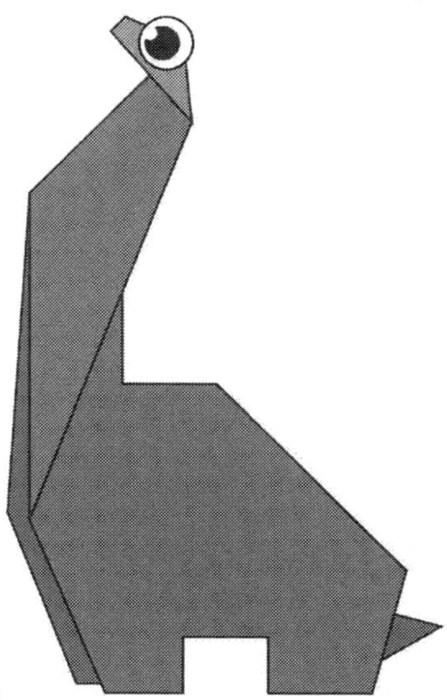

10

Jetzt ist dein Dinosaurier fertig. Natürlich kannst du ihn noch verzieren, indem du ihn bemalst oder ihm Augen anklebst. Hast du erkannt, was für eine Art es ist? Genau. Ein Brachiosaurus.

Hast du eigentlich schon mal eine Schlange mit Übergewicht gesehen? Genau. Die kriegen auch keins. Sie können nämlich monatelang fasten, wenn es sein muss. Eine Madagaskarboa hat es sogar einmal 49 Monate lang ohne Essen ausgehalten!

IGUANODON

Du brauchst ein quadratisches Blatt Origami-Papier.

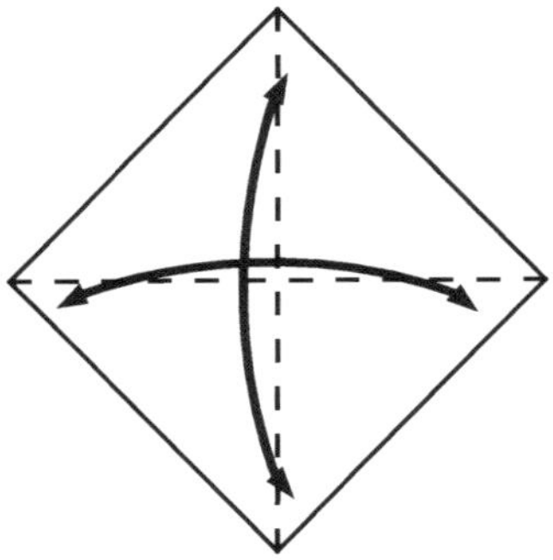

1 Lege das Blatt so vor dich, dass eine Ecke nach unten zeigt. Stelle Hilfsknicke her, indem du das Blatt einmal senkrecht und einmal waagerecht faltest und wieder aufklappst

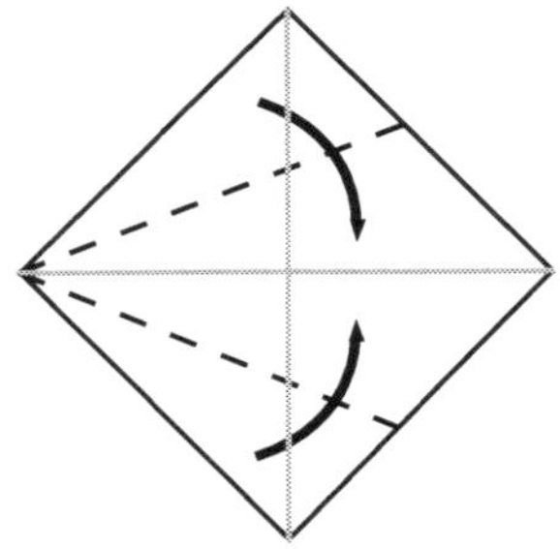

2 Falte die obere und untere Ecke entlang der diagonalen gestrichelten Linien so zusammen, dass sie sich in der Mitte treffen.

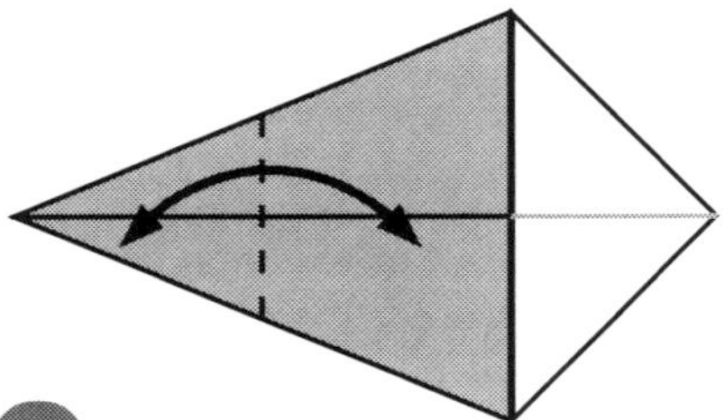

3 Falte die linke Ecke nach innen und klappe sie wieder auf.

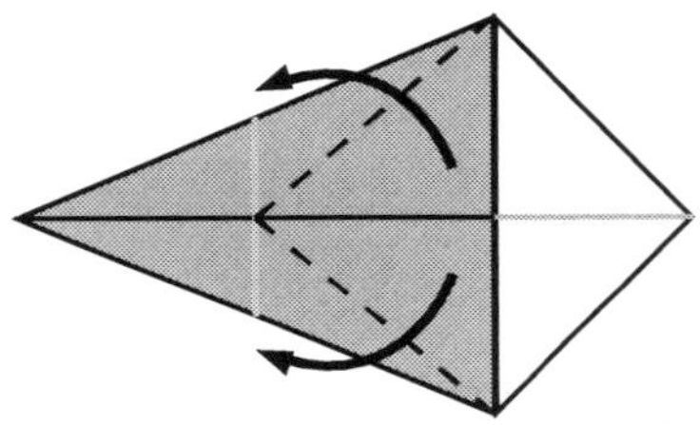

4 Falte die obere Papierlage entlang der gestrichelten Linien nach außen.

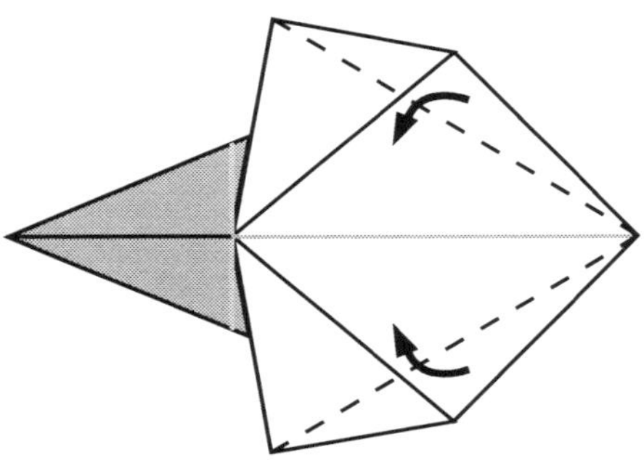

5 Falte von dem aufgeklappten Papier entlang der diagonalen gestrichelten Linien je einen Streifen wieder nach innen.

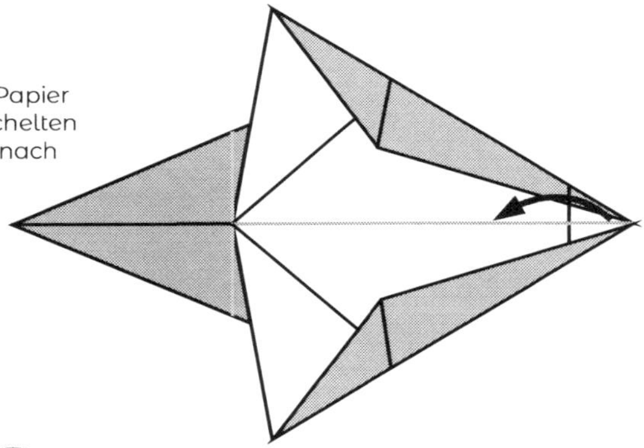

6 Falte ein kleines Stück der rechten Spitze entlang der senkrechten gestrichelten Linie nach innen und streiche gut fest.

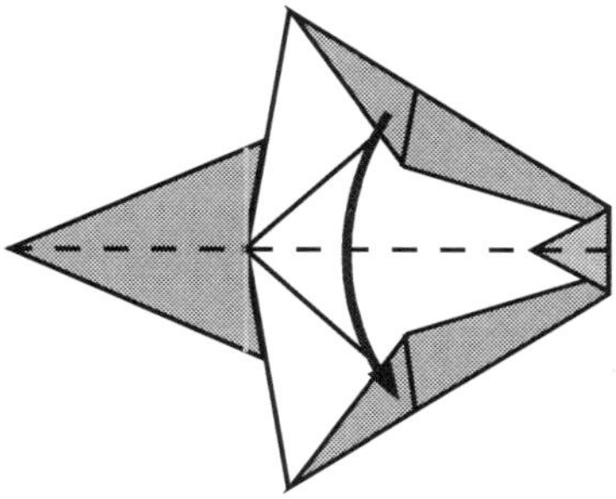

7 Falte dein Objekt auf die Hälfte zusammen und streiche es gut glatt.

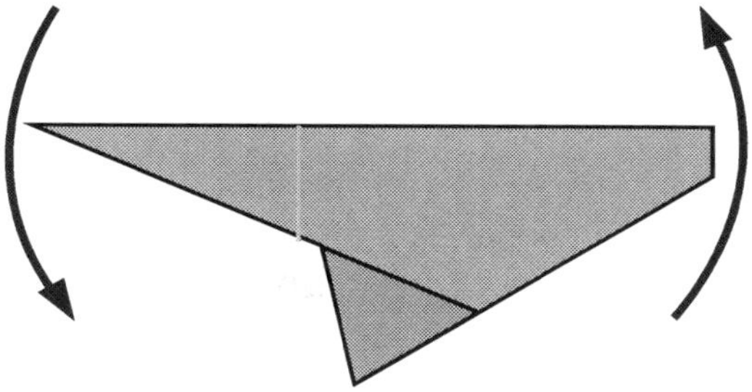

8 Drehe das Faltobjekt herum.

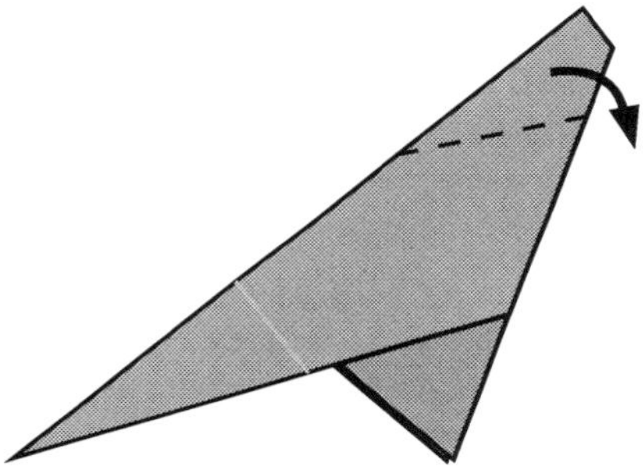

9 Falte den Kopf entlang der schrägen gestrichelten Linie nach unten.

10 Dein Iguanodon ist fertig. Es braucht nur noch Augen.

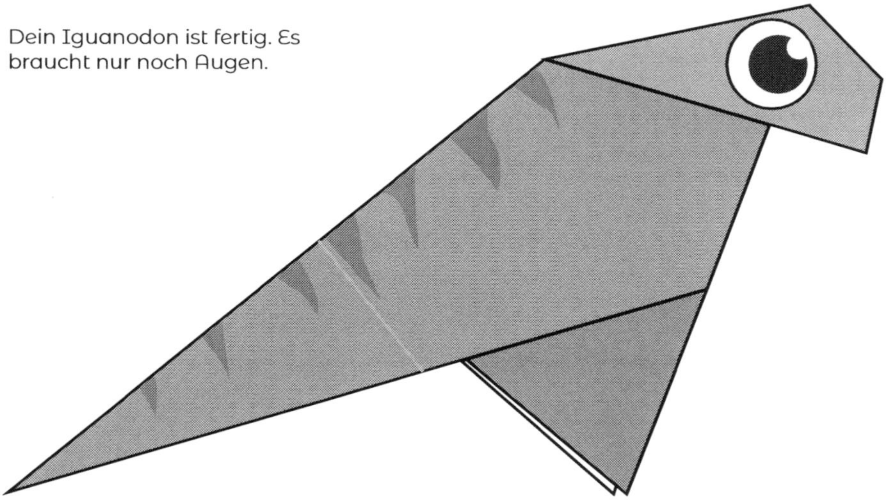

Das Iguanodon war ein Pflanzenfresser, musste seine Beute also nicht jagen. Wenn es aber doch mal rennen musste, wurde es bis zu 24 Stundenkilometer schnell. Das schafft auch ein durchschnittlich sportlicher Mensch. Allerdings wog das Iguanodon auch 3,5 Tonnen und war ungefähr 10 Meter lang.

Du brauchst ein quadratisches Blatt Origami-Papier

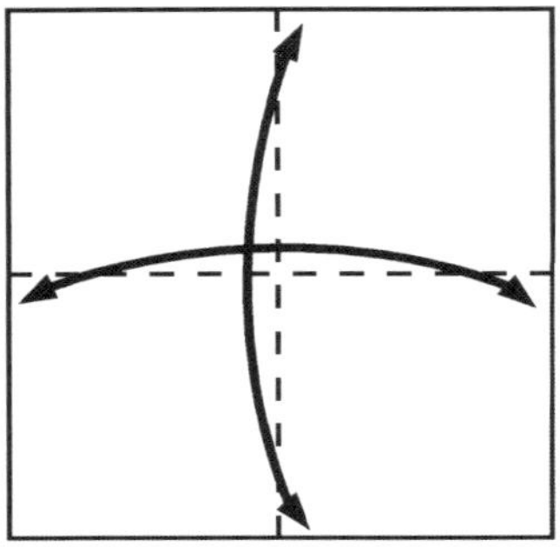

1 Stelle Hilfsknicke her, indem du das Blatt einmal senkrecht und einmal waagerecht faltest und wieder aufklappst

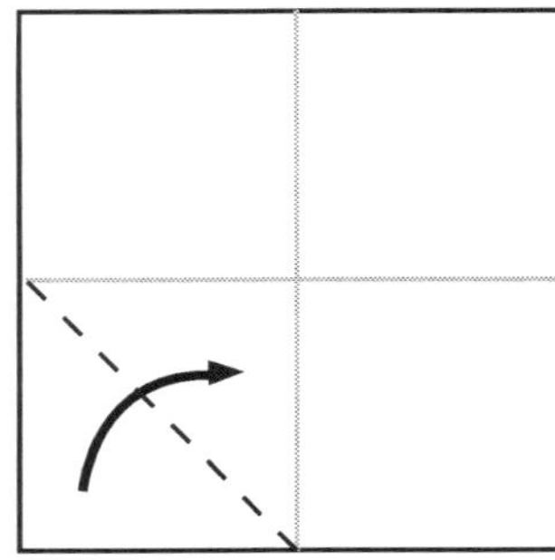

2 Falte die linke untere Ecke entlang der diagonalen gestrichelten Linie nach innen.

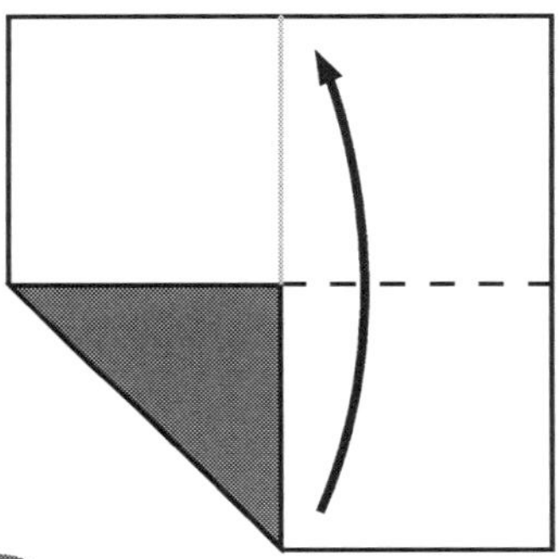

3 Falte das Blatt jetzt entlang der waagerechten gestrichelten Linie nach oben und streiche es fest.

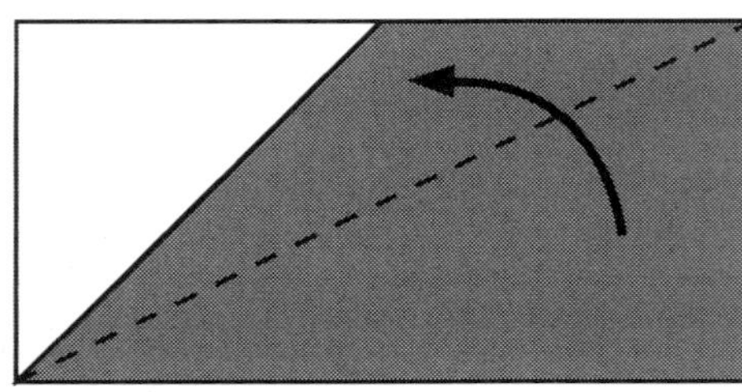

4 Falte das Blatt entlang der diagonalen gestrichelten Linie nach oben.

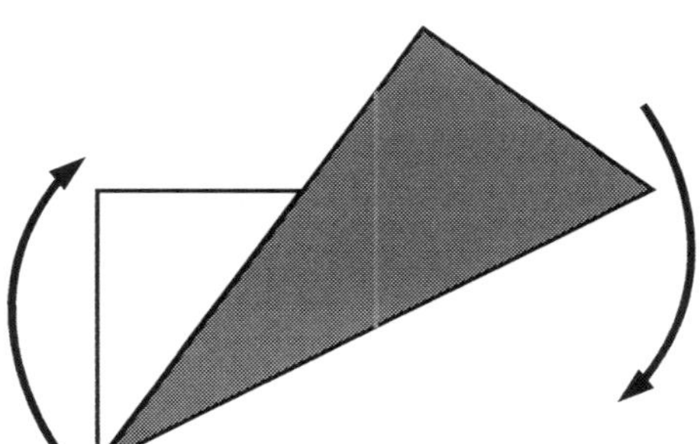

5 Dreh deine Faltung gerade.

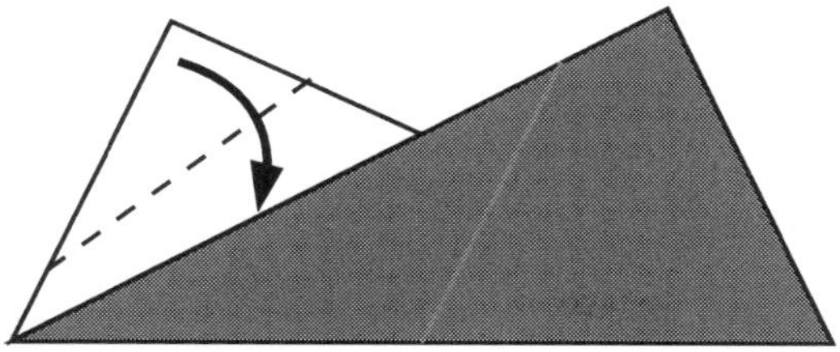

6 Falte die hintere Lage des Papiers entlang der diagonalen gestrichelten Linie nach vorne.

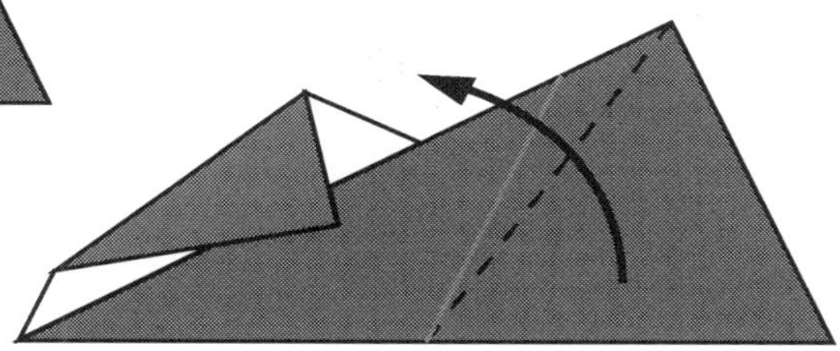

7 Falte entlang der diagonalen gestrichelten Linie die rechte Ecke und streiche alles gut fest.

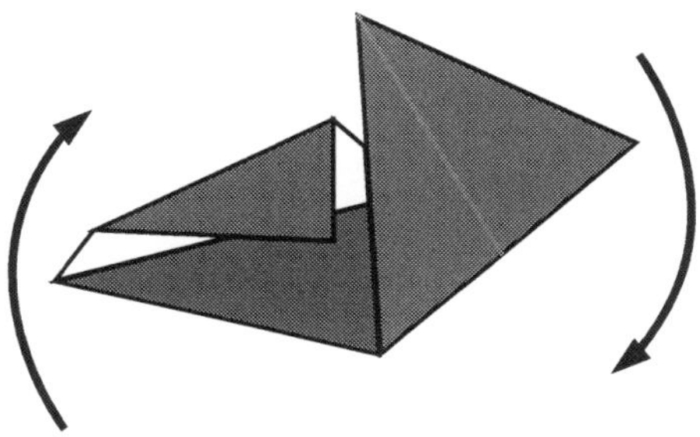

8 Drehe das Objekt so, dass die Spitze nach unten zeigt.

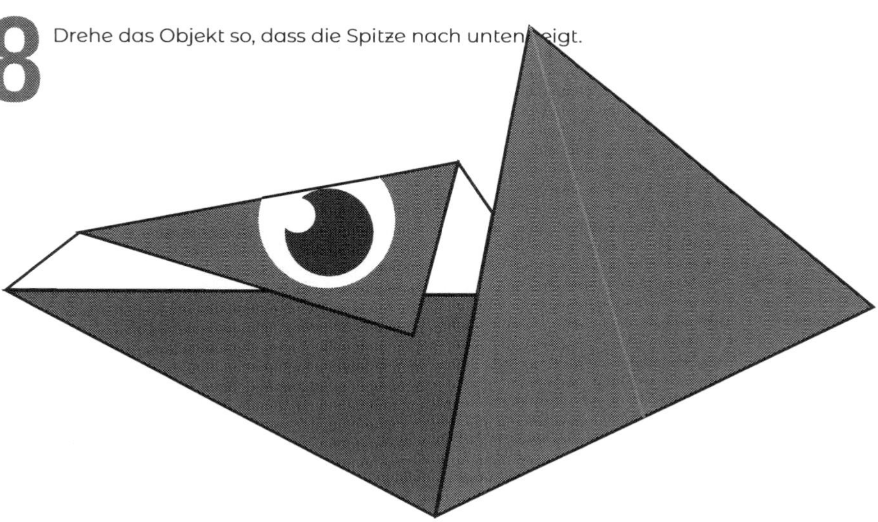

9 Das Pteranodon ist jetzt fertig. Du kannst ihm noch Augen malen.

Das Pteranodon war ein Flugsaurier. Sein Name kommt aus dem Griechischen und bedeutet „zahnloser Flügel" oder „ohne Zahn". Er lebte wahrscheinlich am Wasser, denn er ernährte sich von Fischen. Vermutlich kaute er sie überhaupt nicht, sondern schluckte sie komplett herunter, nachdem er sie wie ein Pelikan aus dem Wasser gefischt hatte. Also brauchte er auch gar keine Zähne.

TYRANNOSAURUS REX

Du brauchst ein quadratisches Blatt Origami-Papier und eine Bastelschere.

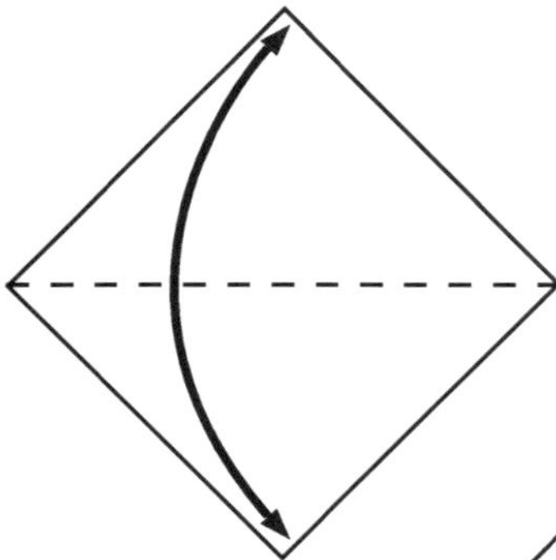

1 Lege das Blatt so vor dich, dass eine Spitze nach unten zeigt. Falte es entlang der waagerechten gestrichelten Linie und klappe es wieder auf.

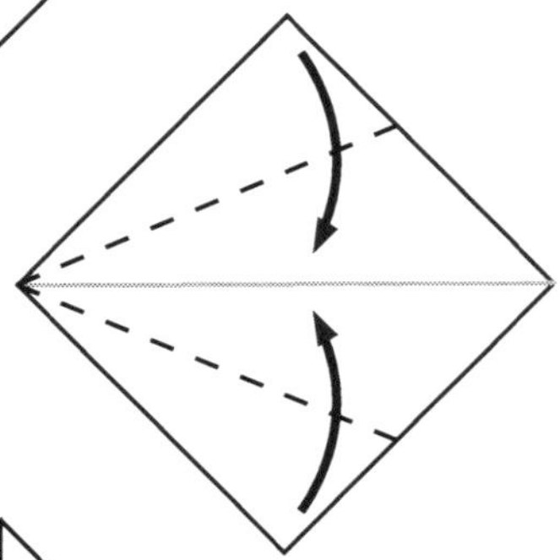

2 Falte die obere und untere Ecke so, dass sie sich in der Mitte treffen.

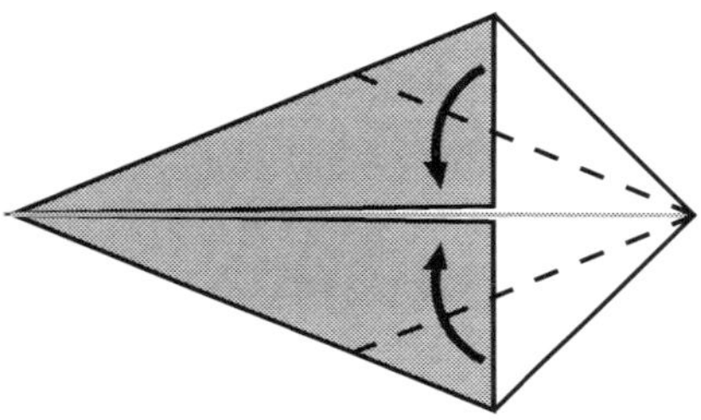

3 Falte wieder die obere und untere Ecke so entlang der diagonalen gestrichelten Linien, dass sie sich wieder in der Mitte treffen.

4 Öffne die in der Zeichnung mit Pfeilen gekennzeichneten Teile.

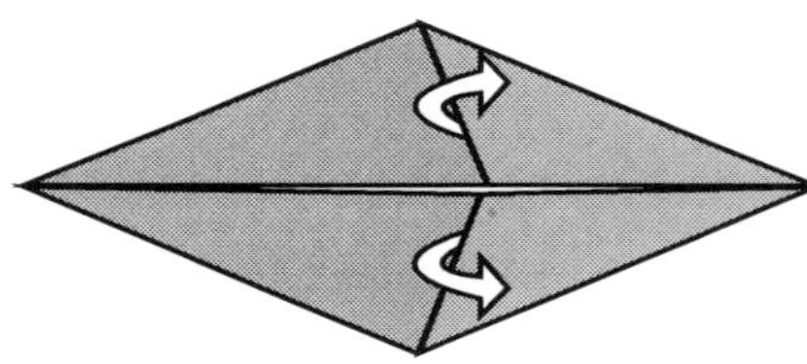

5 Ziehe die Ecken auf beiden Seiten nach unten, wie auf dem Bild zu sehen ist

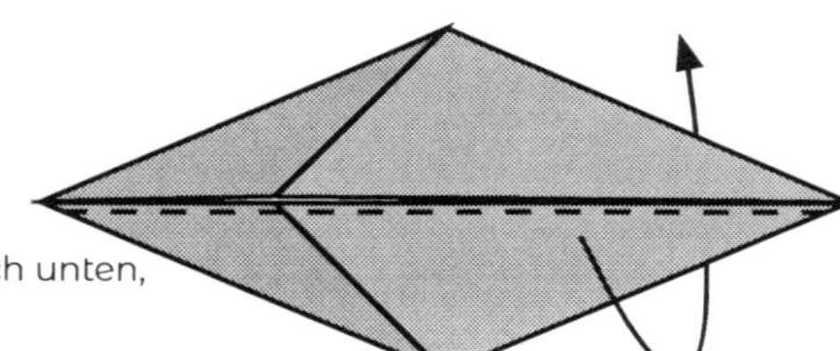

6 Falte das Objekt entlang der waagerechten Linie nach innen, sodass es sich halbiert.

7 Fertige entlang der schrägen gestrichelten Linie eine Taschenfalte an, indem du die rechte Spitze der Faltung nach innen drückst.

8 Falte auf beiden Seiten entlang der schrägen gestrichelten Linie.

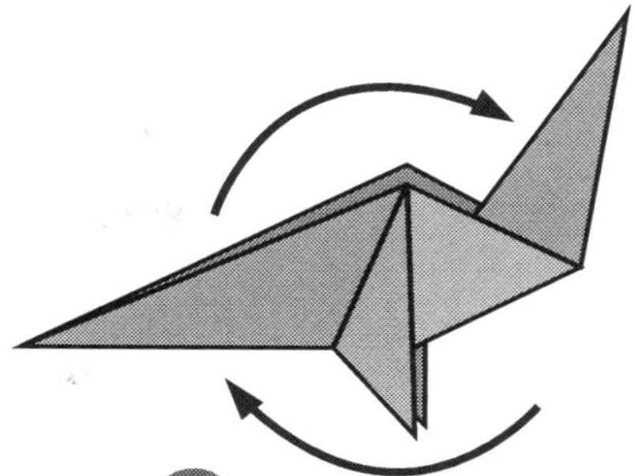

9 Drehe das Objekt herum.

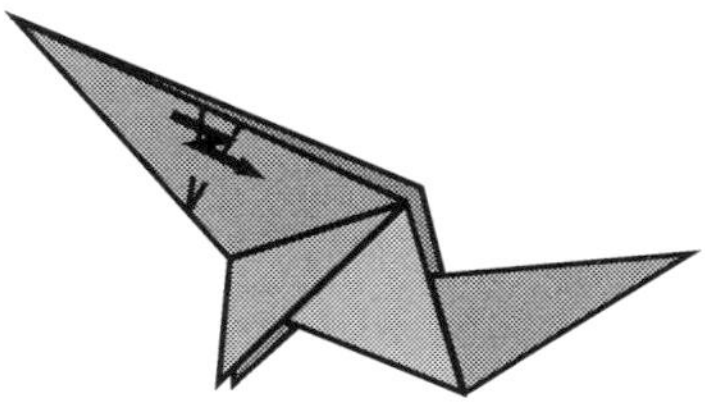

10 Fertige entlang der beiden diagonalen gestrichelten Linien eine Treppenfalte an, indem du entlang dieser Linien das Papier zweimal faltest und übereinander schiebst

11 Falte den oberen Teil vorsichtig entlang der schrägen diagonalen Linie nach vorne.

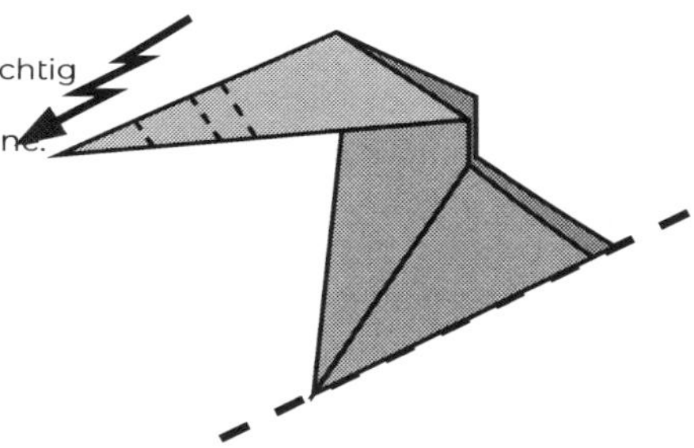

12 Jetzt entsteht der Kopf deines Dinos. Dafür musst du entlang der schrägen diagonalen Linie falten, die Falten übereinander drücken und die Spitze nach unten ziehen.

13 Streiche alles sehr gut fest und schneide mit der Bastelschere die Arme des Dinos aus und klappe sie nach oben

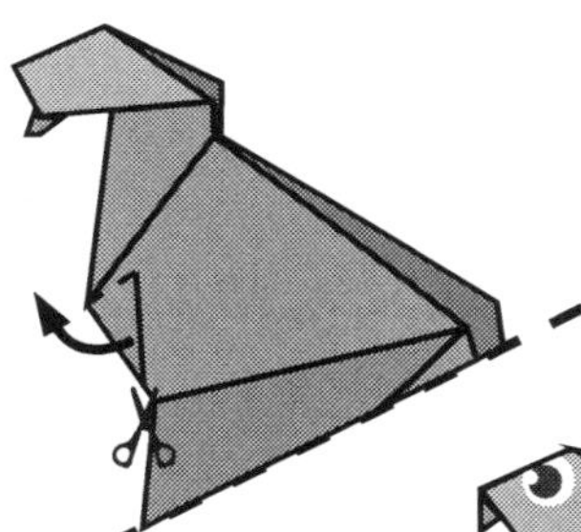

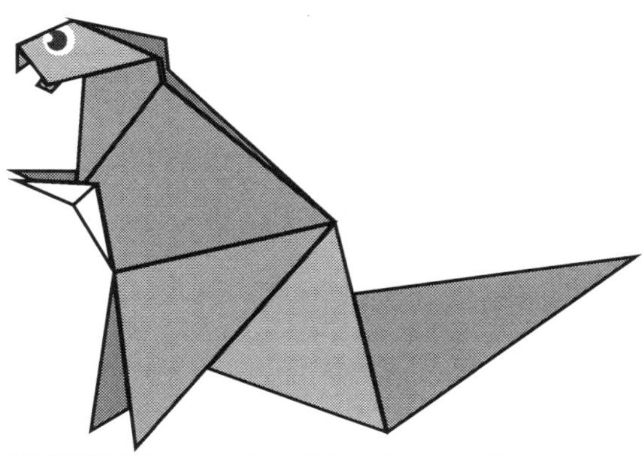

14 Dein T-Rex ist jetzt fertig. Du musst ihm nur noch Augen malen

---

Der T-Rex war zwar nicht der größte Raubdinosaurier, der jemals gelebt hat (das war der Spinosaurus) aber einer der größten. Durch Knochenfunde wissen wir eine ganze Menge über seine Größe (6 Meter Höhe, 13 Meter Länge) und sein Gewicht (bis zu 6 Tonnen), wie seine Haut aussah, können wir aber nur vermuten. Möglicherweise hatte er Federn, zumindest teilweise, aber neuere Funde belegen, dass er hauptsächlich eine schuppige Haut hatte. Ihn zu streicheln dürfte sich ähnlich angefühlt haben, wie ein Krokodil zu streicheln. - Und wäre ungefähr genauso gefährlich gewesen.

In der Luft

Du brauchst ein quadratisches Blatt Origami-Papier.

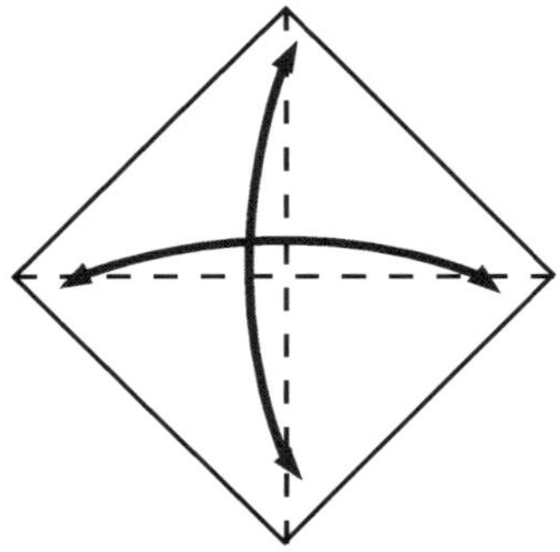

1 Lege das Blatt so vor dich, dass eine Ecke nach unten zeigt. Stelle Hilfsknicke her, indem du das Blatt einmal senkrecht und einmal waagerecht faltest und wieder aufklappst.

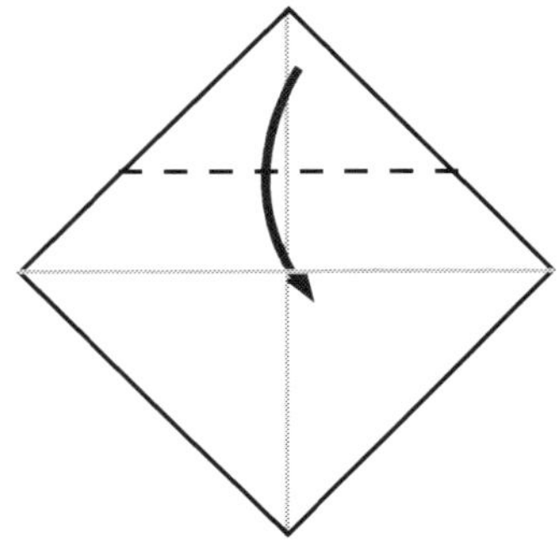

2 Falte die obere Ecke entlang der waagerechten gestrichelten Linie nach unten.

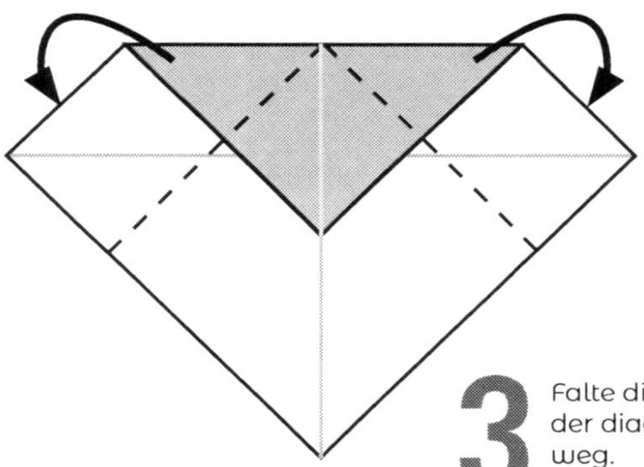

3 Falte die linke und rechte Seite des Blattes entlang der diagonalen gestrichelten Linien nach hinten weg.

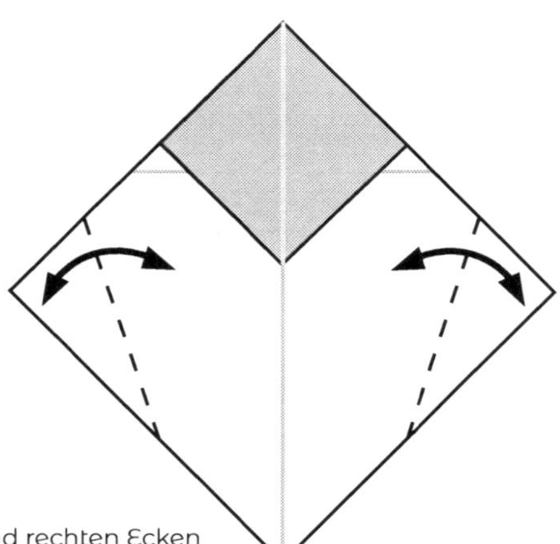

4 Falte die beiden linken und rechten Ecken nach innen und klappe sie wieder auf, damit du Hilfsknicke bekommst.

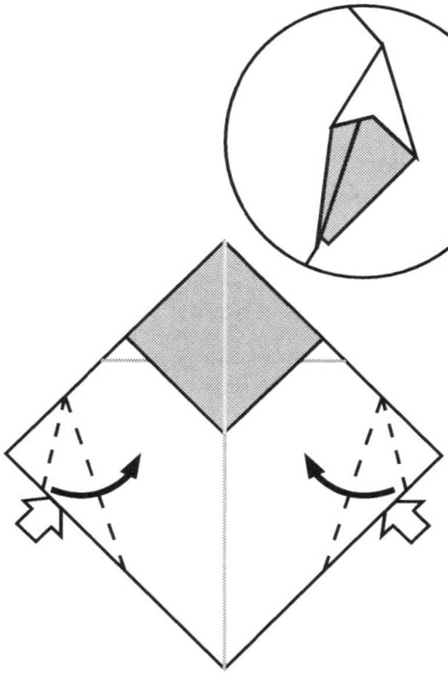

5 Falte entlang der äußeren gestrichelten Linie nach innen, öffne den Teil, der mit einem Pfeil gekennzeichnet ist und streiche ihn glatt.

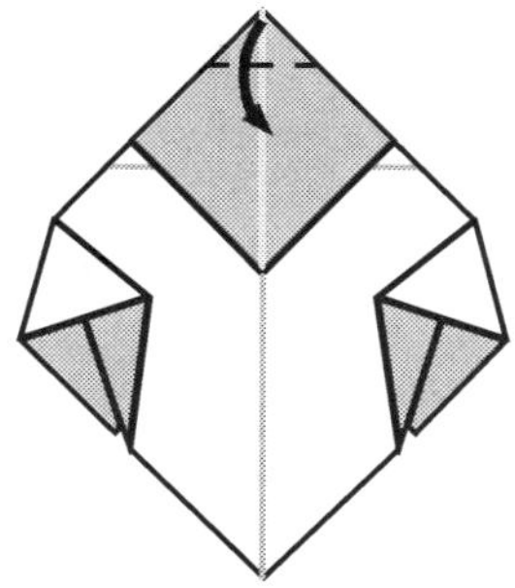

6 Falte die obere Ecke entlang der gestrichelten Linie nach unten.

7 Drehe deine Faltung herum.

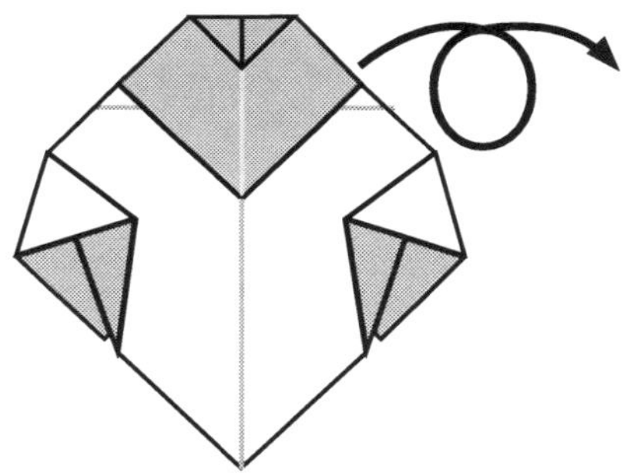

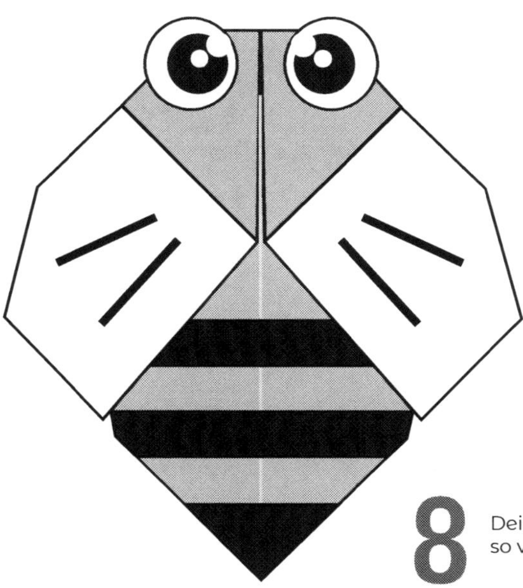

8 Deine Biene ist fertig, aber du musst sie natürlich noch so verzieren, dass man sie auch erkennt.

Obwohl das Gehirn einer Biene nur ungefähr so groß ist wie ein Sesamsamen, hat sie eine erstaunliche Lern- und Erinnerungsfähigkeit. Sie weiß genau, wie weit eine bestimmte Nektarquelle entfernt ist und wie groß der Aufwand ist um den Nektar dort zu ernten. Mit dem sogenannten Bienentanz kann sie das den anderen Bienen mitteilen. Der Begriff „fleißige Biene“ kommt nicht von ungefähr, denn um ein Pfund Honig zu machen, müssen Bienen Nektar von ungefähr zwei Millionen Blumen sammeln! Eine Biene allein schafft während ihrer Lebenszeit ungefähr 1/12 Teelöffel

EULE

Du brauchst ein quadratisches Blatt Origami-Papier.

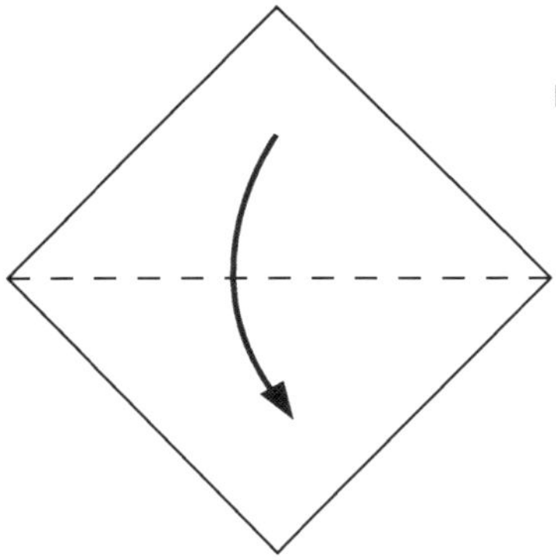

1 Falte zuerst dein Papier entlang der diagonalen gestrichelten Linie, wie auf dem Bild.

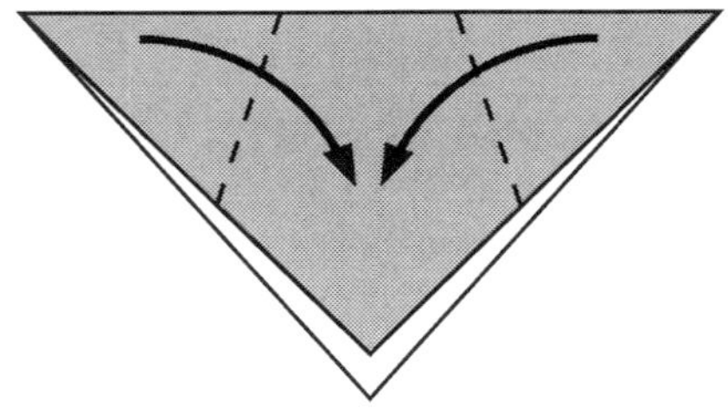

2 Falte die linke Seite entlang der schrägen gestrichelten Linie nach innen und falte dann die rechte Ecke entlang der schrägen gestrichelten Linie darüber.

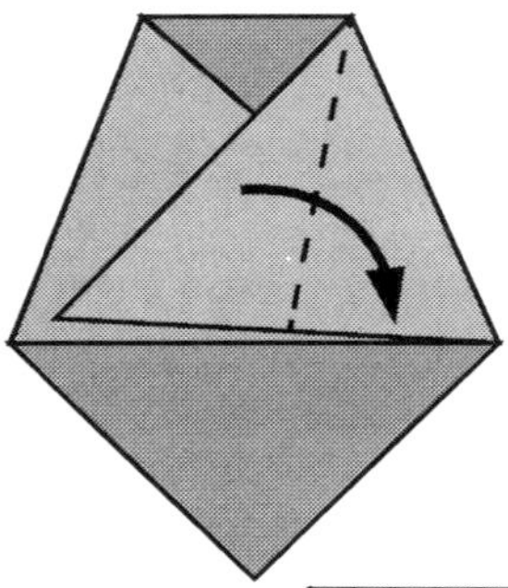

3 Falte jetzt die soeben gefaltete rechte Ecke entlang der schrägen gestrichelten Linie nach rechts außen.

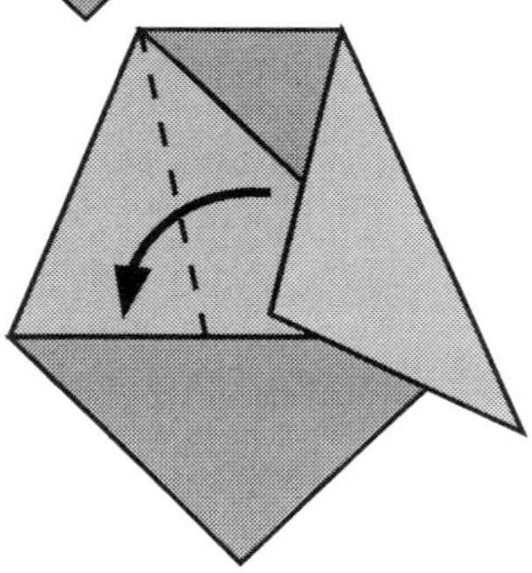

4 Falte als nächstes die andere Seite entlang der schrägen gestrichelten Linie nach links.

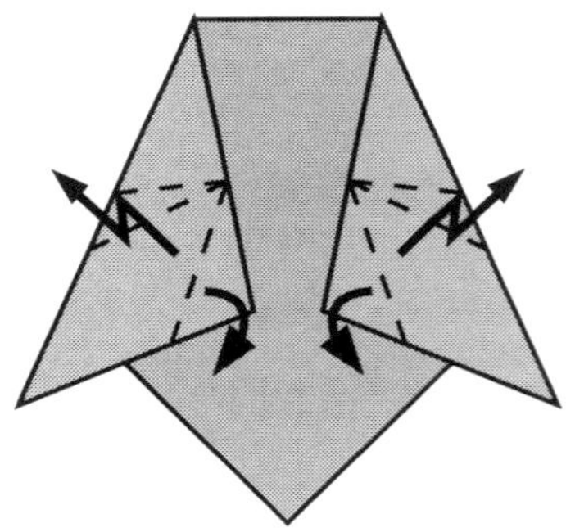

5 Stelle jetzt, wie auf der Zeichnung zu sehen ist, zwei Quetschfalten her, indem du die beiden Flügel entlang der gestrichelten Linien zweimal nach oben faltest.

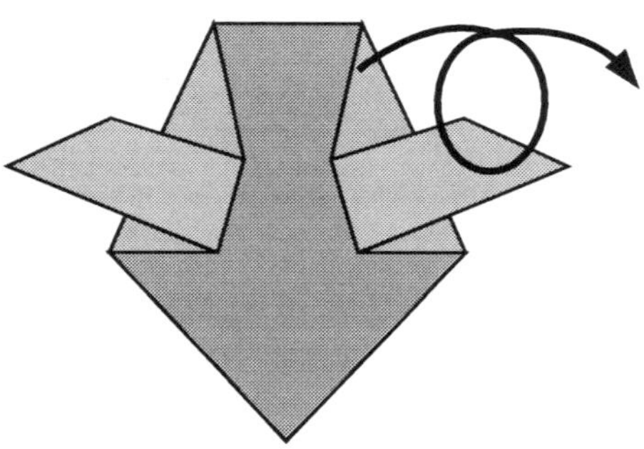

6 Dreh dein Modell jetzt um.

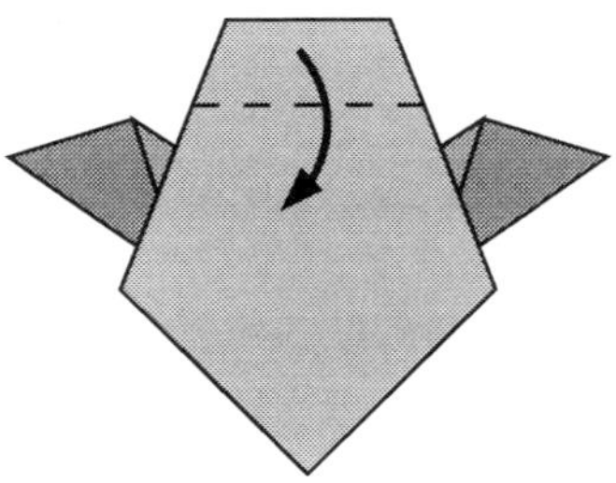

7 Klappe den obersten Teil deiner Faltung wie auf dem Bild entlang der waagerechten gestrichelten Linie nach unten.

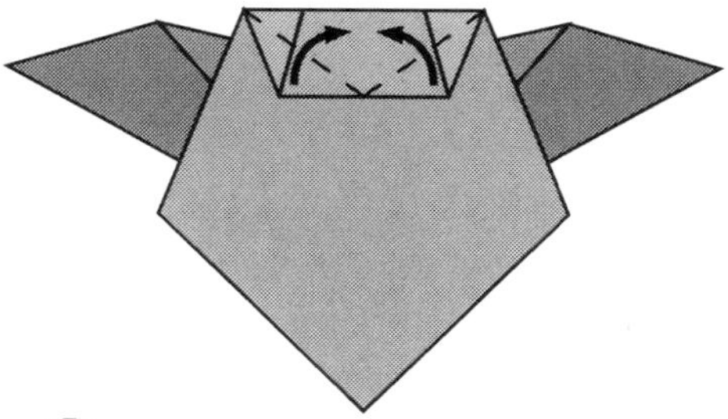

8 Falte nun die untere Papierlage entlang der diagonalen gestrichelten Linien nach oben.

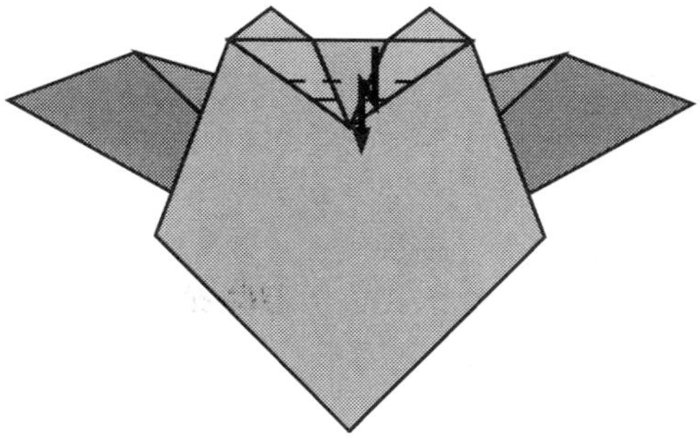

9 Um den Schnabel zu erzeugen, musst du jetzt wieder eine Quetschfalte machen, indem du wie auf der Zeichnung die vordere Spitze zweimal entlang der gestrichelten Linie faltest.

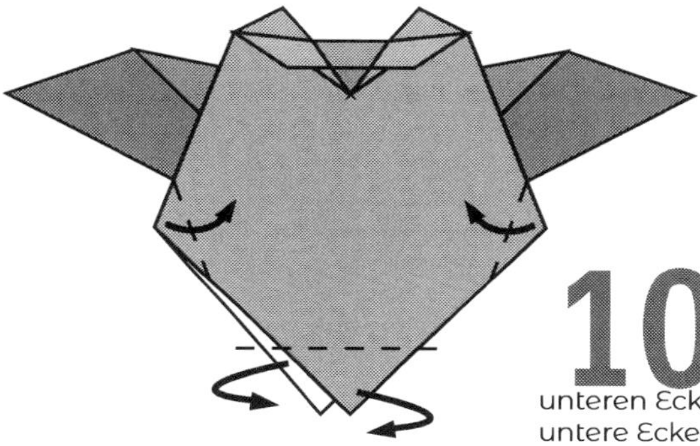

10 Für die Augen musst du jetzt deine Fingerspitzen vorsichtig in die beiden entstandenen Taschen auf beiden Seiten des Schnabels schieben. Danach falte an beiden Seiten und an der unteren Ecke die beiden Papierlagen jeweils nach innen und die untere Ecke ebenfalls nach innen.

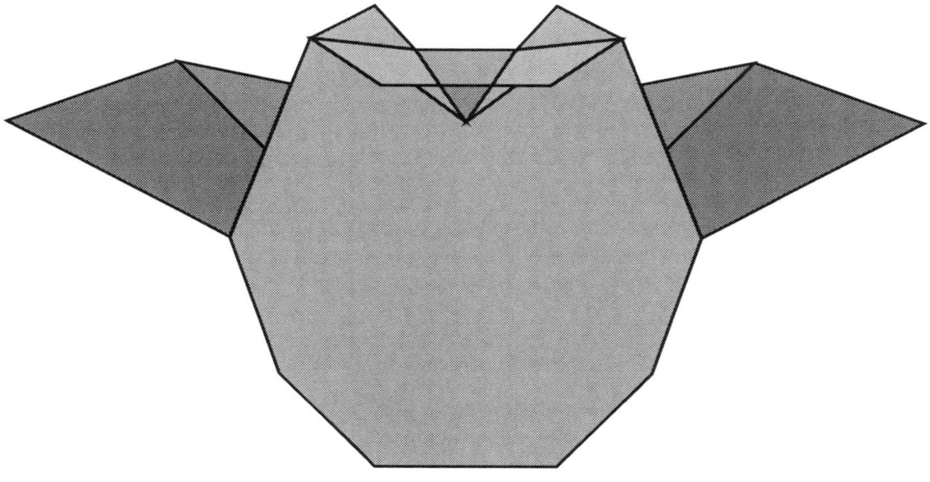

11 Damit die Eule aufrecht stehen kann, öffnest du den unteren Teil der Eule leicht und drückst die Flügel noch etwas zurecht. Fertig ist deine Eule. Sieht sie nicht beeindruckend aus?

Wusstest du, dass Eulen aufgrund ihrer besonderen Federstruktur praktisch lautlos fliegen können? Dadurch können ihre Beutetiere sie nicht herankommen hören.

Du brauchst ein quadratisches Blatt Origami-Papier.

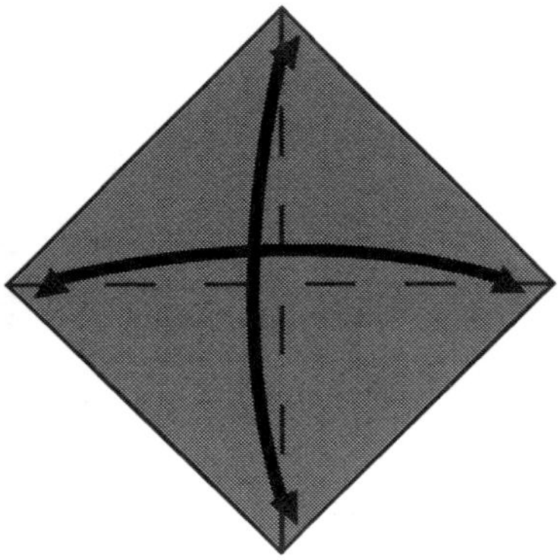

1 Lege das Blatt so vor dich, dass eine Ecke nach unten zeigt. Stelle Hilfsknicke her, indem du das Blatt einmal senkrecht und einmal waagerecht faltest und wieder aufklappst.

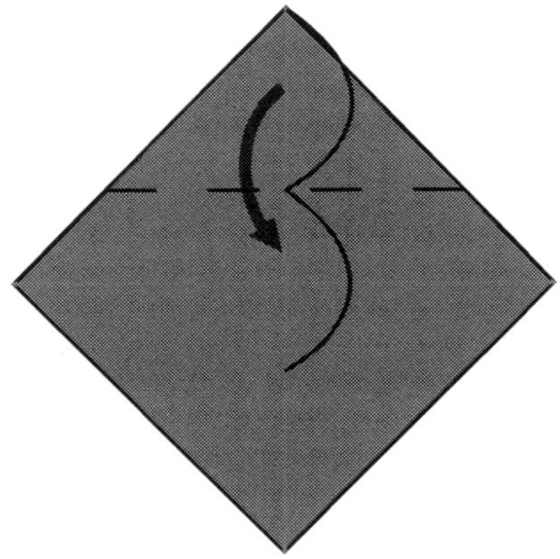

2 Falte die obere Ecke entlang der waagerechten gestrichelten Linie nach unten. Achte darauf, dass die waagerechte gestrichelte Linie einem Drittel des gesamten Blattes entspricht.

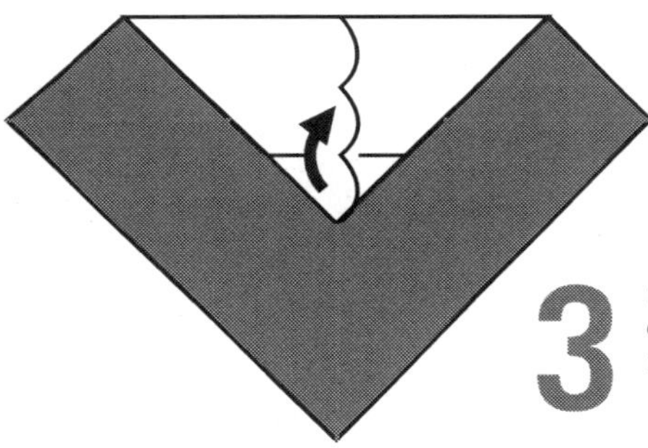

3 Falte entlang der waagerechten gestrichelten Linie die Ecke (die einem Drittel dieses Blattteils entspricht) nach oben

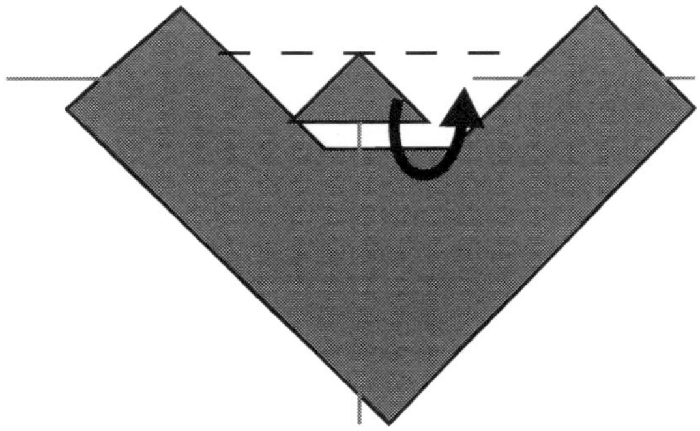

4 Falte entlang der waagerechten gestrichelten Linie das Blatt nach oben.

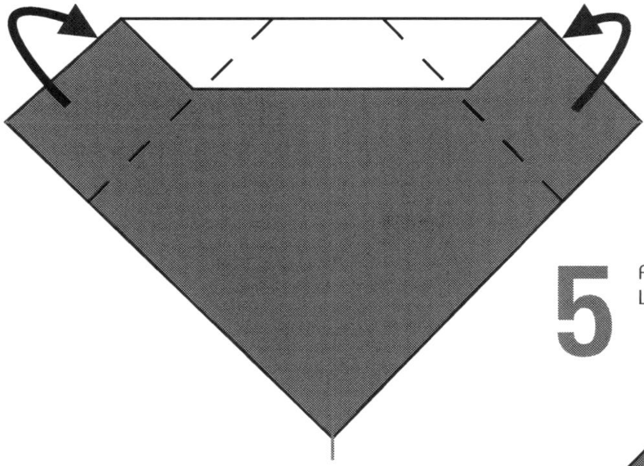

5 Falte entlang der diagonalen gestrichelten Linien das Blatt nach hinten.

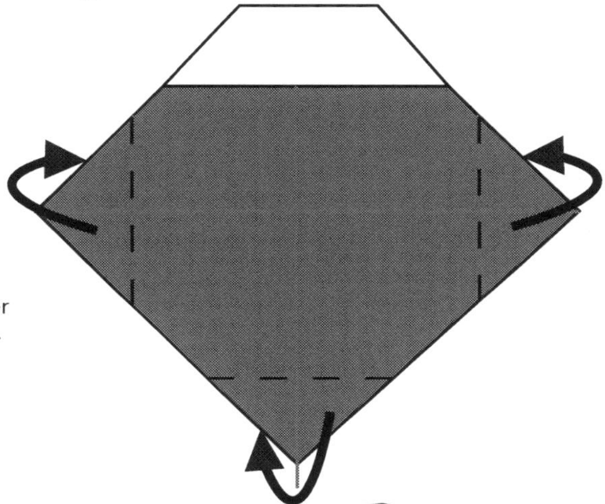

6 Falte die übrigen Dreiecke entlang der gestrichelten Linien nach hinten weg.

7 Dein Marienkäfer ist fertig und wenn du ihn mit Punkten und Augen verzierst, sieht er genauso niedlich aus wie ein echter Marienkäfer. Die meisten Marienkäfer, die man bei uns sieht, sind rot mit schwarzen Punkten

---

Da es aber über 5000 Arten von Marienkäfern in der Welt gibt, kannst du dir sicher vorstellen, dass sie auch alle möglichen anderen Farben haben können und manche haben nicht mal Punkte. Marienkäfer sind nicht nur niedlich, sondern auch nützliche Gartenhelfer. Sie sind unheimlich verfressen und sie können in ihrem Leben ungefähr 5000 Blattläuse verputzen - sogar ihre Larven machen das schon, denn sobald sie geschlüpft sind, fangen sie augenblicklich an zu futtern. Ihre Diät besteht allerdings nicht nur aus Blattläusen, sondern sie essen auch Fruchtfliegen, Milben und andere schädliche Insekten.

PELIKAN

Du brauchst ein quadratisches Blatt Origami-Papier.

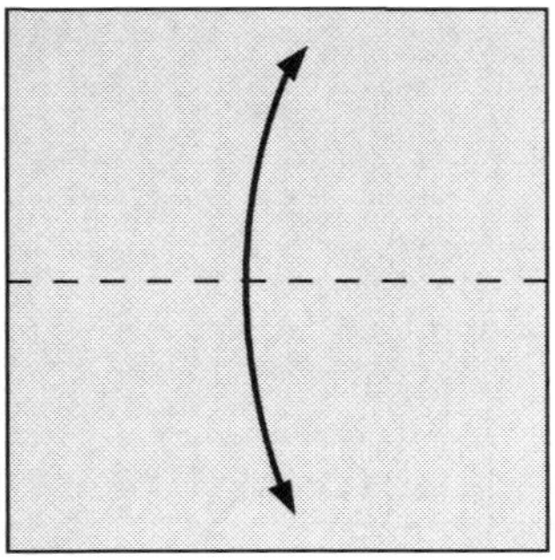

1 Falte das Blatt entlang der waagerechten gestrichelten Linie zusammen und klappe es wieder auf.

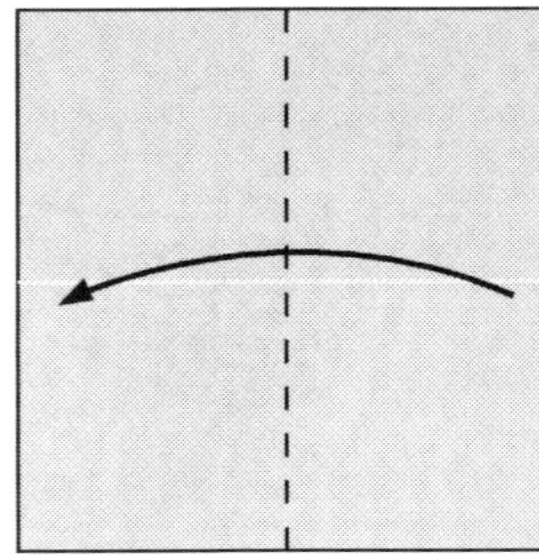

2 Falte es jetzt entlang der senkrechten gestrichelten Linie zusammen und streiche es fest.

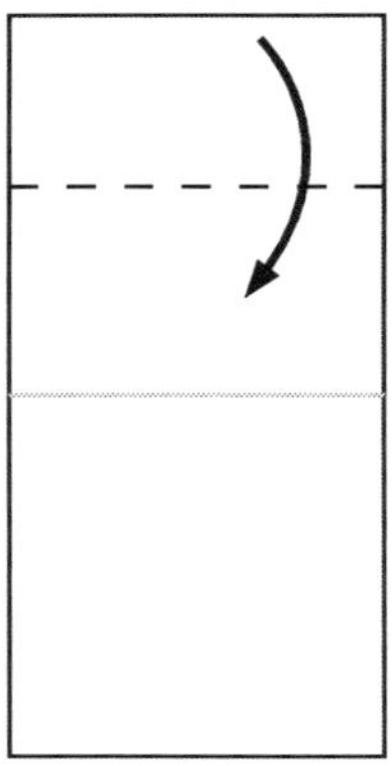

3 Falte den oberen Teil des Blattes entlang der waagerechten gestrichelten Linie nach unten, sodass er auf den bei Schritt 1 gemachten Knick trifft.

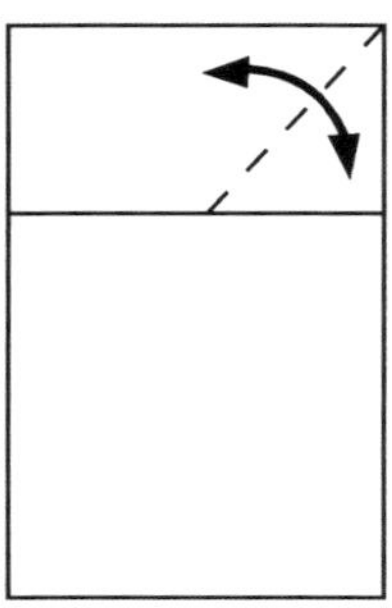

4 Falte das Blatt entlang der schrägen diagonalen Linie und klappe es wieder auf.

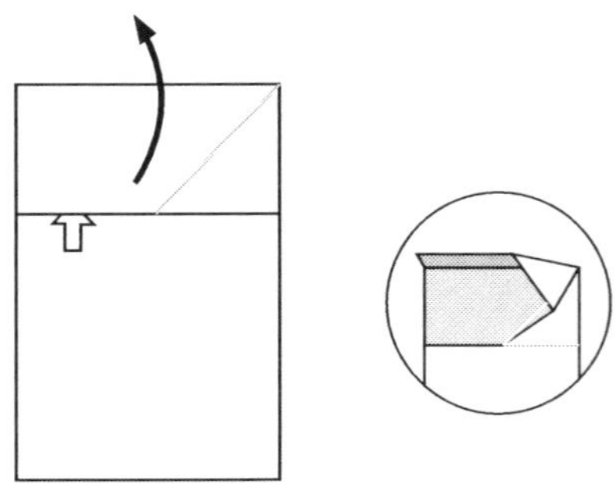

5 Falte den oberen Teil des Blattes wieder auf und falte es wie auf dem Bild, indem du die vorhandenen Knicke benutzt.

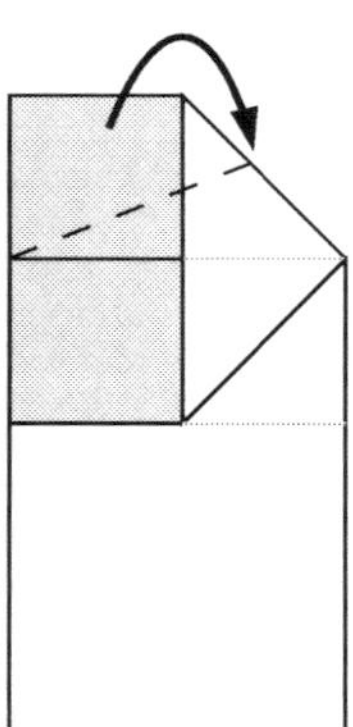

6 Falte das Blatt jetzt entlang der schrägen gestrichelten Linie nach hinten und streiche es fest.

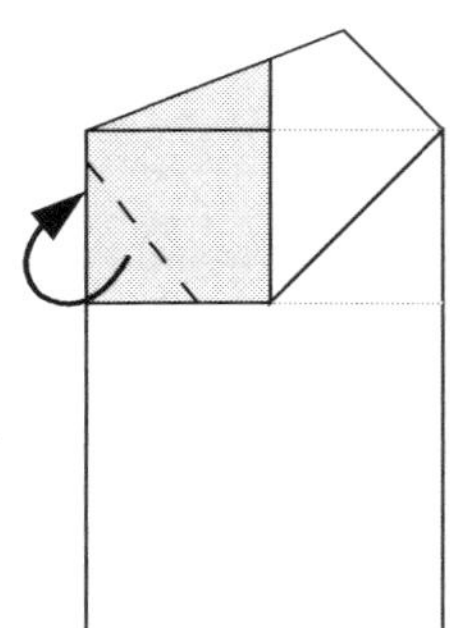

7 Falte die linke Ecke entlang der schrägen gestrichelten Linie nach hinten, sodass sie nicht mehr zu sehen ist.

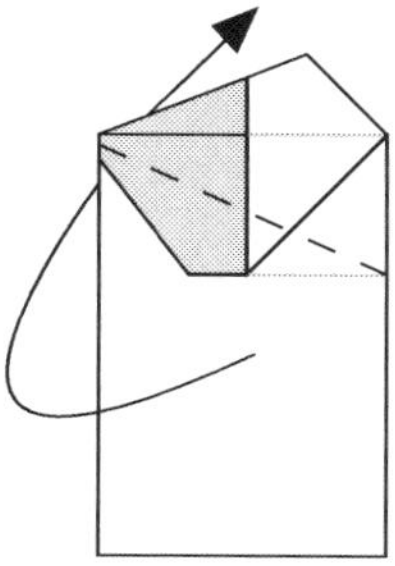

8 Falte jetzt das Blatt entlang der schrägen gestrichelten Linie nach oben und hinten.

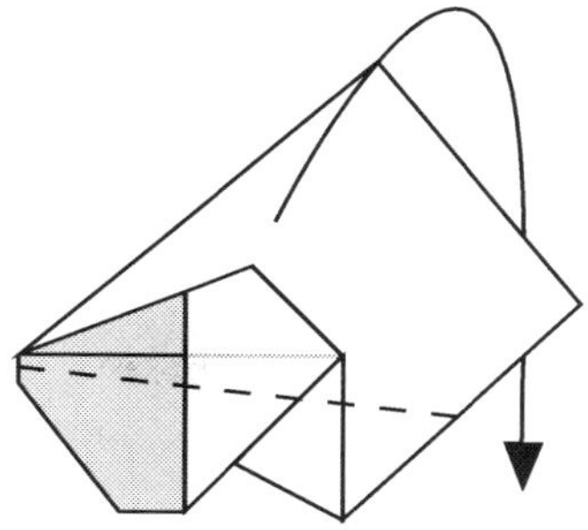

9 Nun faltest du das Papier entlang der schrägen gestrichelten Linie nach unten.

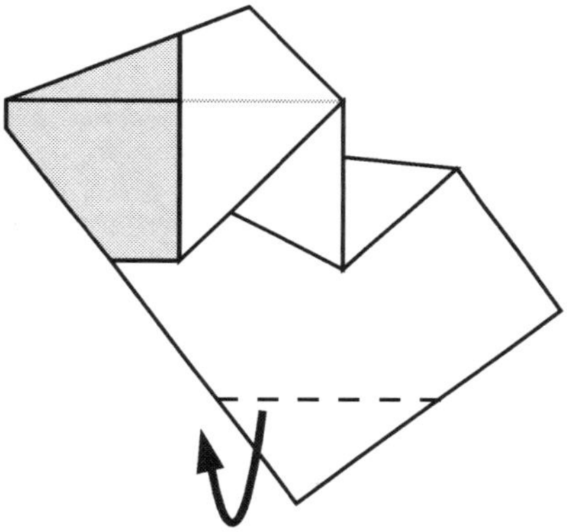

10 Zum Schluss faltest du die untere Ecke nach hinten weg. Streiche jetzt alles gut fest.

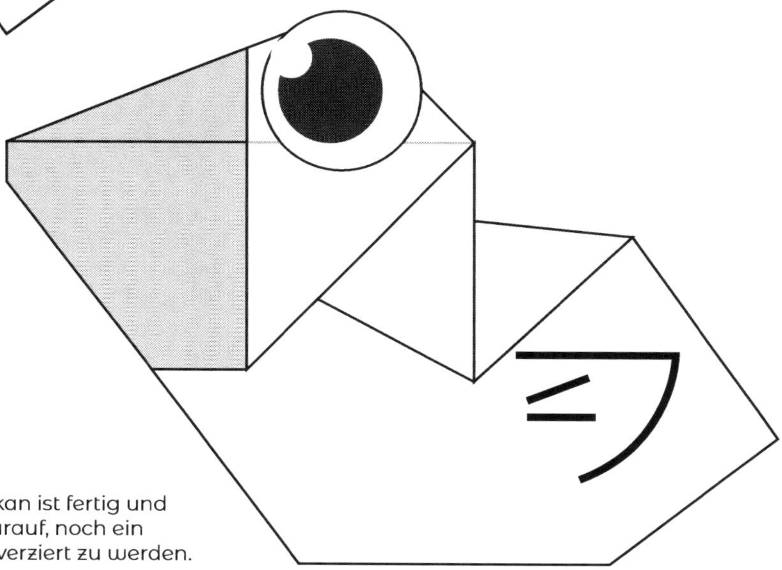

11 Dein Pelikan ist fertig und wartet darauf, noch ein bisschen verziert zu werden.

Das älteste Pelikan-Fossil ist über 30 Millionen Jahre alt. Du weißt ja, dass der Pelikan einen großen Hautsack am Schnabel hat. Den benutzt er allerdings nicht als Vorratskammer, wie es manchmal heißt, sondern zum Fischfang. Besonders wählerisch ist er beim Essen nicht, er isst praktisch alles, was irgendwie durch seine Kehle passt: Fische, Krebse, Lurche und gelegentlich auch andere Vögel.

Du brauchst ein quadratisches Blatt Origami-Papier.

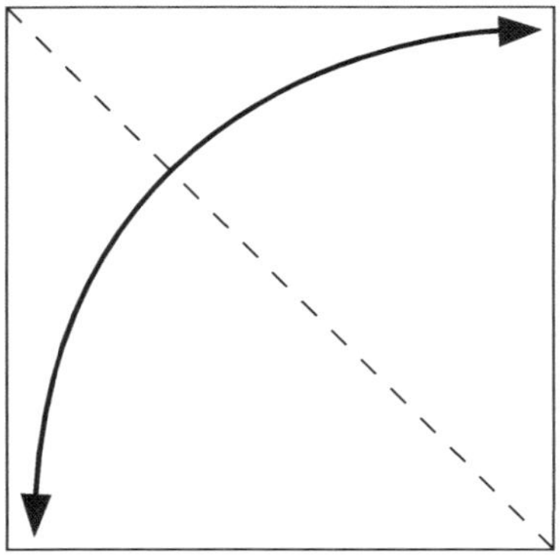

1 Falte das Blatt entlang der diagonalen gestrichelten Linie und klappe es wieder auf.

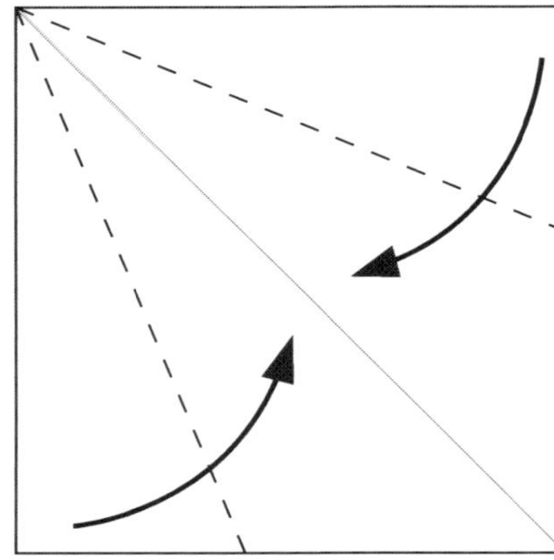

2 Falte nun die beiden einander gegenüberliegenden Ecken des Blattes entlang der diagonalen gestrichelten Linien nach innen, sodass sie sich in der Mitte treffen.

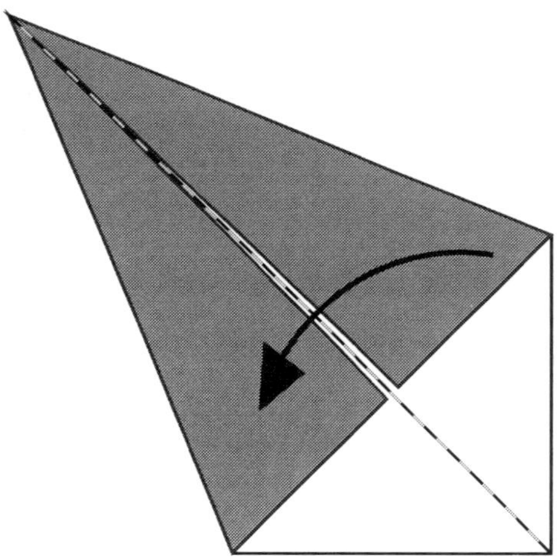

3 Falte alles entlang der diagonalen gestrichelten Linie auf die Hälfte zusammen und streiche deine Faltung gut fest.

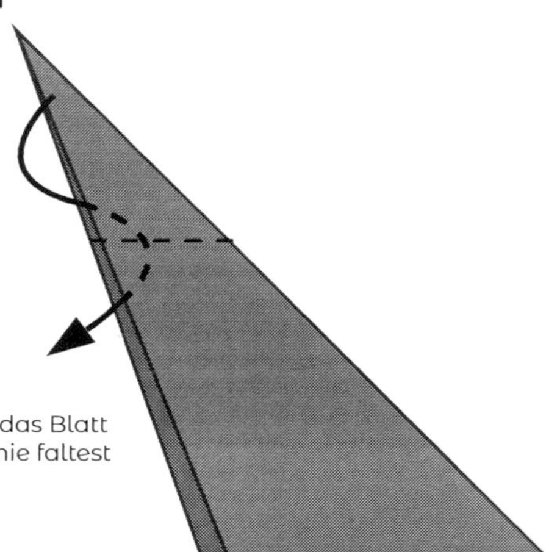

4 Mache eine Umkehrfalte, indem du das Blatt entlang der schrägen diagonalen Linie faltest und nach innen drückst.

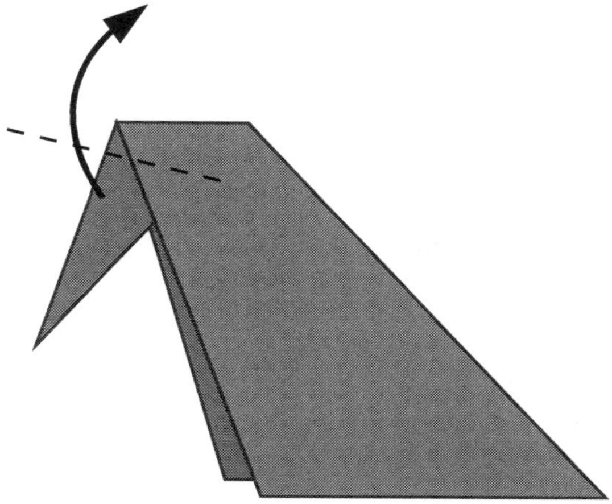

5 Falte jetzt, wie auf dem Bild zu sehen ist, die nach unten gerichtete Spitze entlang der schrägen diagonalen Linie wieder nach oben.

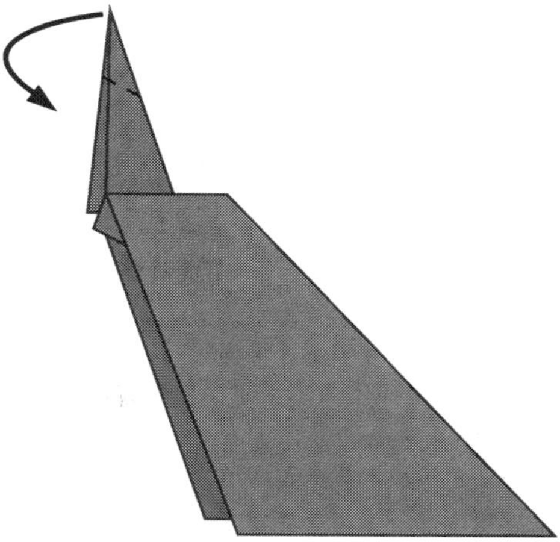

6 Für den Kopf faltest du die oberste Spitze entlang der schrägen diagonalen Linie und drückst sie nach vorne. Streiche alles gut fest, damit der Pfau später stabil stehen kann.

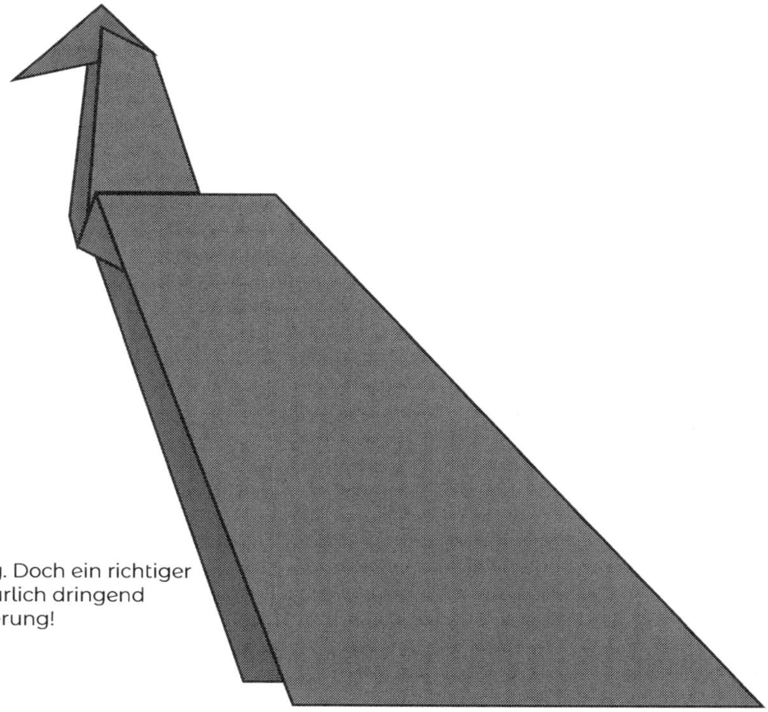

7 Dein Pfau ist fertig. Doch ein richtiger Pfau braucht natürlich dringend noch etwas Verzierung!

Der Pfau stammt ursprünglich aus Südostasien und ist der Nationalvogel Indiens. Dass er mit unseren Hühnern verwandt ist, kann man kaum glauben oder? Wie bei den Hühnern allerdings sieht der männliche Pfau oder Pfauenhahn viel prächtiger aus als die weiblichen Tiere. Zu seinen Lieblingsessen gehören Schlangen, sogar Giftschlangen!

Du brauchst ein quadratisches Blatt Origami Papier.

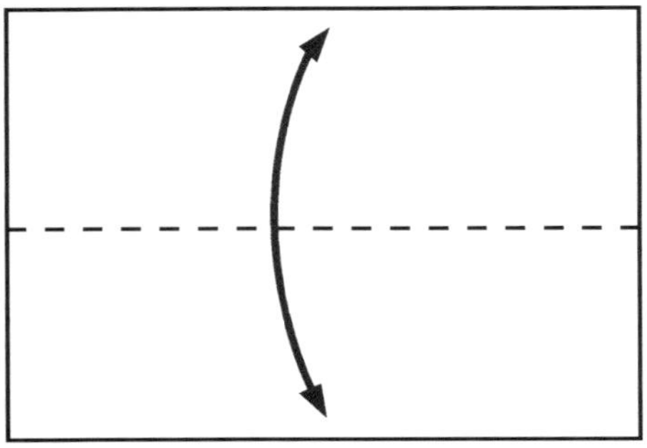

1 Falte das Blatt einmal zur Hälfte zusammen und klappe es wieder auf.

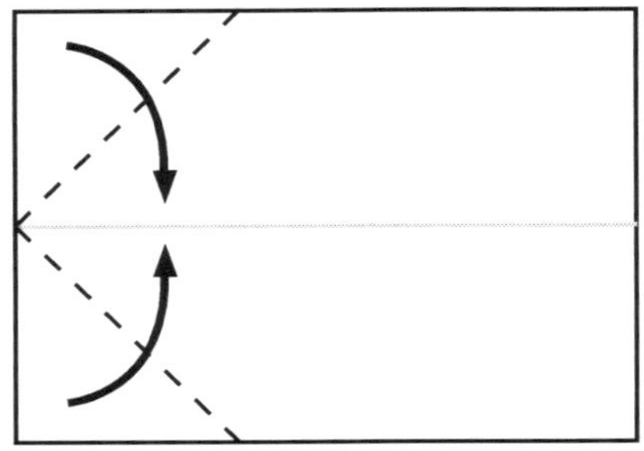

2 Falte an der linken Seite die obere und untere Ecke entlang der diagonalen gestrichelten Linien so nach innen, dass sie sich in der Mitte treffen.

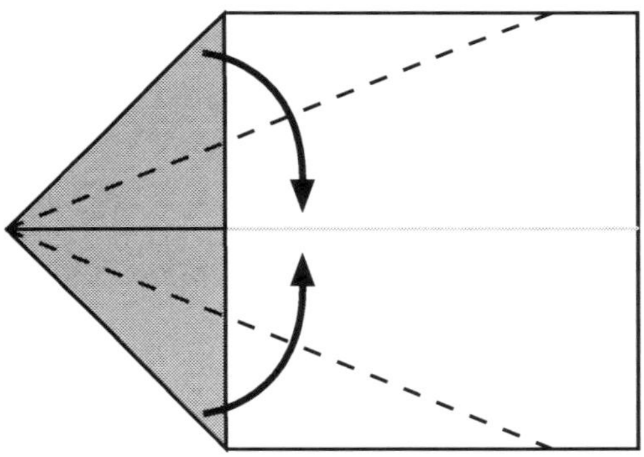

3 Falte von der linken Ecke ausgehend entlang der diagonalen gestrichelten Linien das Papier wieder so, dass es sich in der Mitte trifft.

4 Falte ein kleines Stück der Spitze entlang der senkrechten gestrichelten Linie.

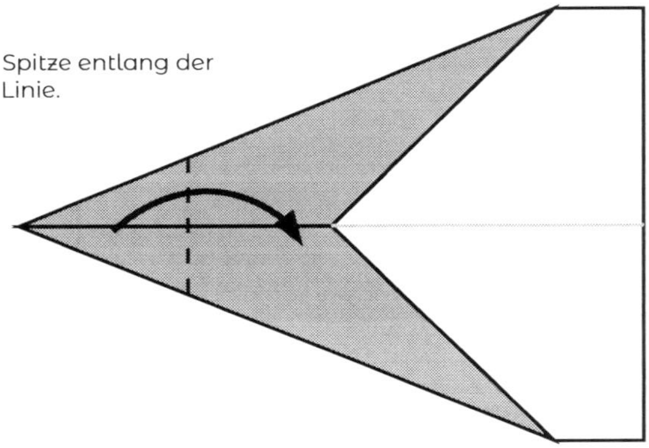

5 Falte alles, wie auf dem Bild zu sehen ist, zur Hälfte zusammen.

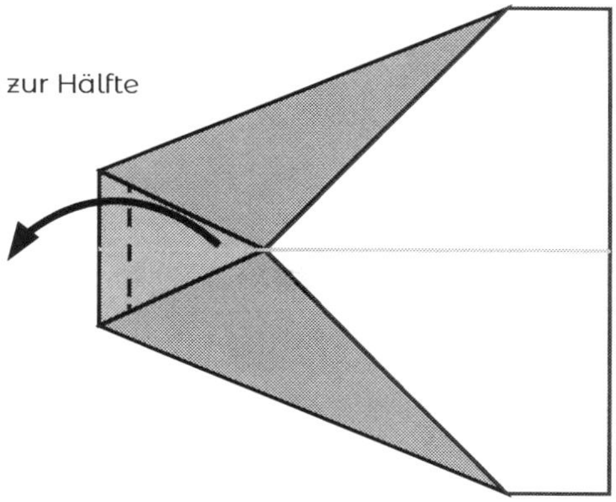

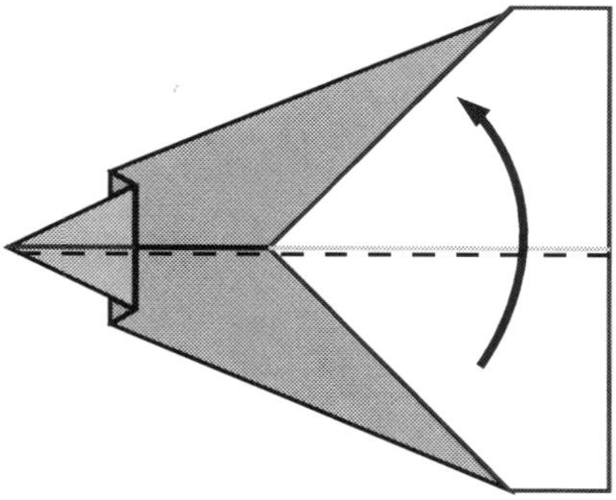

6 Falte entlang der gestrichelten Linie und streiche alles sehr gut fest.

7 Korrigiere deine Faltung noch einmal so, dass das Verhältnis zwischen Flügel und Rumpf einen rechten Winkel bildet.

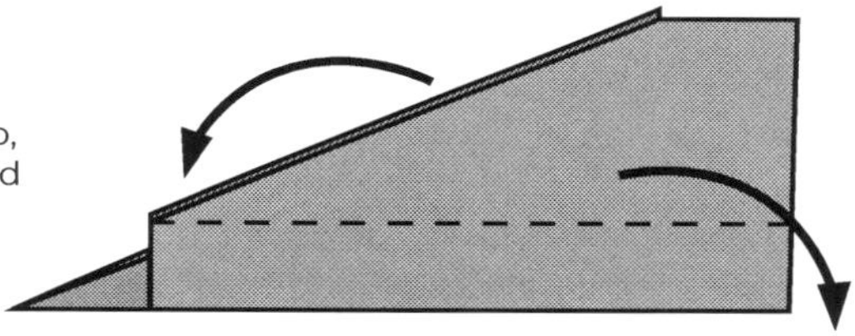

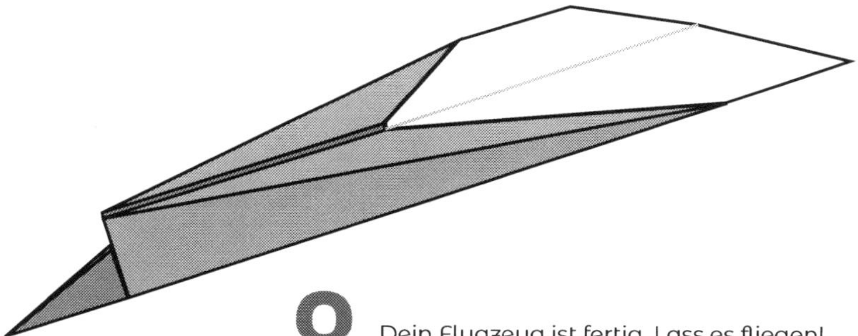

8 Dein Flugzeug ist fertig. Lass es fliegen!

Die längste Flugzeit, die ein Papierflugzeug einmal geschafft hat, waren 29,2 Sekunden und die weiteste Flugstrecke betrug 69,14 Meter. Die größte Flughöhe erreichte ein Papierflugzeug mit 35,043 Metern und das größte Papierflugzeug hatte eine Flügelspannweite von 18,21 Metern. Wer weiß, vielleicht stellst du mit deinem Flugzeug ja auch einen Rekord auf!

Du brauchst ein quadratisches Blatt Origami-Papier.

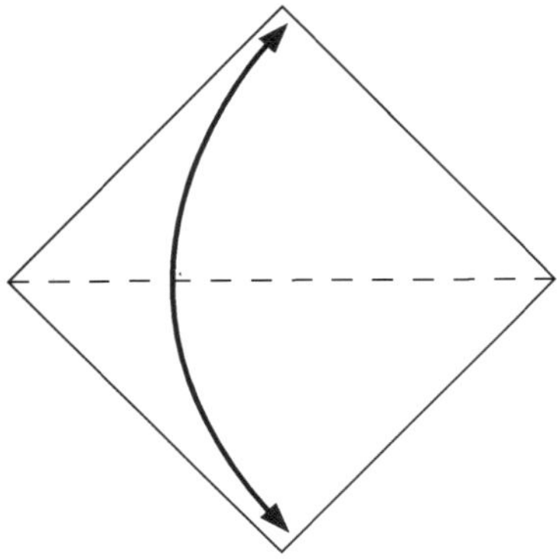

1 Lege das Blatt so vor dich, dass es mit einer Ecke nach unten zeigt. Falte es dann entlang der waagerechten gestrichelten Linie nach oben und klappe es wieder auf.

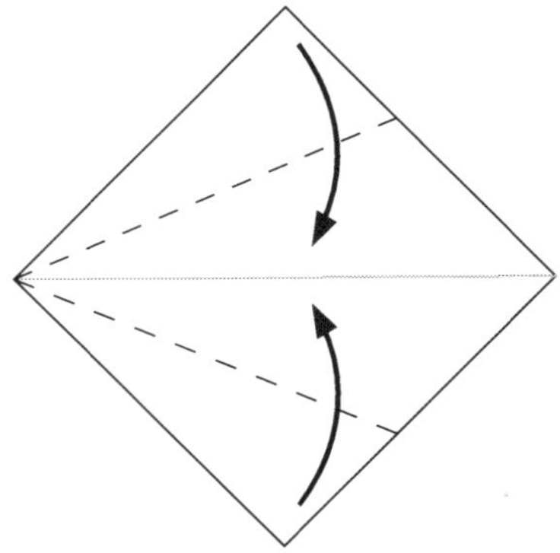

2 Falte wie auf dem Bild die obere und untere Seite des Blattes entlang der diagonalen gestrichelten Linien nach innen.

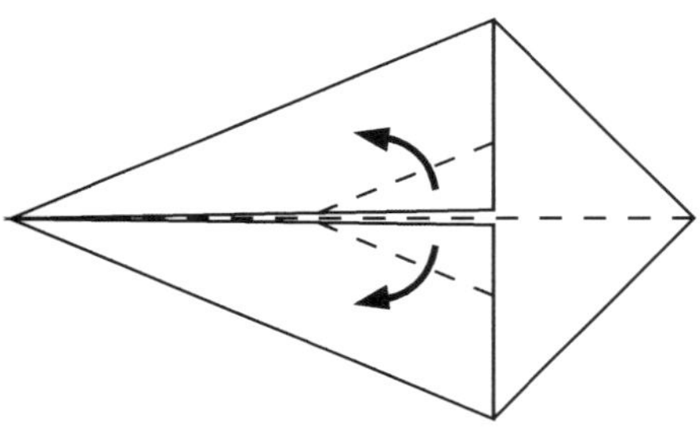

3 Falte als nächstes die Ecken der oberen Lage, die du gerade gefaltet hast, entlang der schrägen gestrichelten Linien nach außen.

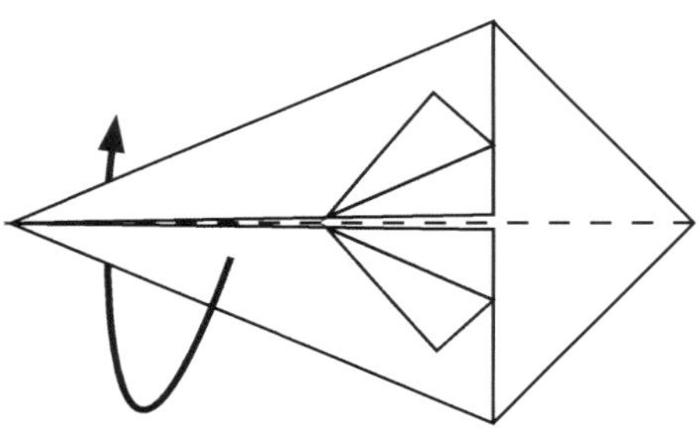

4 Falte das Papier entlang der waagerechten gestrichelten Linie zur Hälfte zusammen. Streiche alles gut fest.

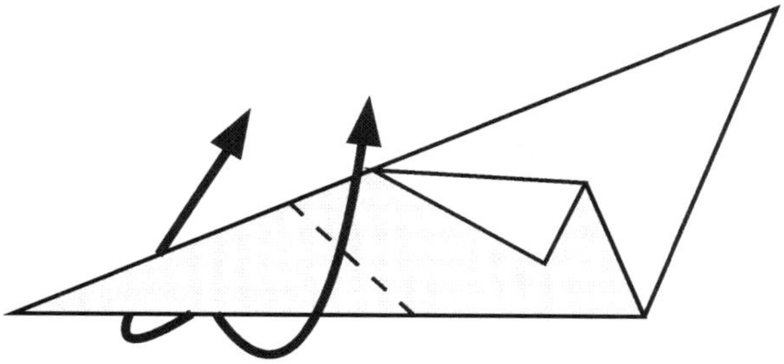

5 Mache eine Umkehrfaltung, indem du entlang der schrägen gestrichelten Linie das Papier nach außen faltest.

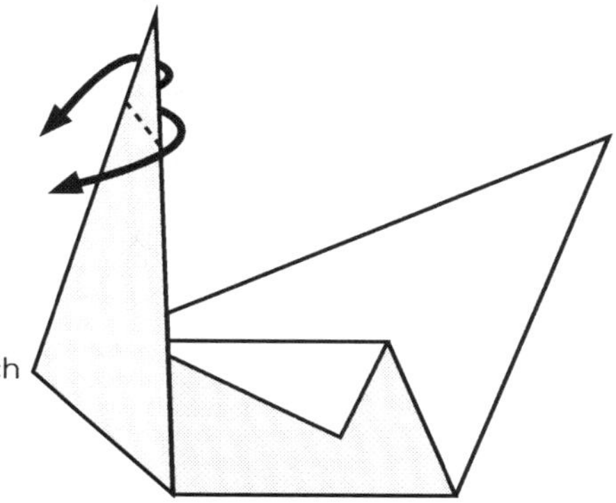

6 Mache eine erneute Umkehrfaltung, wieder entlang der schrägen gestrichelten Linie nach vorne.

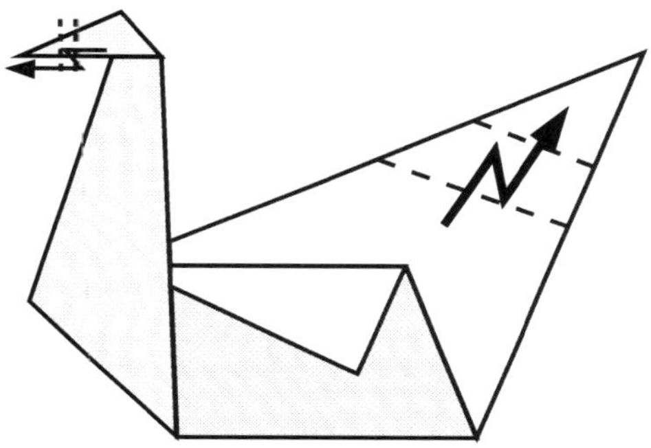

7 Stelle an Schnabel und Hinterteil zwei Quetschfalten her, indem du das Papier jeweils zweimal entlang der gestrichelten Linien faltest und übereinander schiebst.

8 Dein Schwan ist fertig.

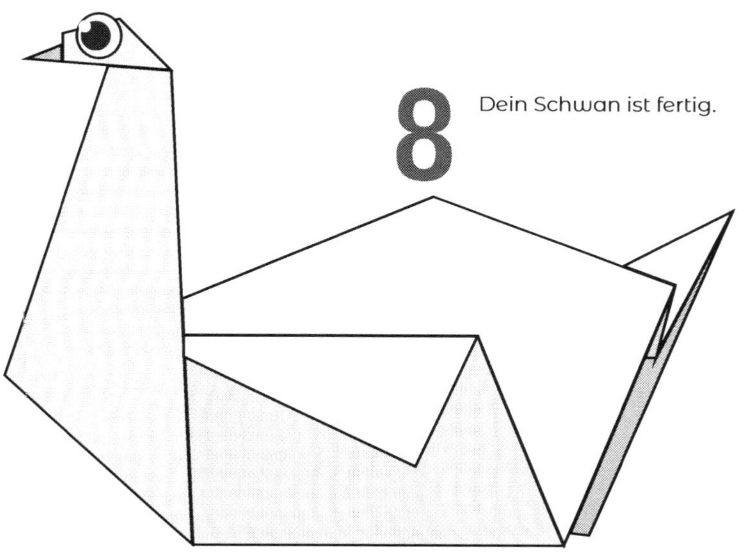

Schwäne gehören zur großen Familie der Enten und Gänse, sind aber die elegantesten Familienmitglieder. Außerdem sind sie ziemlich gescheit und haben einen gutes Gedächtnis. Jedenfalls erinnern sie sich immer daran, wer gut zu ihnen war und wer nicht. Wenn Schwäne brüten, sollte man sich ihnen allerdings besser nicht nähern, denn sie verteidigen ihren Nachwuchs mit aller Macht.

SPATZ

Du brauchst ein quadratisches Blatt Origami-Papier.

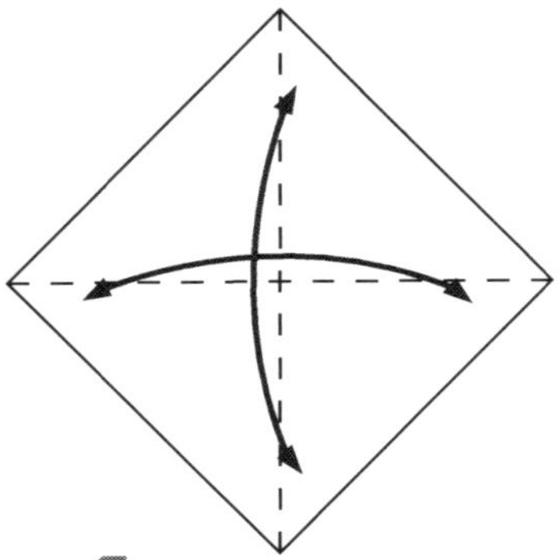

1 Falte zunächst dein Blatt jeweils von Ecke zu Ecke und falte es dann wieder auf, damit du Knicke bekommst, die dir später beim weiteren Falten helfen.

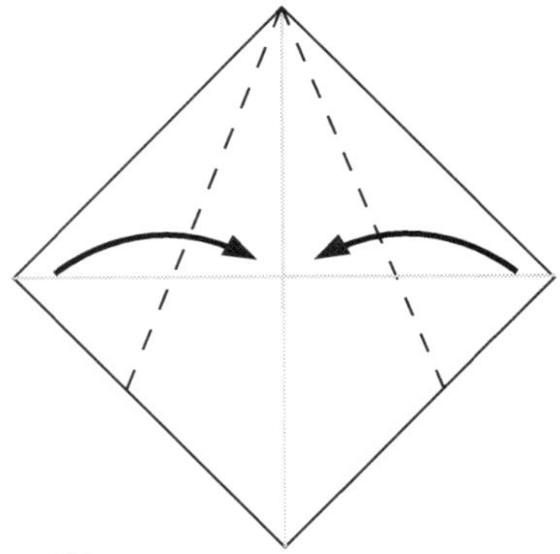

2 Falte beide Seiten entlang der schrägen gestrichelten Linien nach innen.

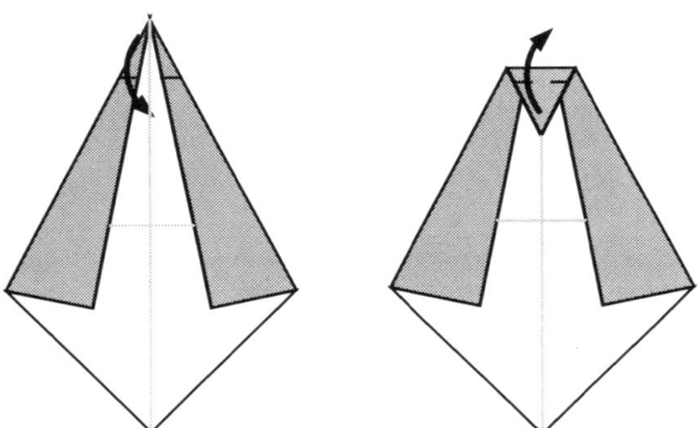

3 Falte die obere Spitze entlang der waagerechten gestrichelten Linie einmal nach unten und dann noch mal entlang der zweiten waagerechten gestrichelten Linie nach oben. Du hast jetzt eine Treppenfalte.

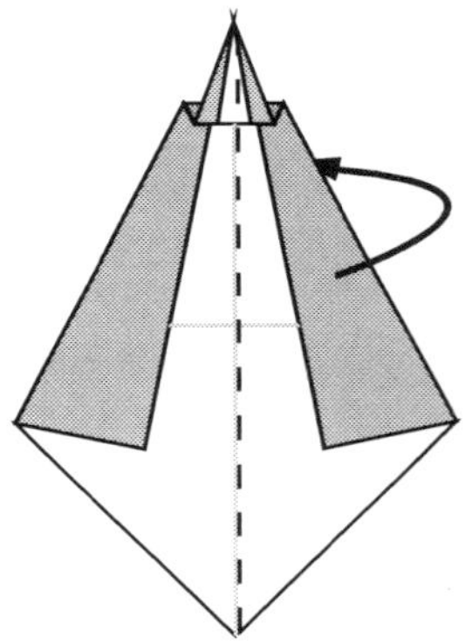

4 Falte als nächstes das gesamte Blatt entlang der senkrechten gestrichelten Linie so, dass es nun halbiert ist.

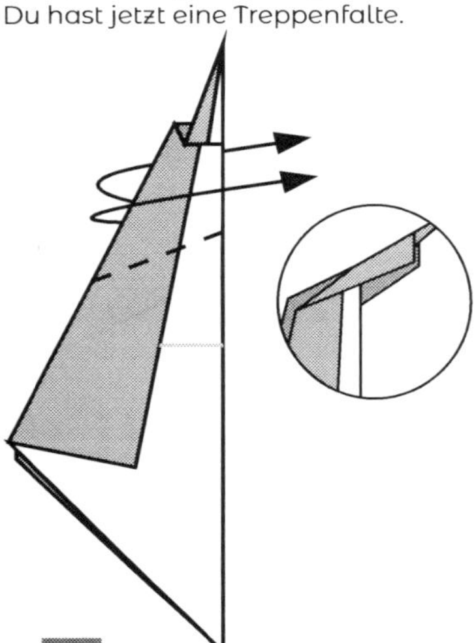

5 Falte das Blatt jetzt entlang der schrägen gestrichelten Linie nach hinten.

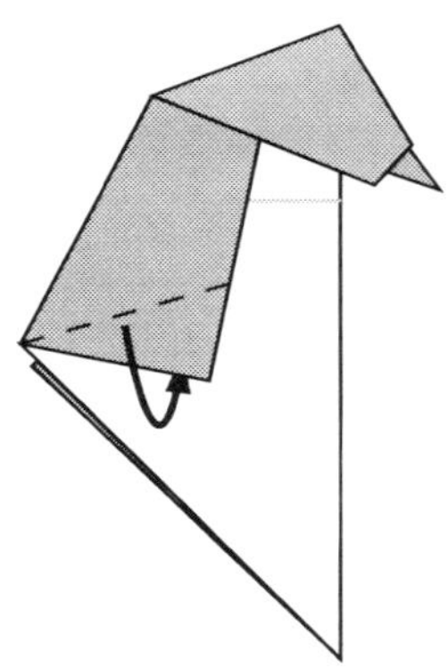

6 Falte entlang der schrägen gestrichelten Linie die obere Lage des Blattes nach innen.

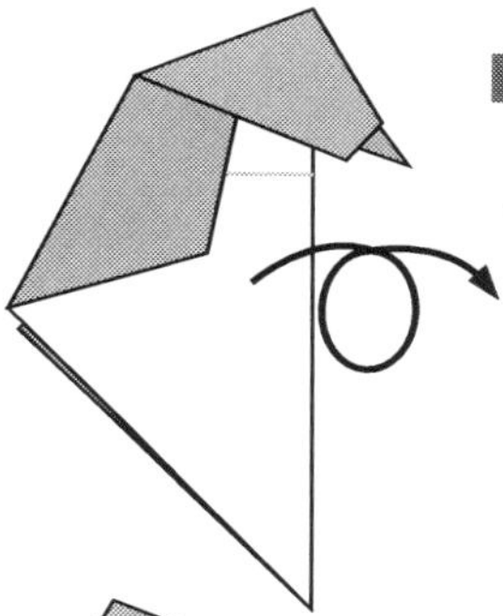

7 Drehe das Papier herum.

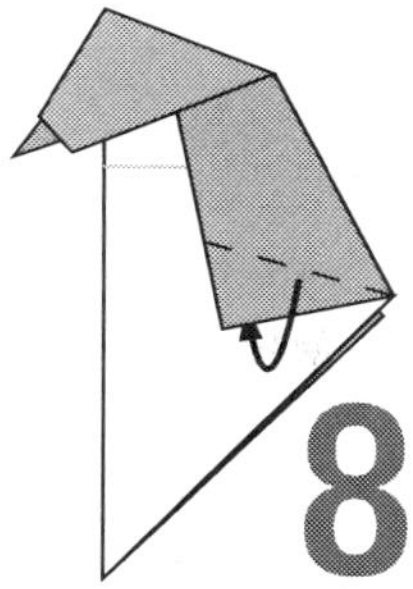

8 Falte auch hier wieder die obere Lage das Papiers nach innen wie bei Schritt 6.

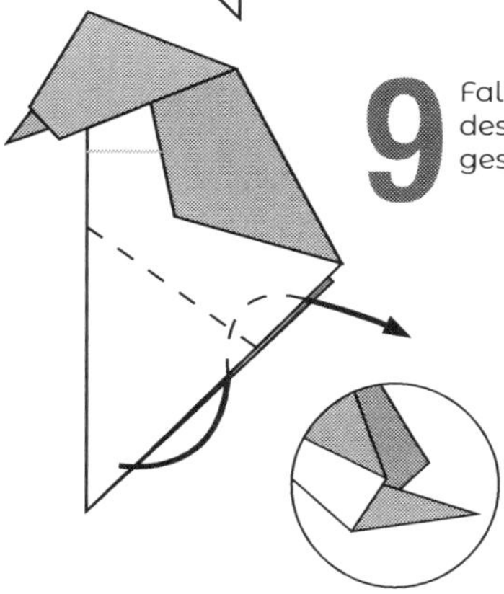

9 Falte jetzt die untere Ecke des Blattes entlang der gestrichelten Linie nach innen.

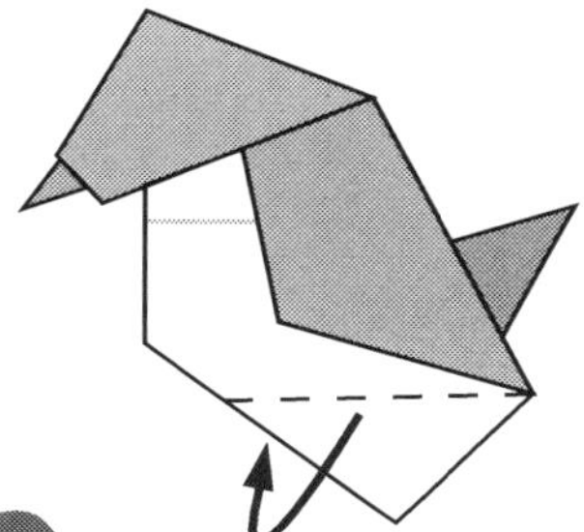

10 Zum Schluss faltest du jetzt die überflüssige untere Ecke nach hinten.

11 Und schon ist dein Spatz fertig.

Wenn du in einer etwas ländlichen Umgebung wohnst, kannst du Spatzen bei dir im Garten oder Park beobachten. Ein Spatzen-Pärchen bleibt sein Leben lang zusammen und freut sich über extra für sie aufgehängte Nistkästen. Spatzen baden außerdem sehr gerne und freuen sich auch über ein Vogelbad im Garten.

Du brauchst ein quadratisches Blatt Origami-Papier.

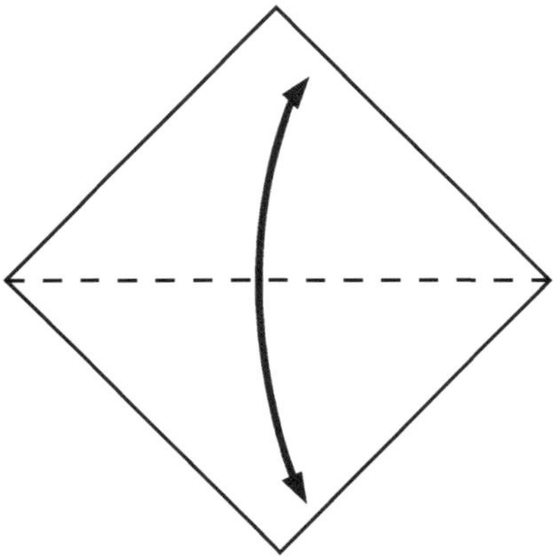

1 Im ersten Schritt faltest du das Blatt entlang der gestrichelten Linie einmal diagonal und entfaltest es wieder

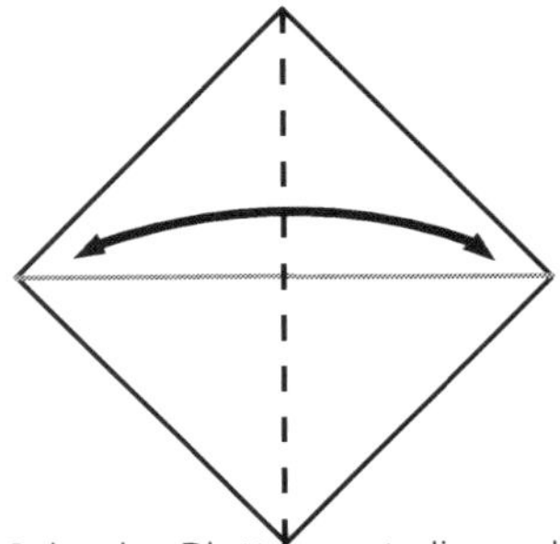

2 Falte das Blatt erneut, diesmal über die andere Diagonale und streiche die entstandene Falte glatt. Vor dir liegt jetzt ein spitzwinkliges Dreieck

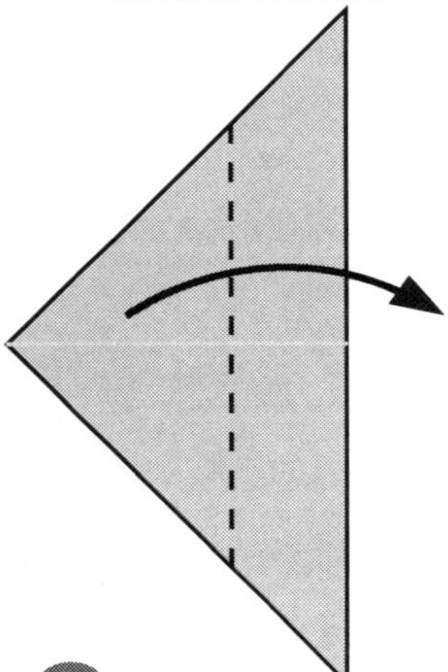

3 Dieses Dreieck faltest du nun wieder und zwar entlang der gestrichelten Linie nach hinten. Gut glatt streichen.

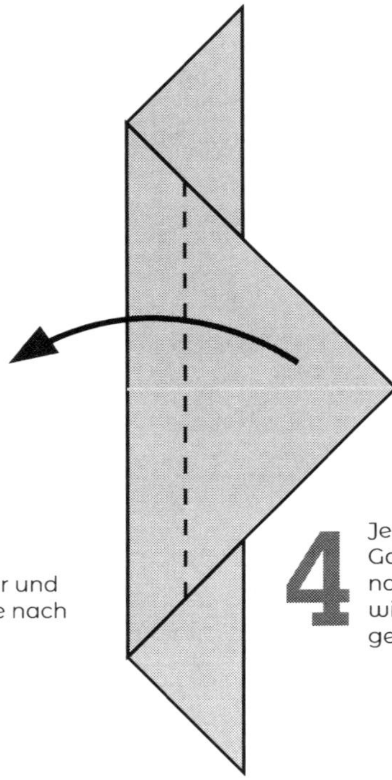

4 Jetzt faltest du das Ganze noch mal nach vorn und zwar wieder entlang der gestrichelten Linie

5 Als nächstes sorgst du dafür, dass dein Objekt dreidimensional wird. Dafür öffnest du als erstes die oberen beiden Blätter, die du die ganze Zeit mit gefaltet hast, streichst alles glatt und faltest dann das gesamte Objekt entlang der gestrichelten Linie zusammen.

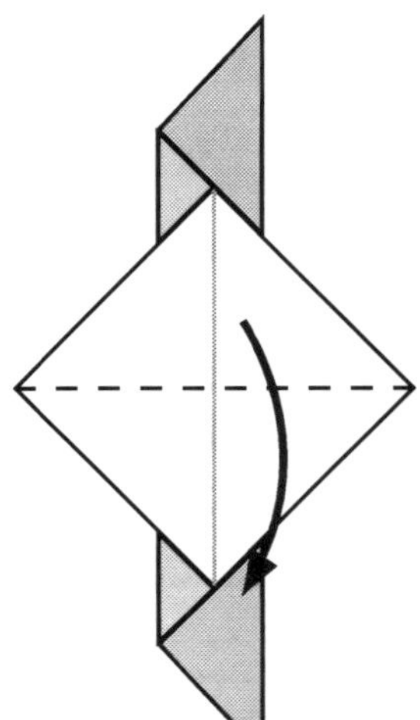

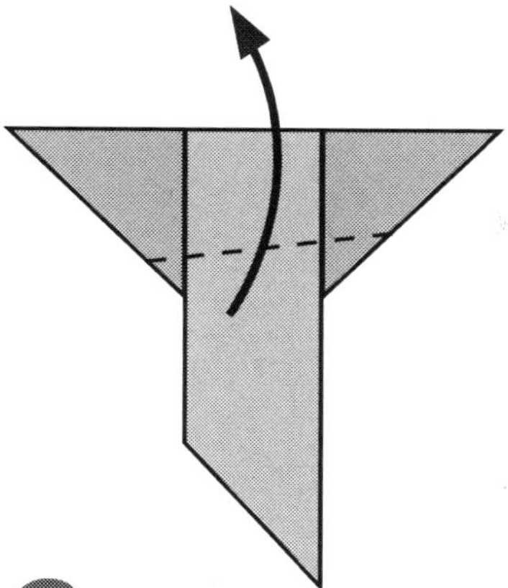

6 Faltest jetzt beide Papierteile jeweils nach oben und zwar entlang der gestrichelten Linie.

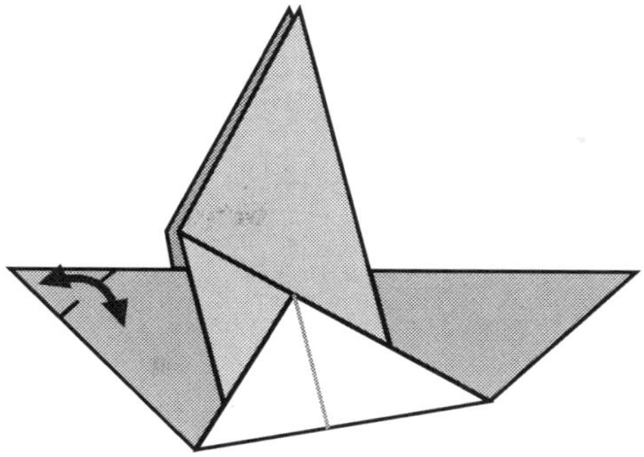

7 Im nächsten Schritt bereitest du den Schnabel vor. Dazu faltest du das Papier an der vorderen Ecke entlang der gestrichelten Linie, streichst es leicht fest und faltest es dann wieder zurück.

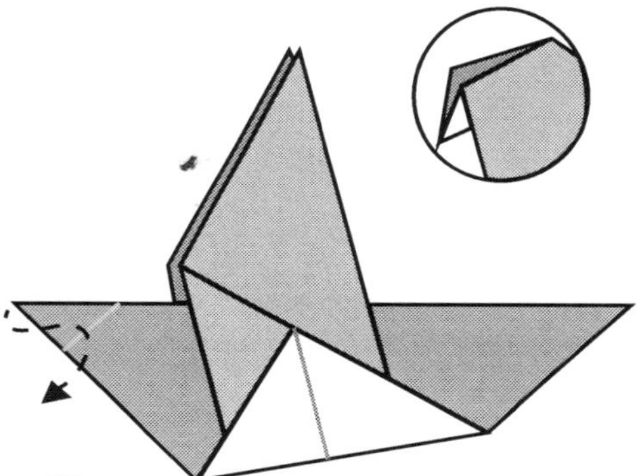

8 Du öffnest nun Taube ein wenig und drückst das Papier entlang der vorbereiteten Falte nach innen, so dass der Schnabel entsteht.

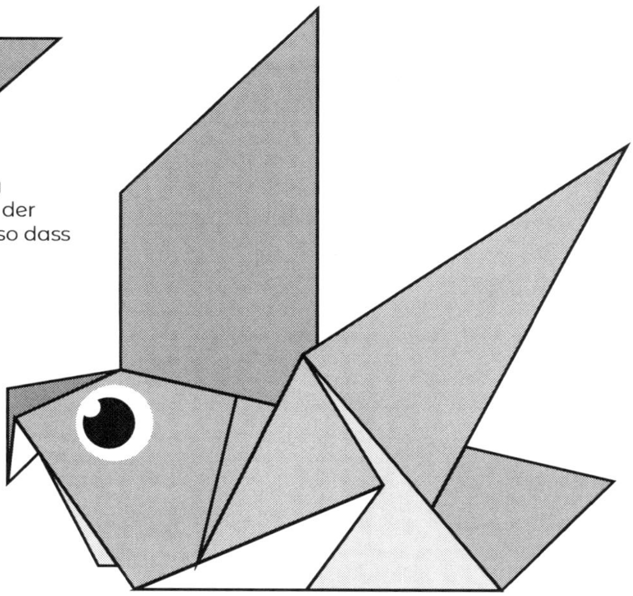

9 Nun ist deine Taube fertig. Du kannst sie natürlich bemalen, Kulleraugen aufkleben oder Federn an ihr befestigen.

Tauben sind übrigens ziemlich intelligente Tiere. Sie finden nicht nur aus einer Entfernung von über 2000 Kilometer wieder nach Hause, sondern sie haben auch eine Vorstellung von Raum und Zeit, wie Versuche gezeigt haben.

ZIKADE

Du brauchst ein quadratisches Blatt Origami-Papier.

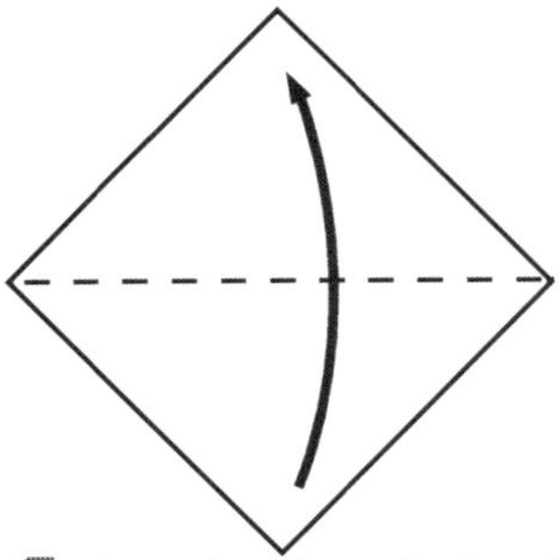

1 Lege das Blatt mit einer Spitze nach unten vor dich und falte es entlang der waagerechten gestrichelten Linie nach oben.

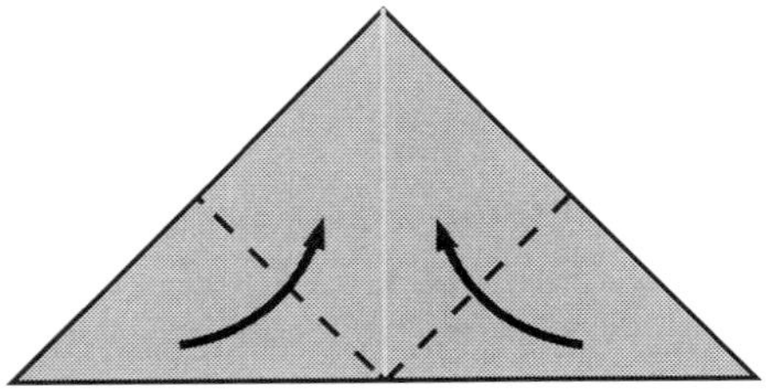

2 Falte die Ecken entlang der diagonalen gestrichelten Linie so, dass sie sich in der Mitte treffen.

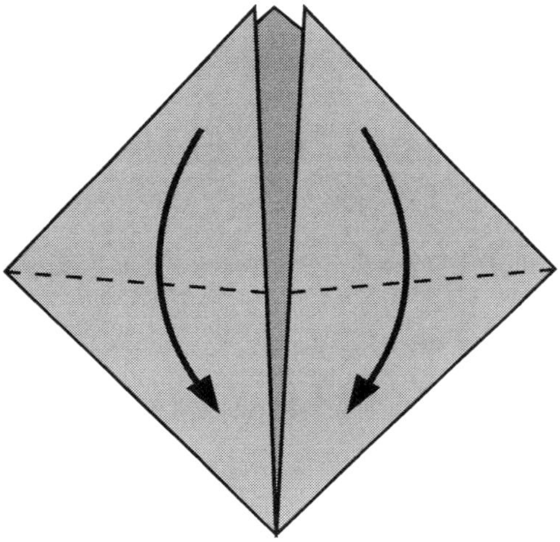

3 Falte die obere Lage entlang der gestrichelten Linien nach unten.

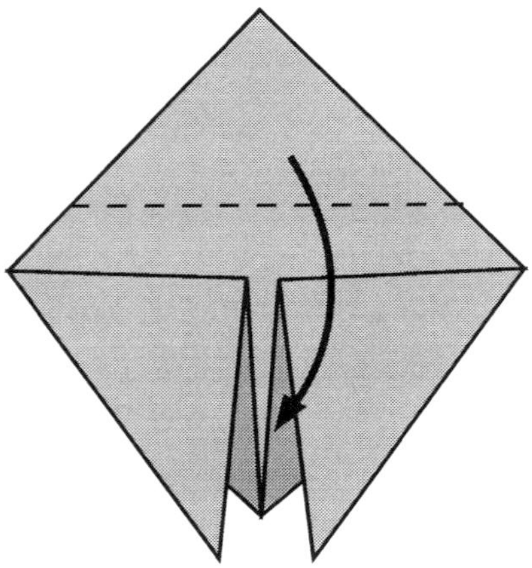

4 Falte das obere Blatt der hinteren Lage entlang der gestrichelten Linie nach vorne.

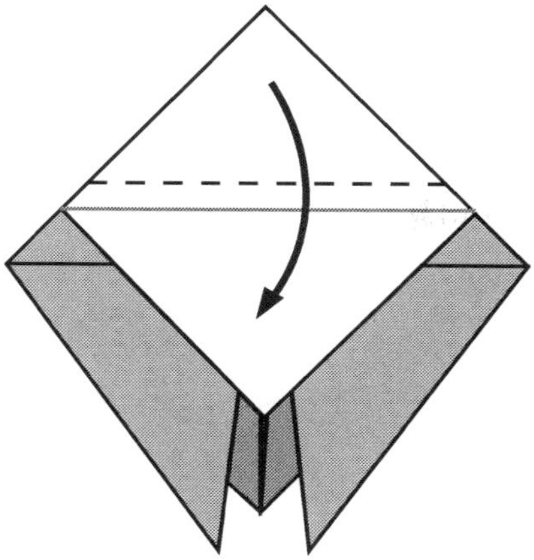

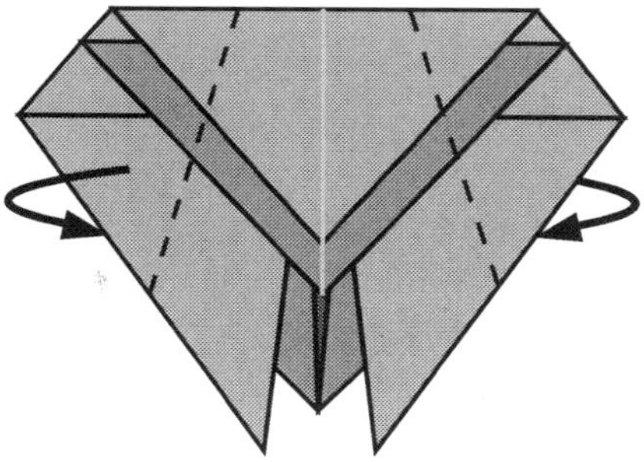

5 Falte jetzt auch das untere Blatt entlang der waagerechten gestrichelten Linie nach vorne. Achte darauf dass du die beiden Lagen nicht nur getrennt faltest, sondern auch so, dass die untere etwas über die obere herausragt.

6 Klappe jetzt deine gesamte Faltung entlang der beiden schrägen gestrichelten Linien nach hinten.

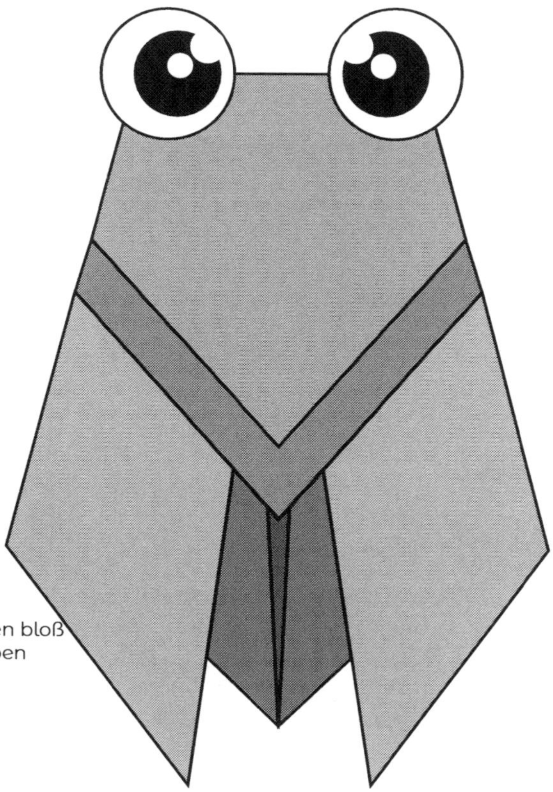

7 Deine Zikade ist fertig. Ihr fehlen bloß noch die Augen, die du aufkleben oder aufmalen kannst.

Zikaden gehören zu den Krachmachern unter den Insekten, zumindest die Männchen. Manche Arten können mit ihrem Zirpen bis zu 100 Dezibel erreichen, das ist ungefähr so laut wie eine Motorsäge. Die Weibchen finden den Krach klasse. Falls du also in einer Gegend wohnst, in der es Singzikaden gibt, beispielsweise in Afrika, dann darfst du dich nicht wundern, wenn du siehst, wie ein Motorradfahrer beim Starten von einem Schwarm Zikadenweibchen umschwärmt wird!

Jahreszeit

FENSTER

Du brauchst ein quadratisches Stück Origami-Papier.

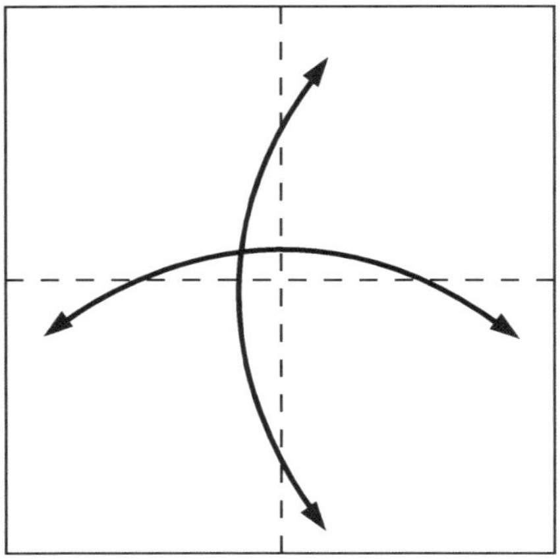

1

Falte das Blatt jeweils entlang der senkrechten und waagerechten gestrichelten Linien und klappe es dann wieder auf, sodass du jetzt einen senkrechten und einen waagerechten Knick hast.

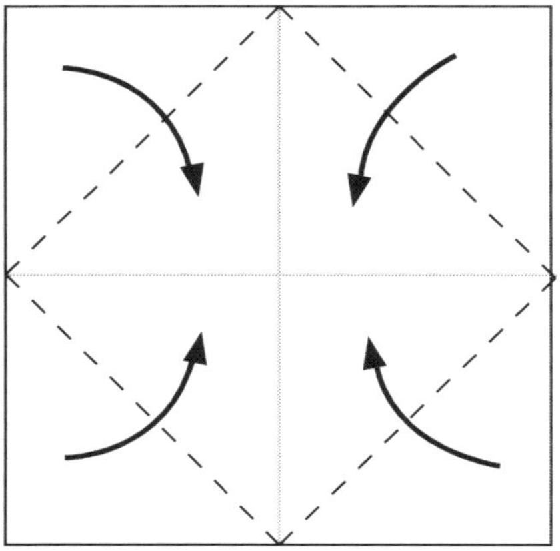

2

Falte die vier Ecken deines Blattes entlang der diagonalen gestrichelten Linien nach innen, sodass die Ecken sich in der Mitte treffen. Streiche deine Faltung gut glatt.

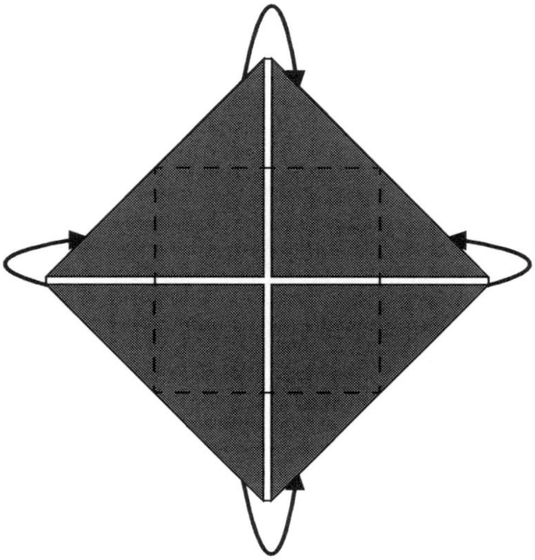

3

Falte jetzt die neu entstandenen Ecken entlang der waagerechten und senkrechten gestrichelten Linien nach hinten und streiche ebenfalls alles wieder gut glatt.

4

Schon ist ein Fenster fertig! Das war ja einfach oder? Du solltest es jetzt natürlich noch verzieren. Du kannst zum Beispiel Sternchen aufkleben oder malen, dann sieht es aus, als würdest du in einen Sternenhimmel blicken. Oder du malst oder klebst Blumen an dein Fenster, dann ist draußen immer Frühling! Deiner Fantasie sind hier keine Grenzen gesetzt.

Die ersten Fenster aus Glas wurden bei uns ungefähr vor 1000 Jahren hergestellt. Weil das Glas und die Herstellung großer Glasflächen aber viel zu teuer waren, wurden die ersten Fenster aus kleinen Glasstücken zusammengesetzt, den Butzenscheiben. Schau mal im Lexikon nach, wie so etwas aussah!

GLOCKE

Du brauchst ein quadratisches Blatt Origami-Papier.

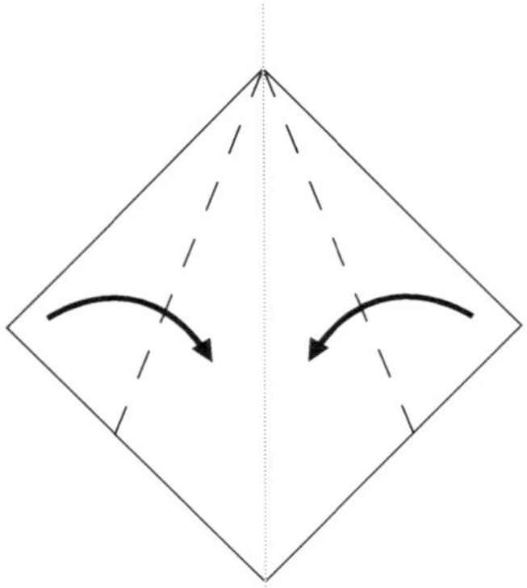

1 Lege das Blatt so vor dich, dass eine Spitze nach unten zeigt. Falte dann die linke und rechte Seite des Blattes entlang der schrägen gestrichelten Linie nach innen, sodass sie sich in der Mitte treffen.

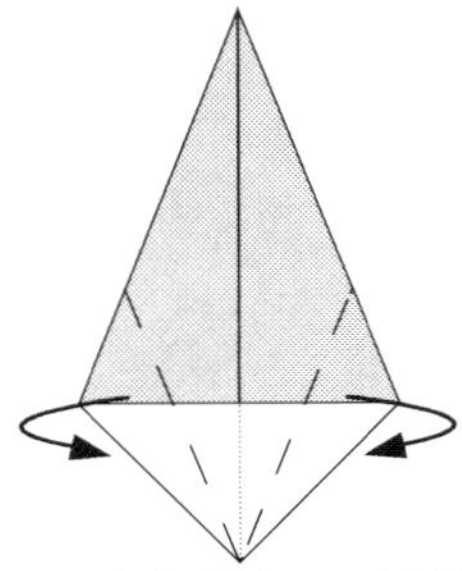

2 Falte erneut die linke und rechte Seite des Blattes entlang der schrägen gestrichelten Linie, diesmal aber nach hinten.

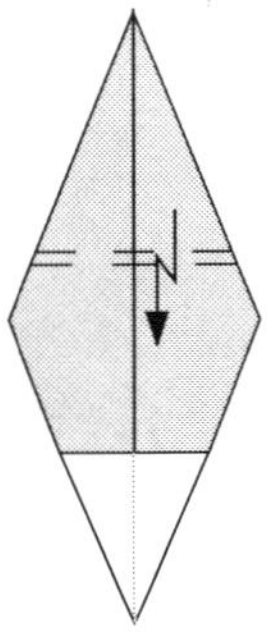

3 Falte das Blatt zweimal jeweils an den waagerechten gestrichelten Linien und schiebe die Falten übereinander.

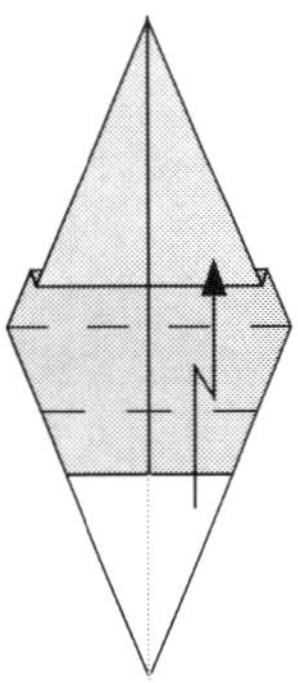

4 Falte erneut zweimal an den waagerechten gestrichelten Linien und schiebe die Falten wieder übereinander.

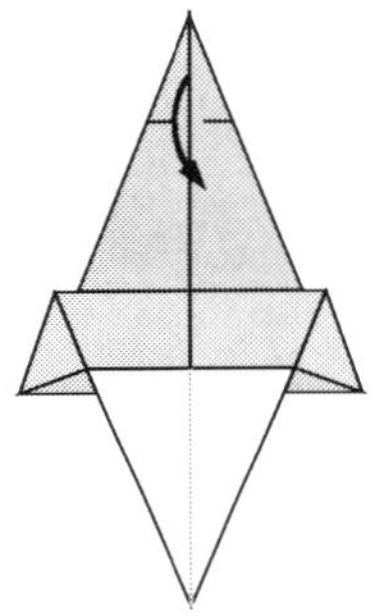

5 Falte jetzt die obere Spitze nach unten.

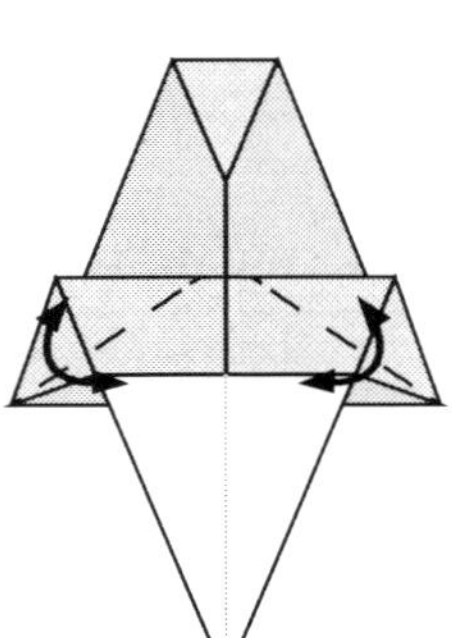

6 Falte entlang der beiden diagonalen gestrichelten Linien und klappe die Falten wieder auf.

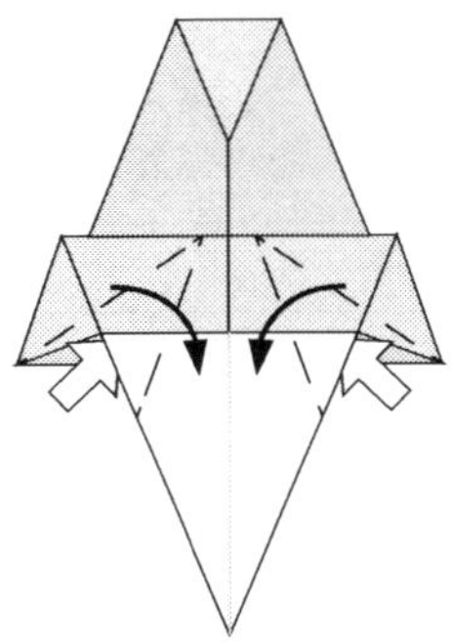

7 Öffne die beiden Taschenfalten, die durch die Pfeile gekennzeichnet sind und streiche alles glatt.

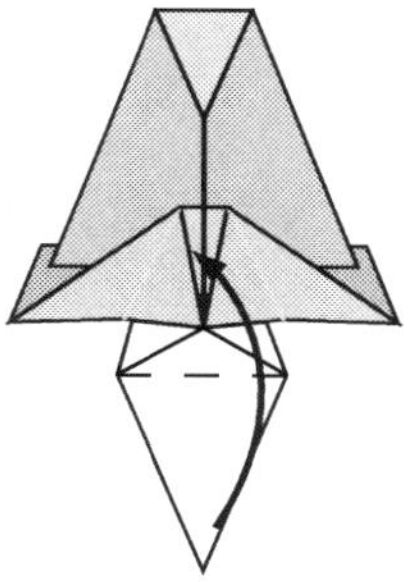

8 Falte nun die untere Spitze nach oben.

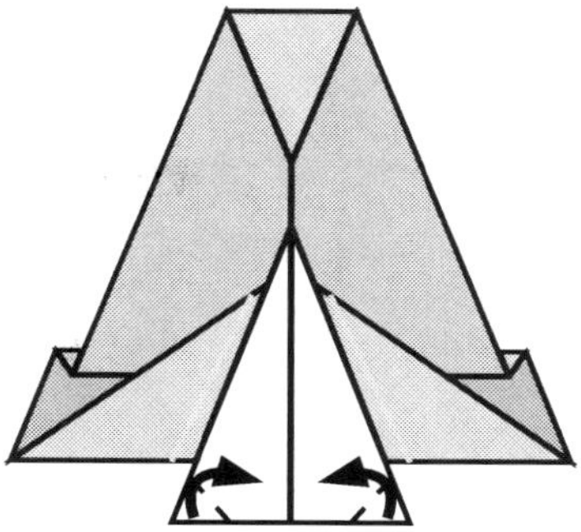

9 Falte die beiden unteren Ecken entlang der diagonalen gestrichelten Linie. Streiche alles gut fest.

10 Drehe deine Faltung um.

11 Die Glocke ist fertig.

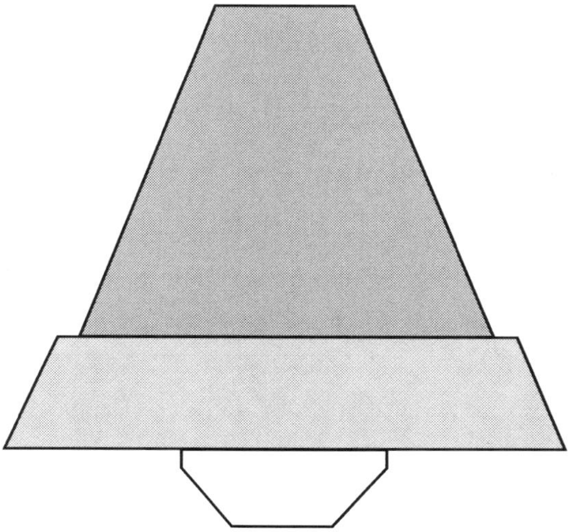

Glocken gehören zum Kulturerbe. (Wenn du herausfinden möchtest, was Kulturerbe bedeutet, schlag doch mal im Lexikon nach.) Es gibt berühmte Glocken für religiöse, aber auch für weltliche Zwecke. Eine der berühmtesten Glocken ist zum Beispiel die Petersglocke im Kölner Dom. Sie wiegt 24.000 Kilo und hat eine besonders „tiefe Stimme" und sie wird nur zu besonderen Anlässen geläutet. Wie viele alte Glocken trägt auch sie eine Inschrift. Vielleicht möchtest du auch eine Inschrift auf deiner Glocke anbringen?

HERZ

Du brauchst ein quadratisches Blatt Origami-Papier.

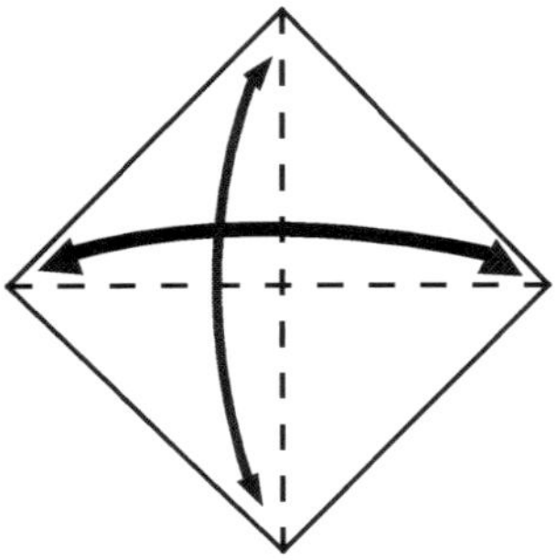

1 Lege das Blatt so vor dich, dass es mit einer Ecke nach unten zeigt. Falte es dann entlang der waagerechten und senkrechten gestrichelten Linien um Knicke zu erzeugen und klappe es wieder auf.

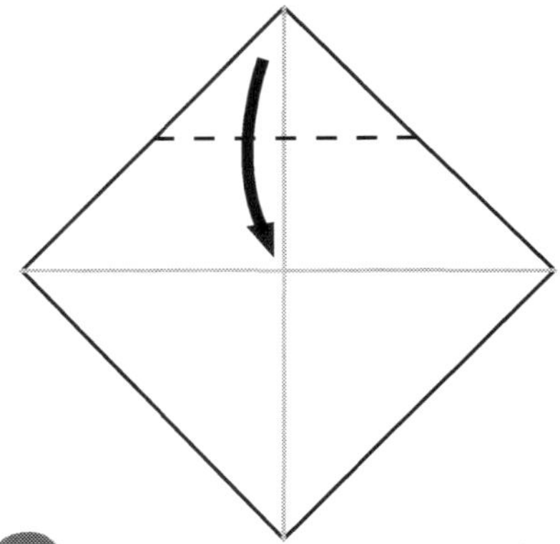

2 Falte die obere Ecke entlang der waagerechten gestrichelten Linie nach unten.

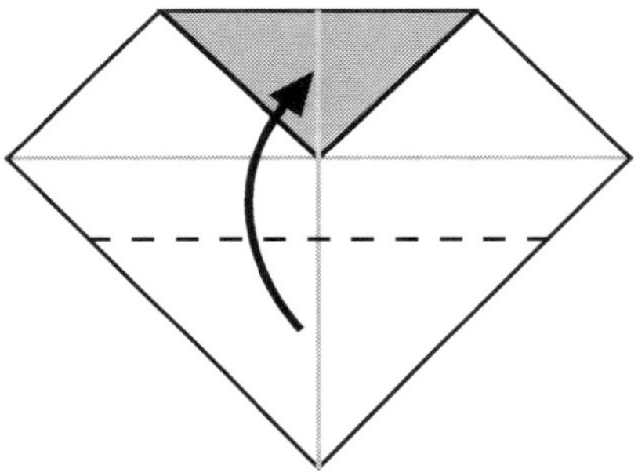

3 Falte die untere Ecke entlang der waagerechten gestrichelten Linie nach oben.

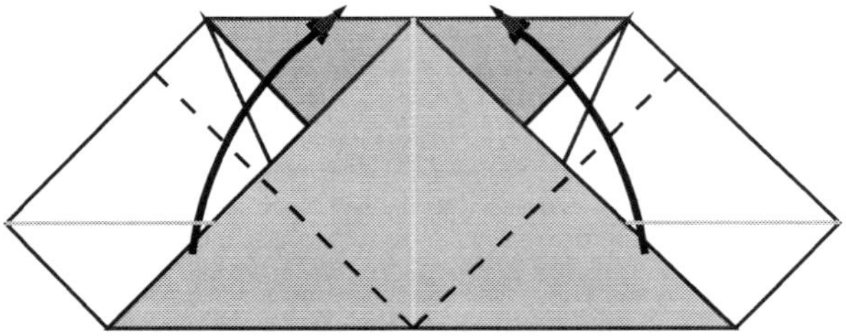

4 Falte das Blatt entlang der beiden diagonalen gestrichelten Linien nach oben, sodass die beiden Teile sich in der Mitte treffen.

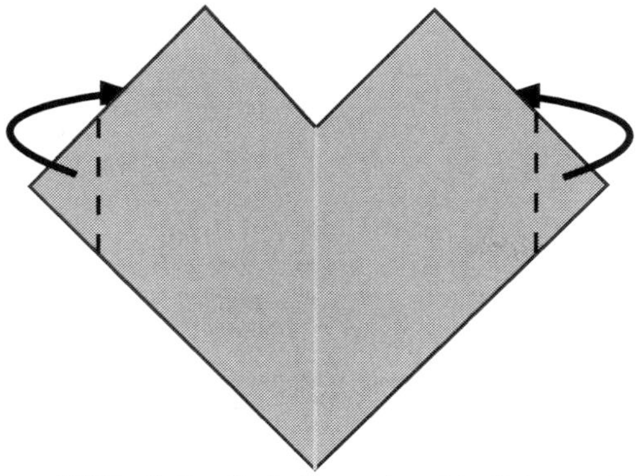

5 Falte die linke und rechte Ecke nach hinten.

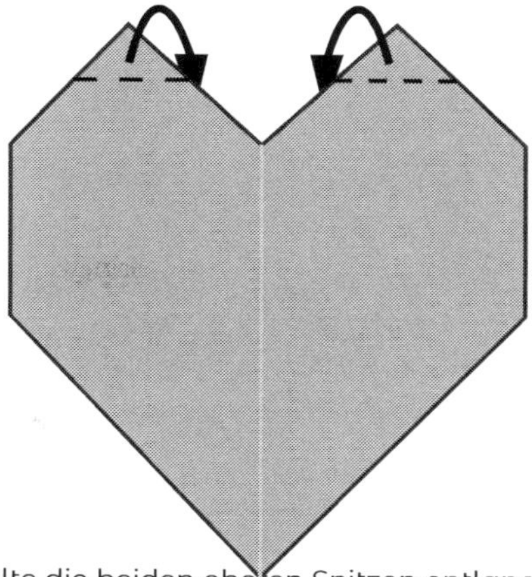

6 Falte die beiden oberen Spitzen entlang der waagerechten gestrichelten Linie ebenfalls nach hinten. Streiche nun alles gut fest.

7 Dein Herz ist fertig.

Das Herz ist seit alters her ein Symbol für Liebe und Leben. Dazu passt, dass die Herzen von zwei Verliebten im gleichen Takt schlagen, wenn sie sich länger als drei Minuten in die Augen geschaut haben. Warum das so ist, weiß man nicht.

Du brauchst ein quadratisches Blatt Origami-Papier.

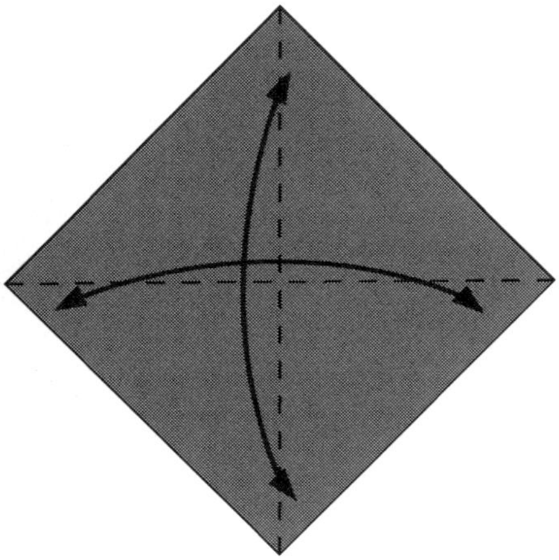

1 Du musst zunächst wieder Hilfs-Knicke falten. Dazu faltest du wie auf dem Bild gezeigt dein Blatt jeweils von Ecke zu Ecke und klappst es wieder auf.

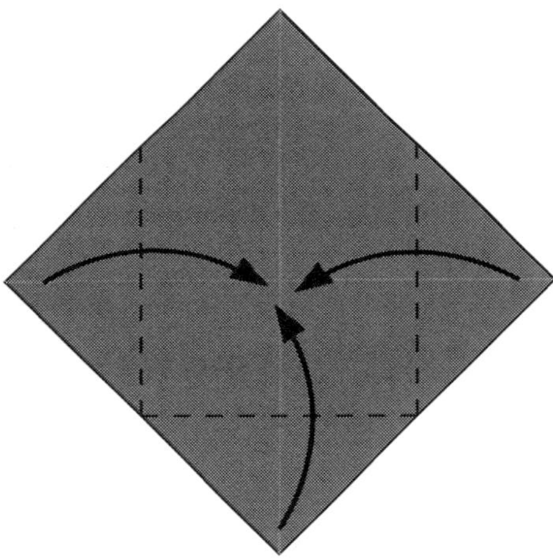

2 Falte jetzt drei der vier Ecken entlang der waagerechten und der beiden senkrechten Linien nach innen und streiche die Falten gut glatt.

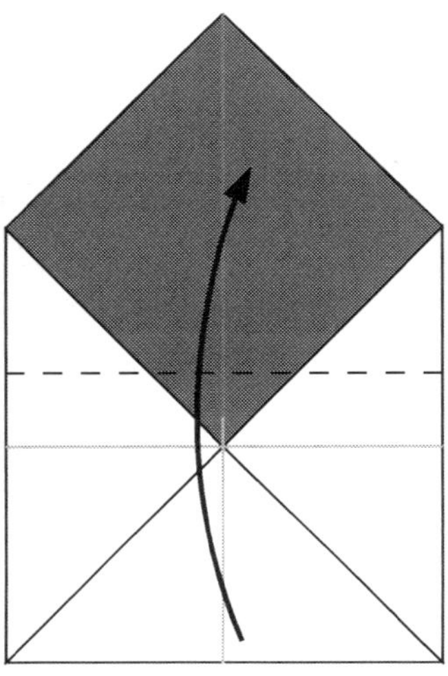

3 Falte dein Blatt jetzt entlang der waagerechten gestrichelten Linie nach oben.

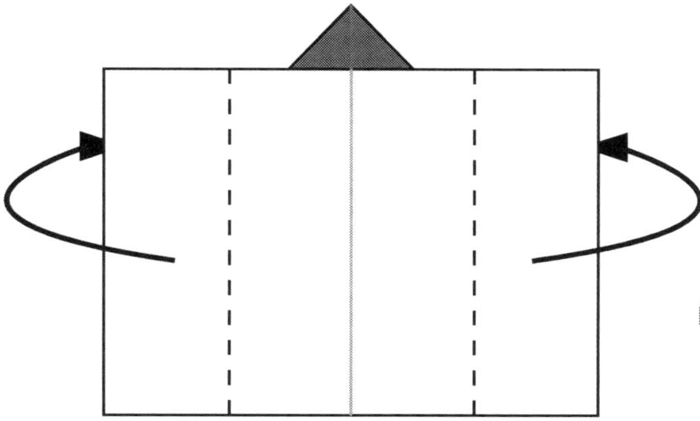

4 Zum Schluss faltest du dein Blatt entlang der beiden senkrechten gestrichelten Linien nach hinten. Streiche deine Faltung jetzt gut glatt.

5 Deine Kerze ist jetzt fertig. Du kannst sie noch verzieren oder du kannst mehrere Kerzen in unterschiedlicher Größe und Farbe falten, damit du ein richtiges Lichtermeer bekommst.

Heute bestehen die meisten Kerzen aus Wachs. Im Mittelalter aber wurden sie häufig aus Rindertalg (das aus Rinderfett hergestellt wurde), Samen oder Insekten gemacht. Manchmal wurde sogar Walrat verwendet, das ist eine Substanz aus dem Schädel von Pottwalen. Dassind die aus Papier doch irgendwie schöner oder?

Du brauchst ein quadratisches Blatt Origami-Papier.

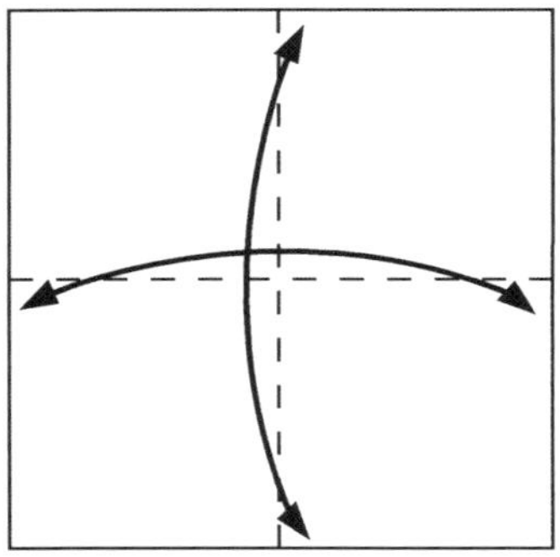

1 Falte dein Blatt jeweils entlang der waagerechten gestrichelten Linie und klappe es wieder auf. So bekommst du zwei Knicke, die dir später als Hilfslinien dienen.

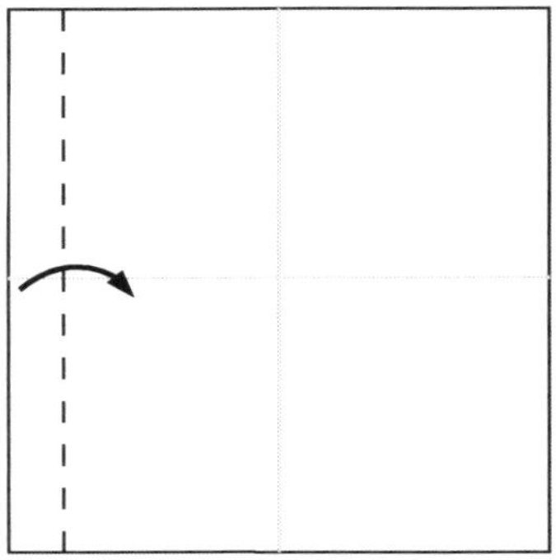

2 Falte das Blatt entlang der senkrechten gestrichelten Linie nach innen und streiche es gut fest.

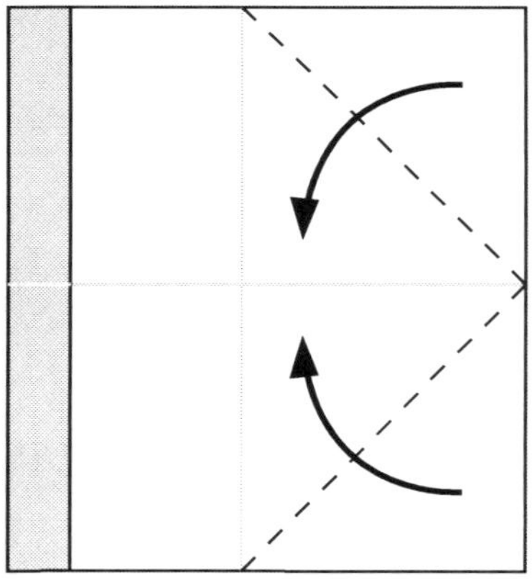

3 Falte nun wie auf dem Bild zu sehen zwei Ecken des Blattes entlang der diagonalen gestrichelten Linien nach hinten und streiche alles gut fest.

4 Falte die in Schritt 3 entstandene Ecke entlang der senkrechten gestrichelten Linie nach innen und streiche sie gut fest.

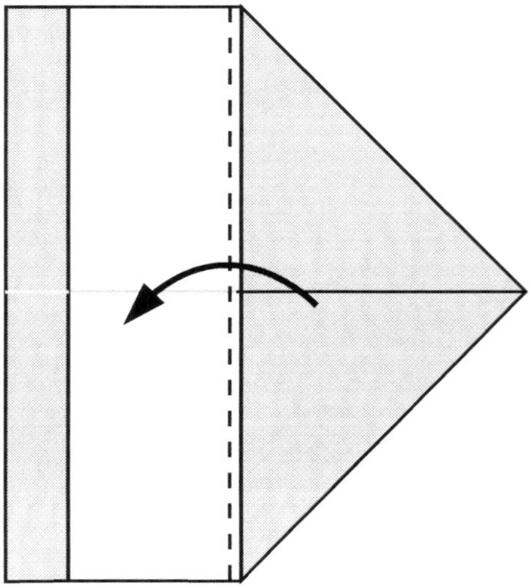

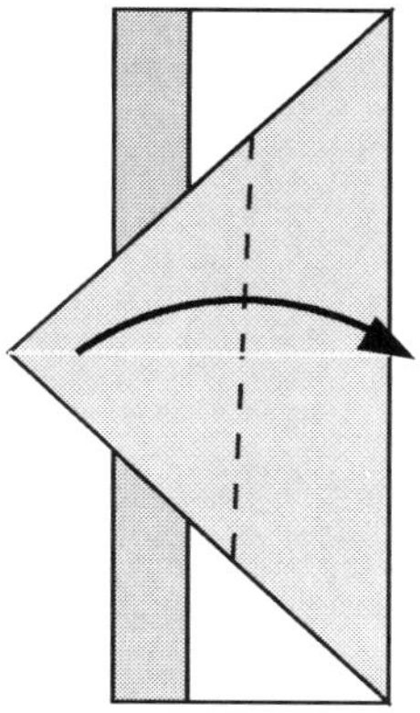

5 Falte die Ecke, die in Schritt 4 entstanden ist, entlang der schrägen gestrichelten Linie nach außen. Streiche alles gut fest.

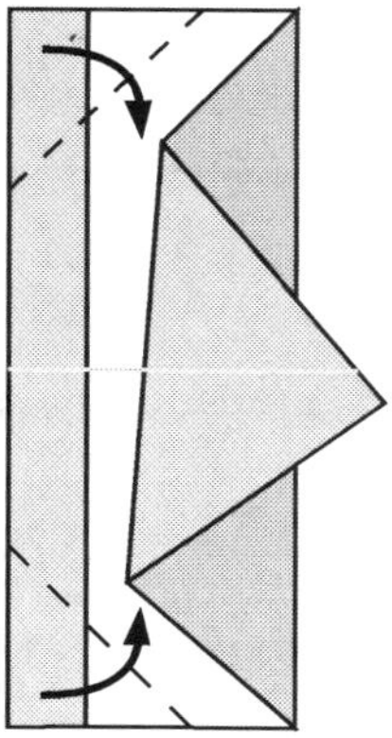

6 Falte, wie im Bild zu sehen, die Ecken entlang der diagonalen gestrichelten Linien nach innen.

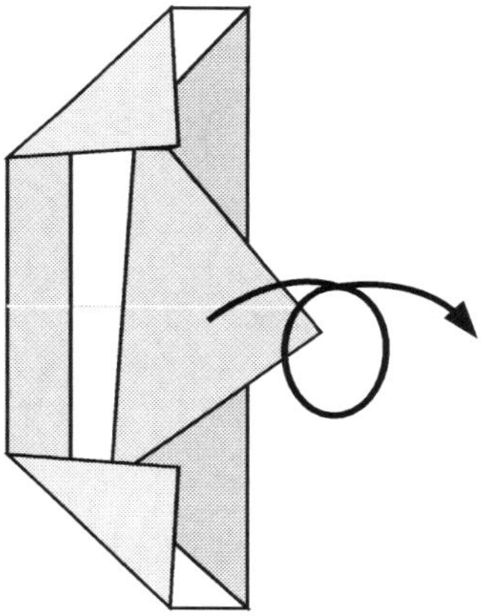

7 Streiche alles gut fest und drehe deine Faltung herum.

8 Die Form des Mondes ist fertig. Du kannst ihm jetzt noch wie im Bild Augen und einen Mund zeichnen oder richtige Krater, wie der Mond sie eigentlich hat.

Was in unseren Augen wie das Mondgesicht aussieht, sind nämlich in Wirklichkeit Krater und Berge auf der Mondoberfläche. Im Verlauf der Geschichte unseres Mondes schlugen immer wieder herumfliegende Asteroiden in ihn ein. Da der Mond keine Atmosphäre hat wie die Erde, verglühen die Asteroiden nicht, sondern schlagen auf seiner Oberfläche auf und hinterlassen eben die Krater, die wir teilweise mit bloßem Auge sehen können.

Du brauchst ein quadratisches Blatt Origami-Papier und eine Bastelschere.

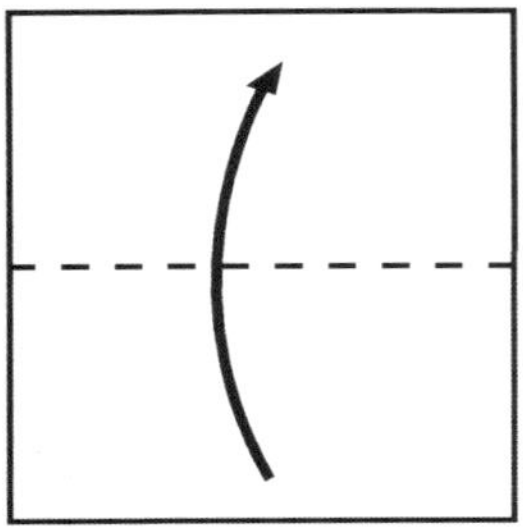

1 Falte das Papier einmal quer auf die Hälfte. Achte dabei unbedingt darauf, dass die geschlossene Seite unten liegt, sonst hast du am Ende nur Schnipsel in der Hand.

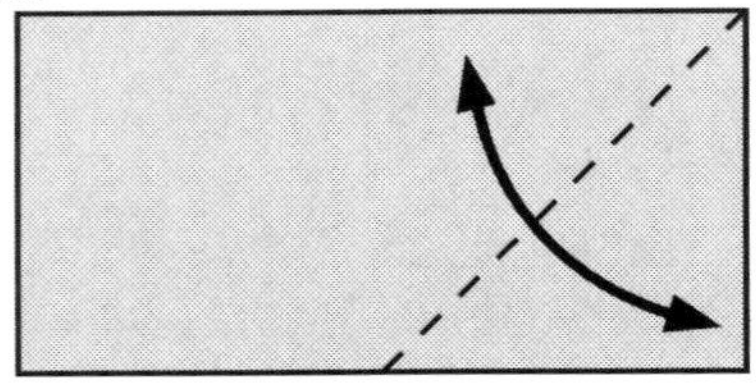

2 Falte die rechte untere Ecke entlang der diagonalen Linie nach oben und klappe sie wieder auf.

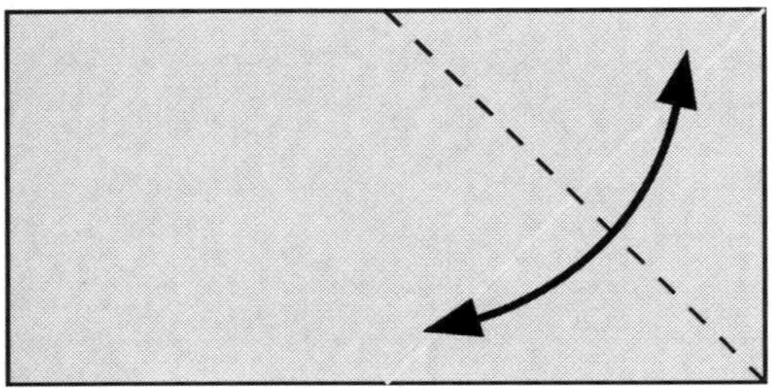

3 Falte die rechte obere Ecke entlang der diagonalen Linie nach unten und klappe sie wieder auf.

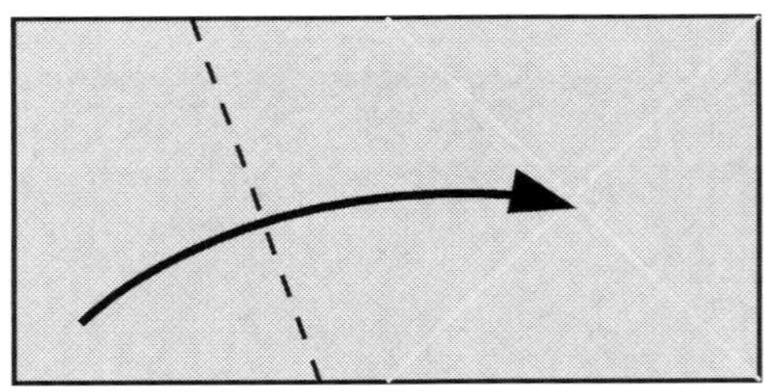

4 Falte die linke Seite des Blattes entlang der schrägen diagonalen Linie nach innen, so dass die linke untere Ecke genau auf die Stelle trifft, an der sich die bei Schritt 2 und 3 gemachten Knicke kreuzen und streiche sie fest.

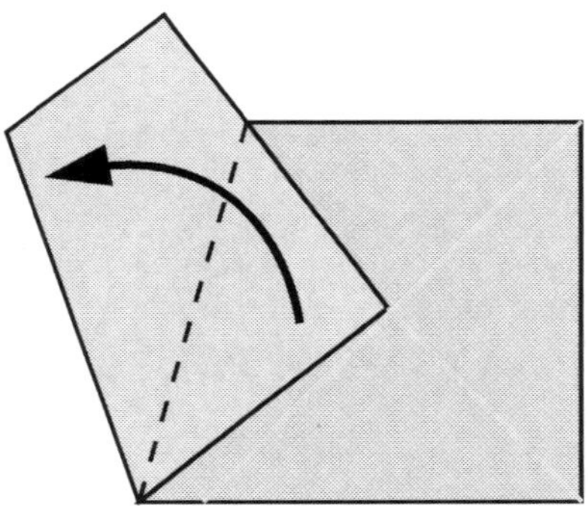

5 Falte die innere Ecke der soeben entstandenen Faltung entlang der diagonalen Linie nach außen und streiche sie gut fest.

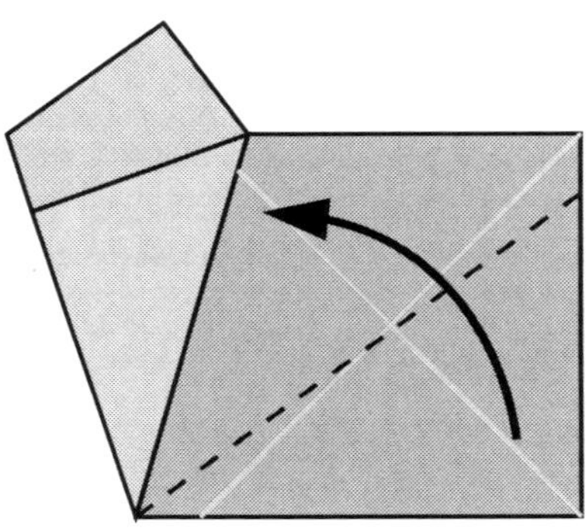

6 Falte die rechte untere Ecke entlang der schrägen diagonalen Linie nach oben. Achtung: diese Falte entspricht nicht exakt dem in Schritt 2 gemachten Knick.

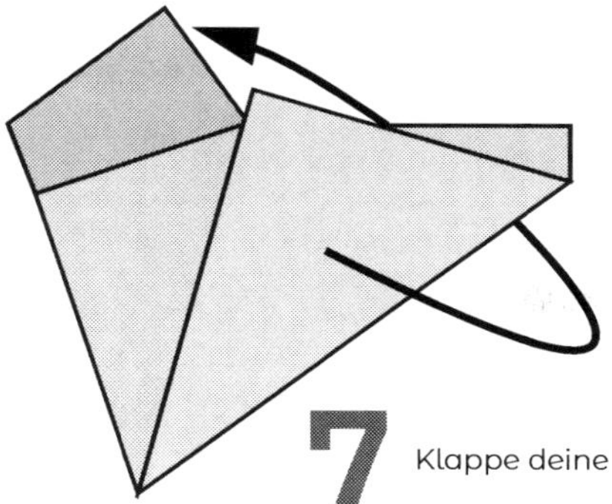

7 Klappe deine Faltung jetzt nach hinten.

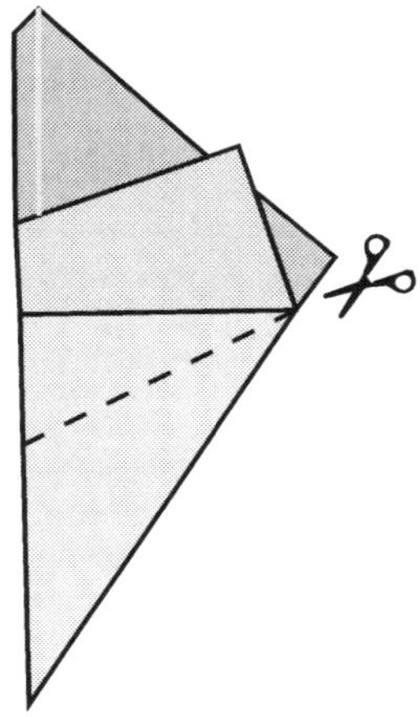

8 Schneide mit der Bastelschere den oberen Teil deiner Faltung entlang der schrägen diagonalen Linie weg, wie auf dem Bild zu sehen ist.

9 Klappe den unteren Teil der Faltung, den du gerade abgeschnitten hast, auseinander.

10 Dein Stern ist fertig. Wenn du mehrere Sterne in unterschiedlichen Größen und Farben faltest, kannst du mit ihnen ein Sternenhimmel-Mobile an dein Fenster hängen.

Der Stern, der uns am nächsten ist, ist natürlich die Sonne. In früheren Zeiten hielt man die Sterne unter anderem für Löcher im Tuch des Himmel oder für glitzernde Diamanten am Himmelszelt.

SCHNEEFLOCKE

Du brauchst ein quadratisches Blatt Papier. Es kann Origami-Papier sein oder auch jede Art anderes Papier, das bunt ist oder glitzert und sich gut falten lässt.

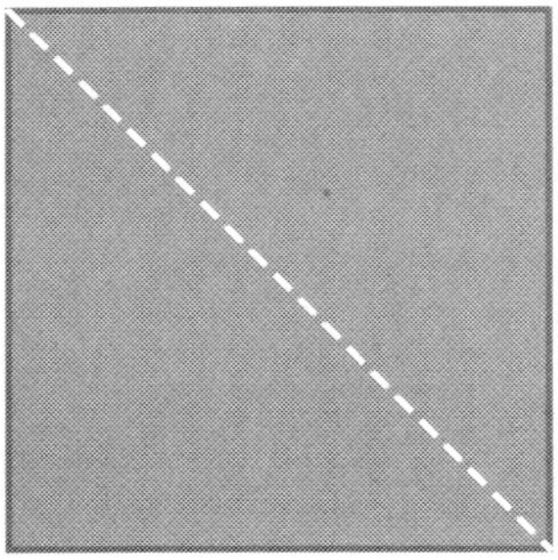

1 Falte das Blatt diagonal, von Ecke zu Ecke, zusammen.

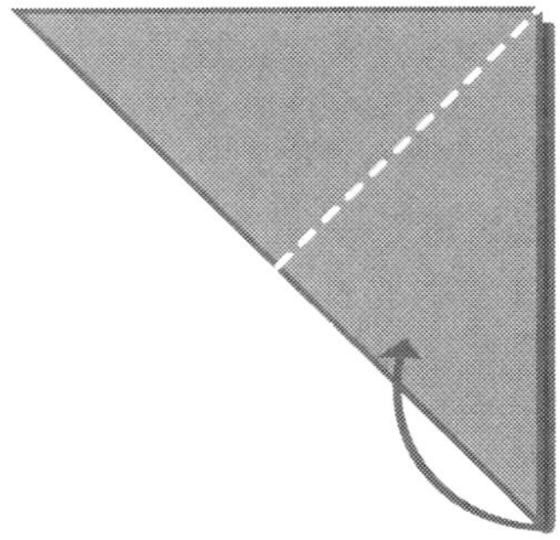

2 Falte das Blatt wieder auf die Hälfte zusammen, entlang der gestrichelten Linie.

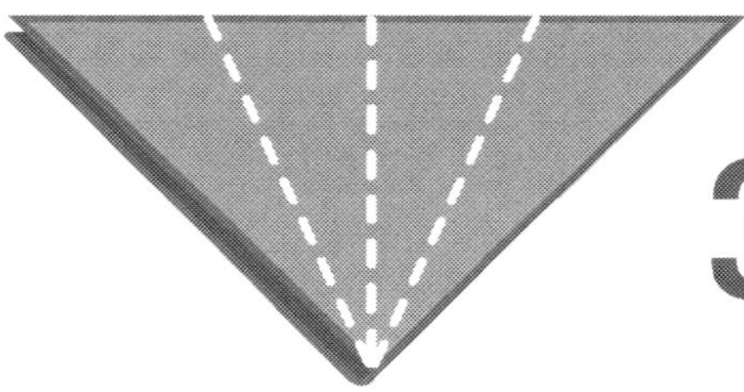

3 Als nächstes faltest du die beiden äußeren Seiten des Blattes entlang der gestrichelten Linie zur Mitte hin zusammen.

4 Zum Schluss wird das Blatt wieder entlang der senkrechten gestrichelten Linie zur Mitte hin zusammen gefaltet.

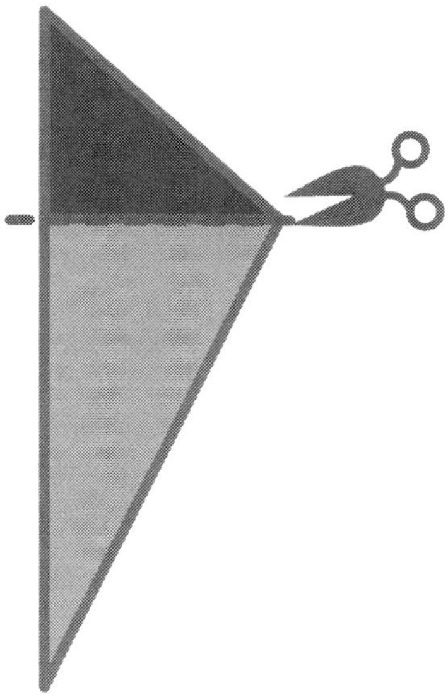

5 Jetzt brauchst du die Bastelschere. Mit ihr schneidest du, wie auf der Zeichnung zu sehen ist, den oberen Teil deiner Faltung ab.

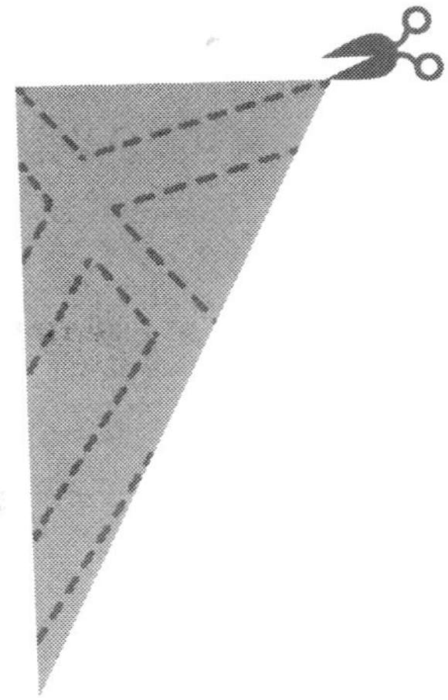

6 Nun musst du sehr sorgfältig vorgehen. Streiche am besten noch einmal alles gut fest, damit nichts verrutscht.
Schneide mit deiner Bastelschere vorsichtig ein Muster aus. Du kannst das Muster nehmen, das auf dem Bild durch die gestrichelten Linien vorgegeben ist, du kannst aber auch andere Muster ausprobieren.

7 Wenn du deine Faltung jetzt aufklappst, hast du eine filigrane Schneeflocke in der Hand. Die kannst du an den Weihnachtsbaum hängen, an dein Fenster oder ein Mobile daraus basteln.

Eine Schneeflocke besteht aus vielen kleinen (ungefähr 200) einzelnen Schneekristallen und jede Schneeflocke hat immer sechs Seiten. Es wird geschätzt, dass etwa eine Millionen Billionen Schneeflocken in jeder Minute auf der Erde fallen. (Vielleicht nicht gerade in deinem Vorgarten, aber irgendwo auf der Welt schneit es eben immer.)

TANNENBAUM

Du brauchst ein quadratisches Blatt Origami-Papier.

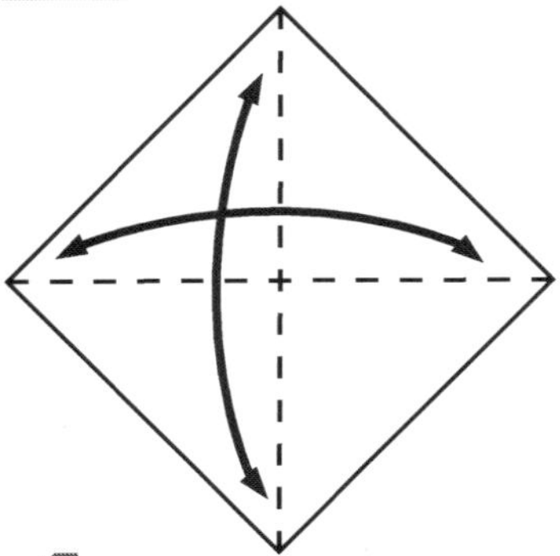

1 In den ersten Schritten bereitest du dein Papier vor, indem du Hilfsknicke anfertigst. Falte dein Blatt zunächst von Ecke zu Ecke und klappe es wieder auf.

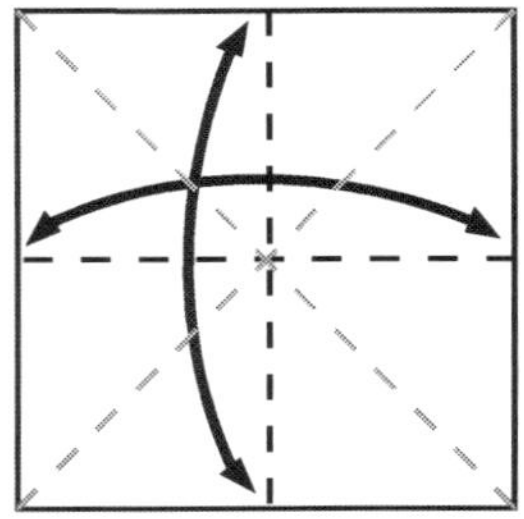

2 Dann falte es noch zweimal diagonal und klappe es wieder auf. Vor dir liegt jetzt dein Blatt, das sternförmige Knicke aufweist.

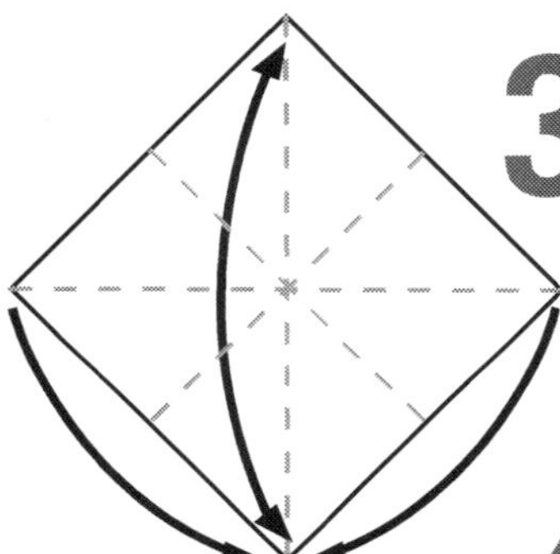

3 Bringe nun die obere Ecke und die beiden Ecken links und rechts zur unteren Ecke.

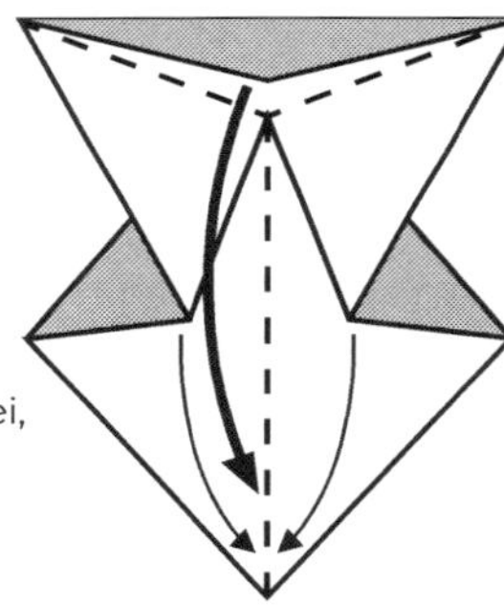

4 Die zuvor angefertigten Knicke helfen dir nun dabei, dein Blatt so zu falten wie im Bild.

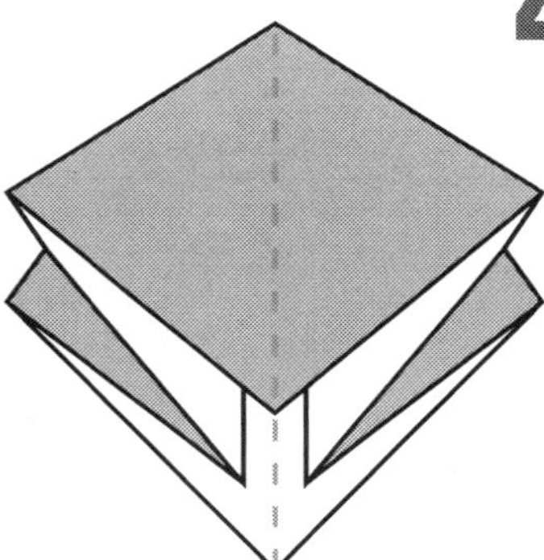

5 Streiche das Ganze jetzt sehr gründlich glatt.

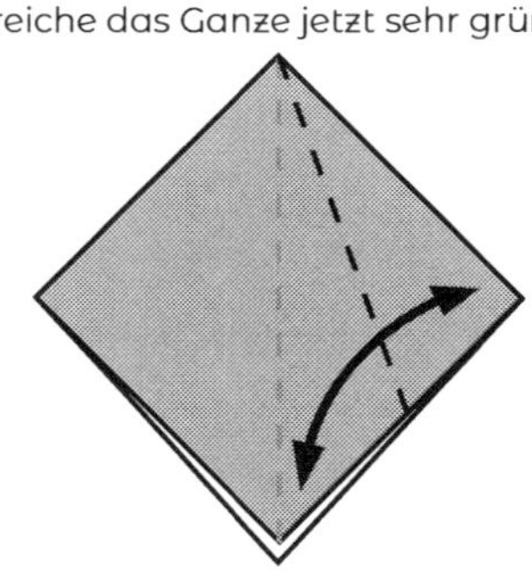

6 Falte die rechte seitliche Ecke nun entlang der diagonalen Linie, wie im Bild gezeigt wird, zur Mitte hin. Klappe diese Falte wieder auf.

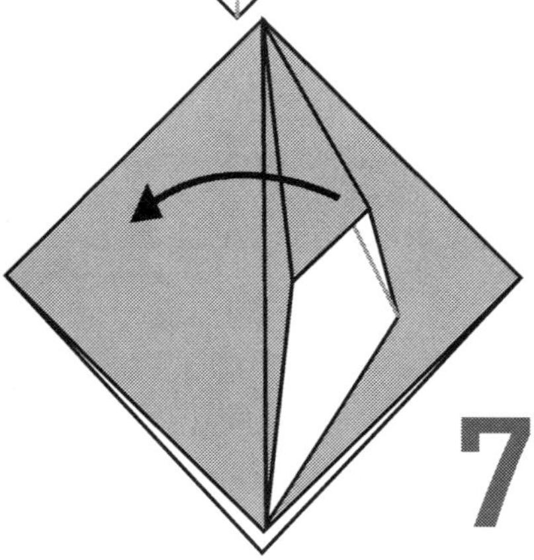

7 Hebe die soeben entstandene leichte Falte wieder hoch und öffne sie an der Unterseite ein wenig.

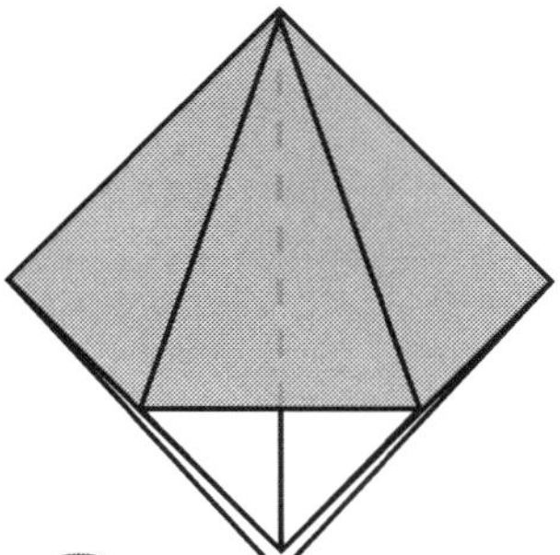

8 Benutze jetzt die Knicke, die du bei Schritt 6 gemacht hast und drücke diese Falte glatt

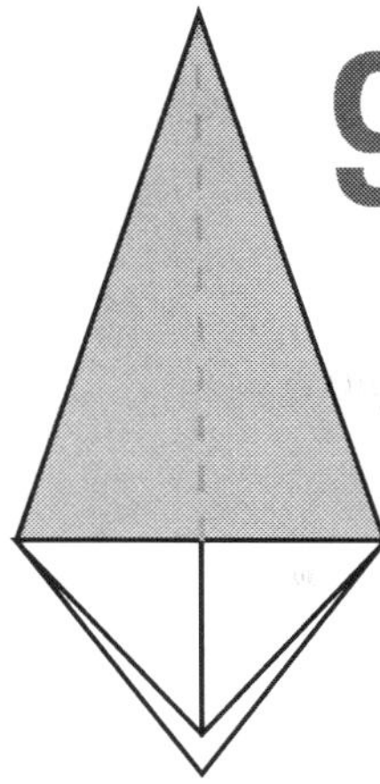

9 Wiederhole das Ganze mit den anderen Falten, bist du eine Faltung vor dir hast, die so aussieht wie auf diesem Bild.

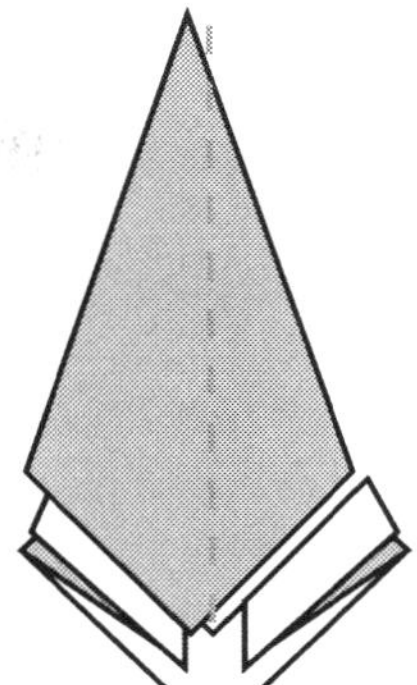

10 Achte darauf, dass alle Falten gleichmäßig verteilt und gleich groß sind, damit dein Bäumchen später gut stehen kann

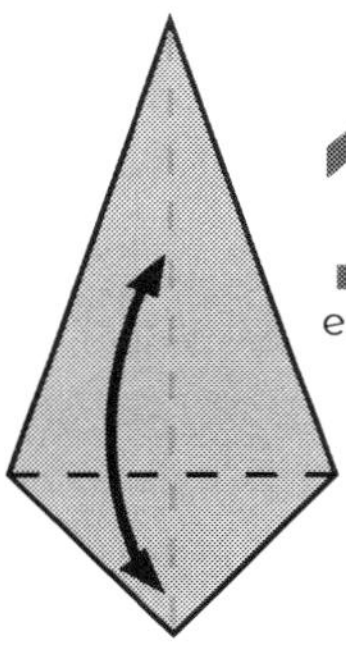

11 Falte jetzt dein ganzes Modell entlang der im Bild eingezeichneten waagerechten gestrichelten Linie und klappe es dann wieder auf.

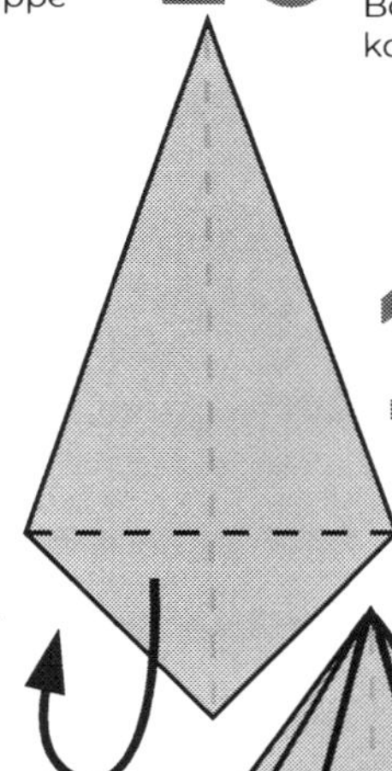

12 Klappe jetzt jede der Ecken am unteren Teil des Baumes nach innen.

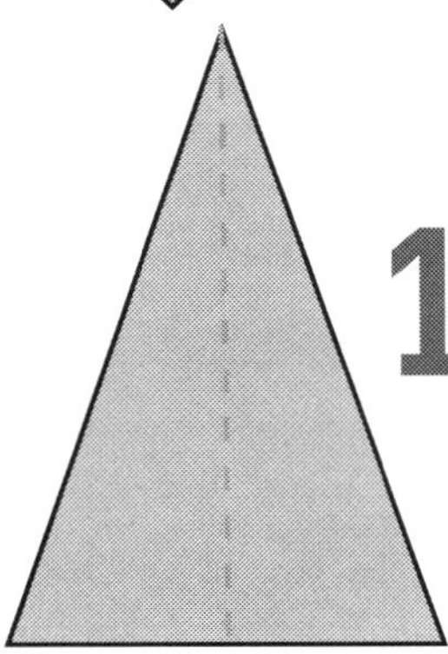

13 Streiche alles gut fest.

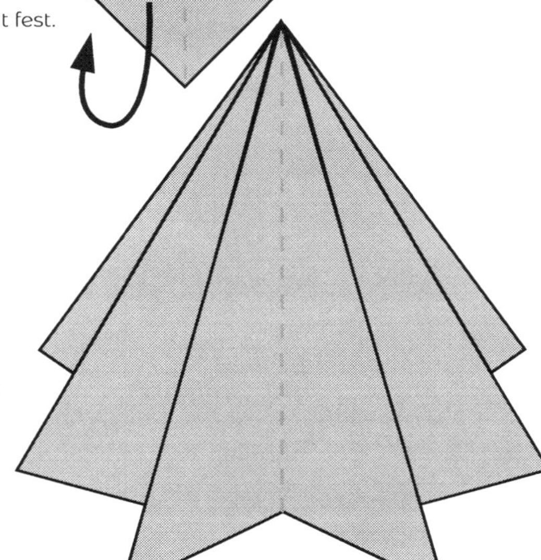

14 Dein Baum ist fertig. Du kannst ihn nun verzieren wie einen Weihnachtsbaum oder aus mehreren dieser Bäumchen einen kleinen Wald bauen.

Eine Tanne von ungefähr 1,60 m Höhe hat über 187.000 Nadeln. Der älteste Baum der Welt ist auch ein Nadelbaum, allerdings eine Fichte. Sie steht in Schweden und zwar seit ungefähr 9500 Jahren. Bäume sind gut für uns, nicht nur weil sie Sauerstoff produzieren. Es gibt immer mehr Leute, die sogenannten „treehugger" (= Baumumarmer), die darauf schwören, dass es ihnen besser geht, wenn sie regelmäßig einen Baum umarmen. Versuche es doch auch mal!

TULPE

Du brauchst zwei Blätter Origami-Papier, am besten in zwei verschiedenen Farben und Klebstoff.

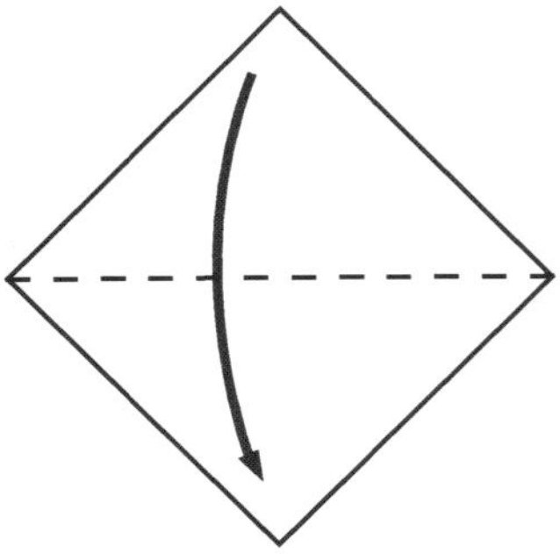

1 Lege das erste Blatt so vor dich, dass eine Spitze nach unten zeigt und falte es entlang der waagerechten gestrichelten Linie nach oben.

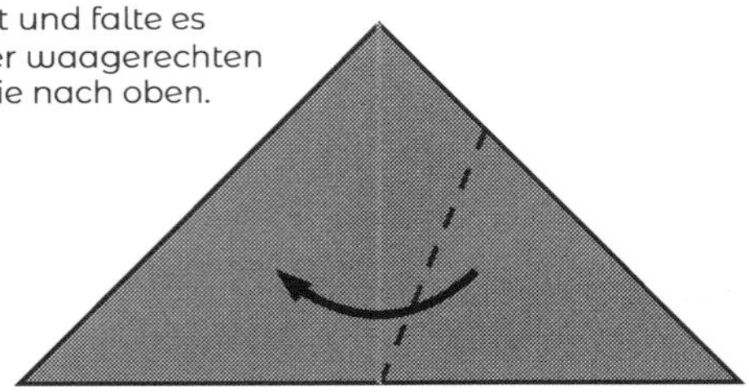

2 Falte die rechte Ecke des Blattes entlang der schrägen gestrichelten Linie nach vorne. Streiche alles gut fest.

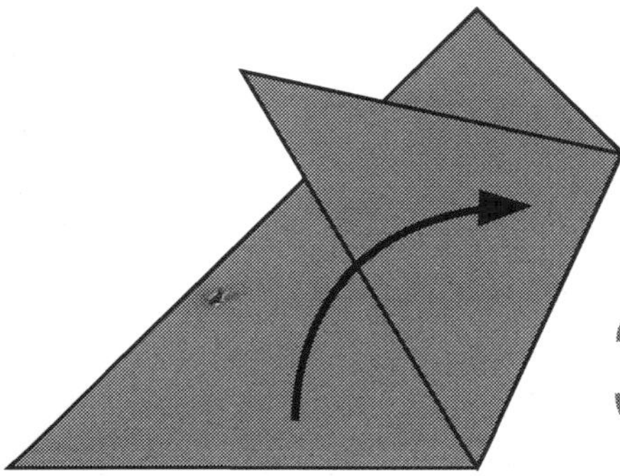

3 Falte jetzt auch die linke Ecke des Blattes nach vorne, sodass sie über der Faltung von Schritt zwei liegt. Wieder gut fest streichen.

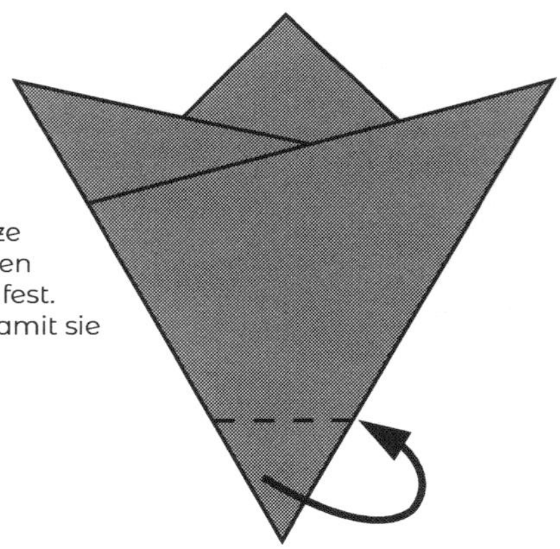

4 Zum Schluss faltest du die untere Spitze entlang der waagerechten gestrichelten Linie nach hinten und streichst sie gut fest. Du kannst die Ecke auch festkleben, damit sie wirklich gut hält.

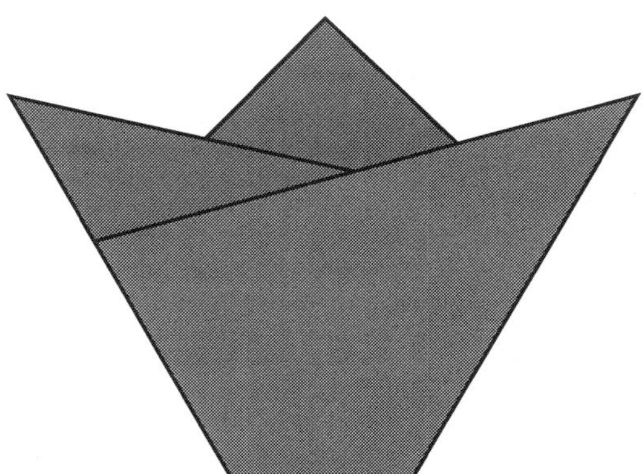

5 Die Tulpenblüte ist jetzt fertig.

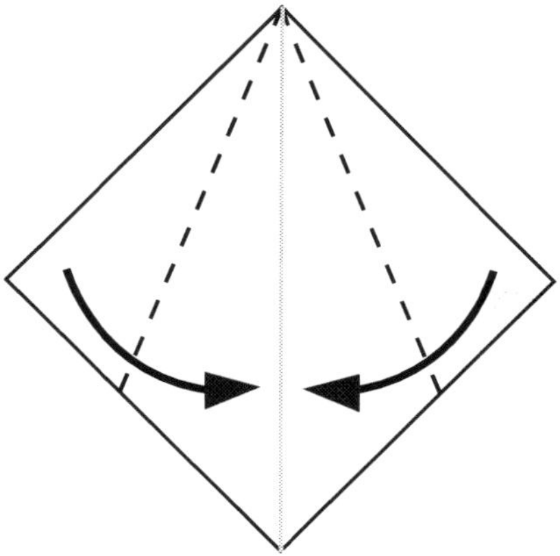

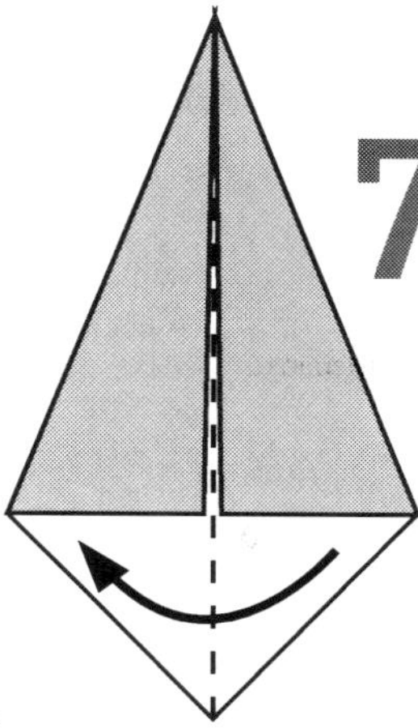

7 Klappe das Ganze nun zusammen, wie auf dem Bild zu sehen ist

6 Jetzt kommt der Stängel an die Reihe. Dafür nimmst du das zweite Blatt, legst es ebenfalls vor dich, so das eine Ecke nach unten zeigt und faltest die Seiten entlang der beiden schrägen gestrichelten Linien nach vorne zur Mitte.

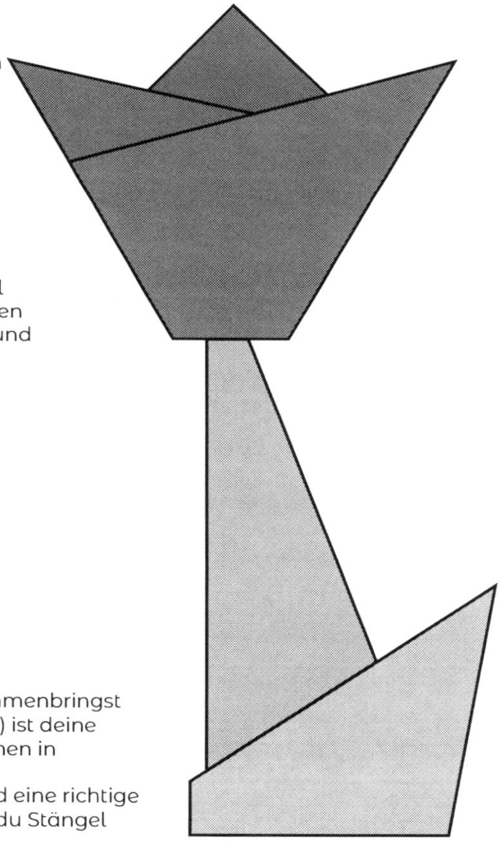

8 Jetzt faltest du den unteren Teil des Blattes entlang der schrägen gestrichelten Linie nach oben und streichst gut fest

9 Wenn du nun Blüte und Stängel zusammenbringst (am besten mit einem Tropfen Klebstoff) ist deine Tulpe fertig. Du kannst viele dieser Blumen in unterschiedlichen Größen und Farben falten und eine richtige Blumenwiese daraus machen. Als Gras kannst du Stängel ohne Blüten verwenden.

Die Tulpen, die aus unseren Gärten nicht mehr wegzudenken sind, stammen ursprünglich aus Asien und zwar aus dem Himalaja. Um 1600 waren sie bei uns so wertvoll, dass eine Tulpenzwiebel soviel kosten konnte wie ein Haus. Heute kann sie sich jeder leisten und es ist gar nicht schwierig, sie zu ziehen. Aus einer Tulpenzwiebel im Blumentopf auf deiner Fensterbank kann sich also eine hübsche Pflanze entwickeln. Bei anderen Blumenzwiebeln funktioniert das übrigens auch.

Du brauchst ein quadratisches Blatt Origami-Papier.

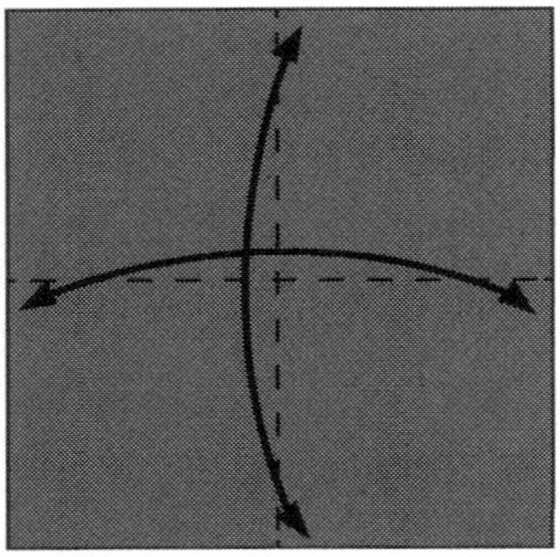

1 Falte das Blatt entlang der waagerechten und senkrechten gestrichelten Linien und klappe es wieder auf.

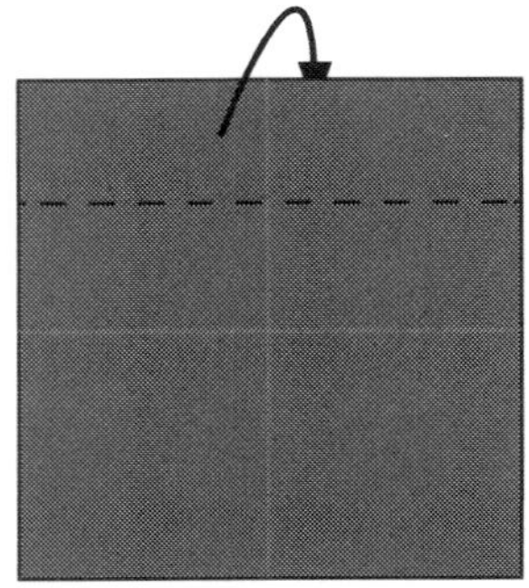

2 Falte das Blatt jetzt entlang der waagerechten gestrichelten Linie nach hinten und streiche es fest.

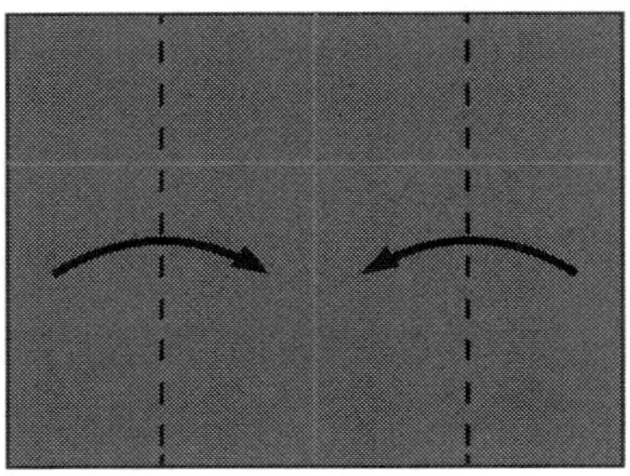

3 Falte die linke und rechte Seite des Blattes entlang der beiden senkrechten gestrichelten Linien nach vorne zur Mitte hin.

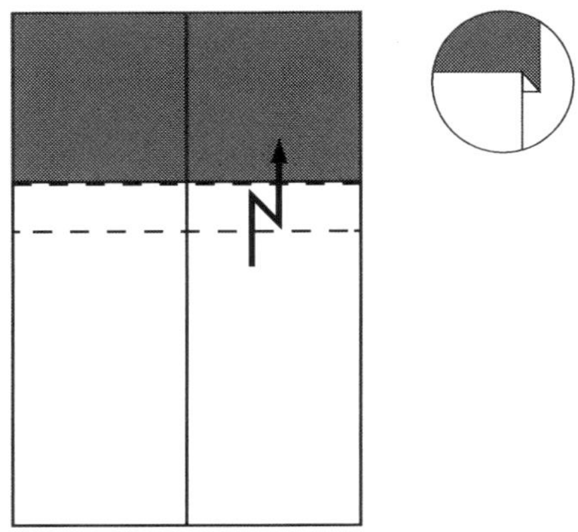

4 Falte das Blatt entlang der beiden waagerechten gestrichelten Linien zweimal und schiebe die beiden Falten übereinander. Du hast jetzt eine Taschenfalte gemacht.

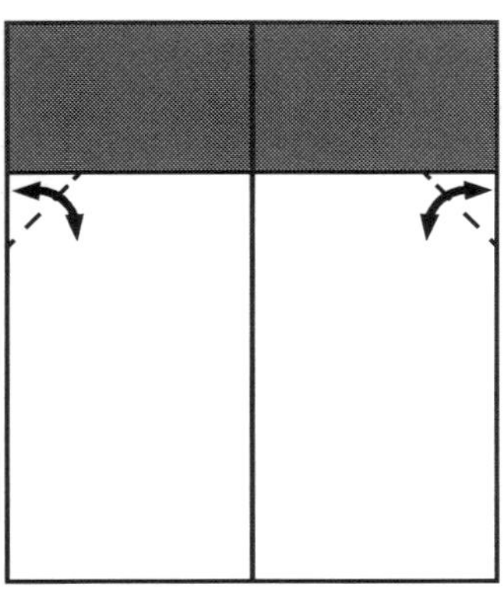

5 Falte die linke und rechte kleine Ecke entlang der diagonalen Linien und klappe sie wieder auf.

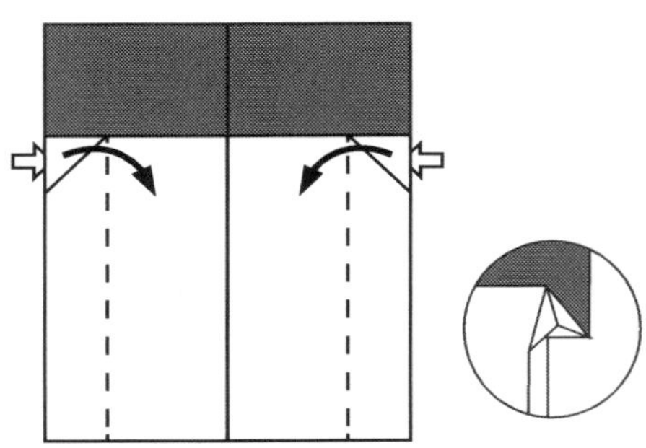

6 Öffne die Taschenfalte an den durch Pfeilen bezeichneten Stellen und streiche alles glatt.

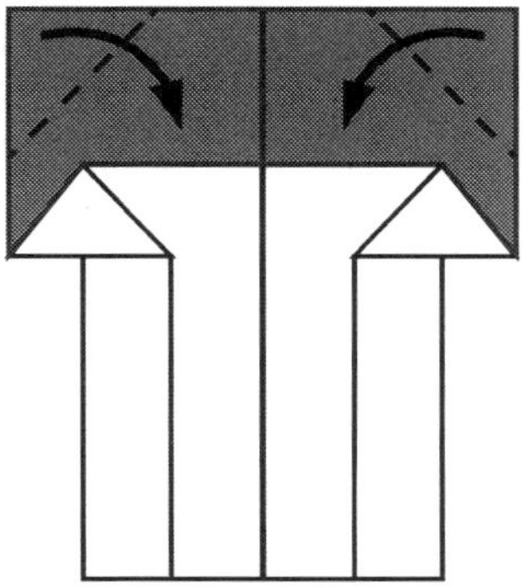

7 Falte die linke und rechte obere Ecke entlang der diagonalen Linien.

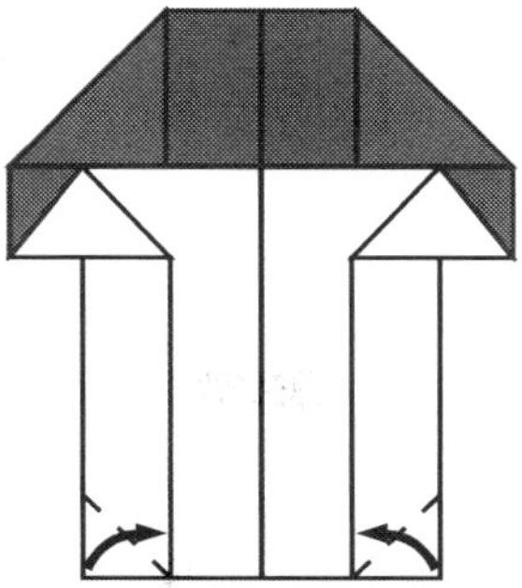

8 Zum Schluss faltest du die Ecken links und rechts unten nach innen und streichst noch einmal alles gut glatt.

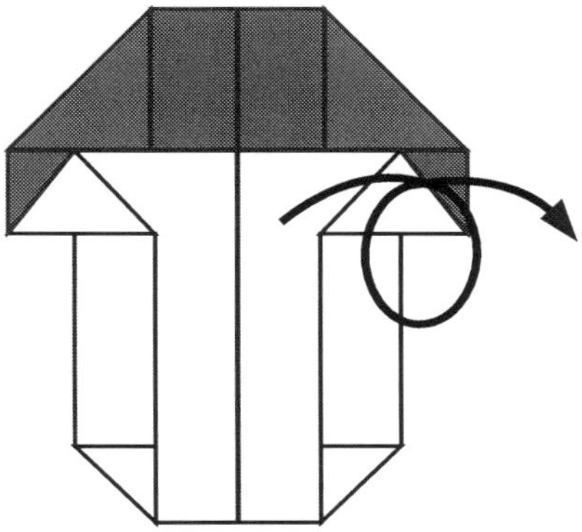

9 Drehe dein Objekt nun um.

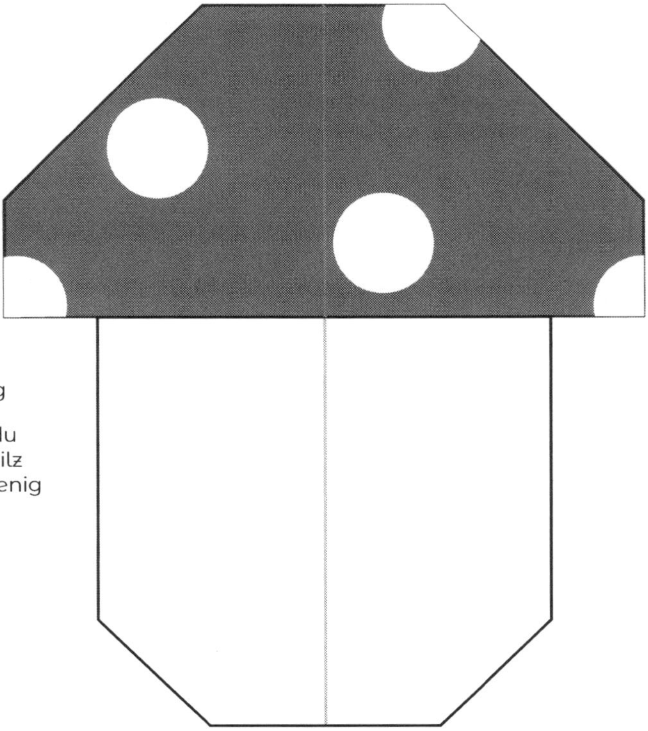

10 Der Pilz ist fertig. Schau in einem Pilzbuch nach, damit du ihn auch richtig bemalst, je nachdem für welche Art du dich entscheidest. Soll es ein Fliegenpilz werden, braucht er einfach nur ein wenig rote Farbe und weiße Punkte.

Auf Englisch haben Pilze auch den Namen „toadstool", das heißt „Krötenstuhl". Manche Pilze sehen ja wirklich so aus, als könnte sich eine Kröte ganz gemütlich darauf niederlassen.

Praktisches

Du brauchst ein quadratisches Blatt Origami-Papier. Du kannst auch etwas festeres Papier oder dünnen Karton verwenden.

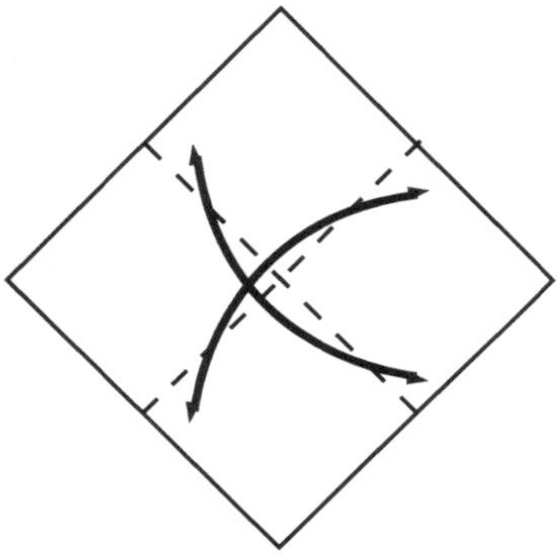

1 Um Knicke zu erzeugen, faltest du das Blatt zunächst einmal längs und einmal quer und klappst es dann wieder auf.

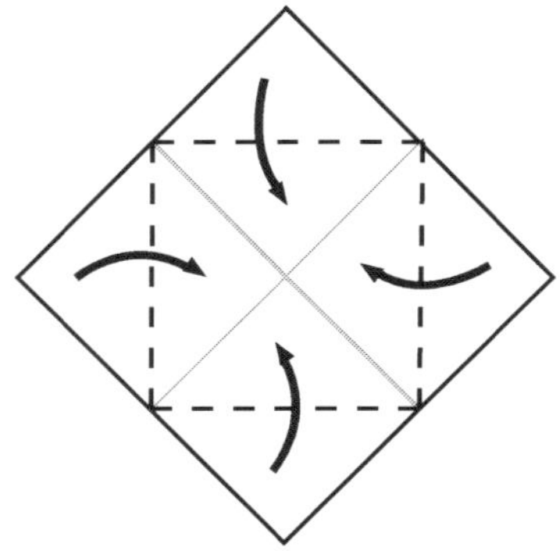

2 Als nächstes faltest du die vier Ecken entlang der gestrichelten Linien nach innen, sodass sie sich in der Mitte treffen.

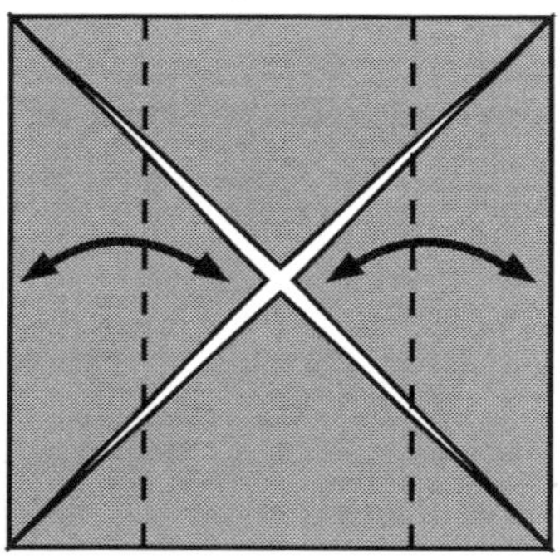

3 Jetzt werden wieder Knicke erzeugt. Dafür faltest du entlang der gestrichelten Linien und klappst das Gefaltete wieder auf.

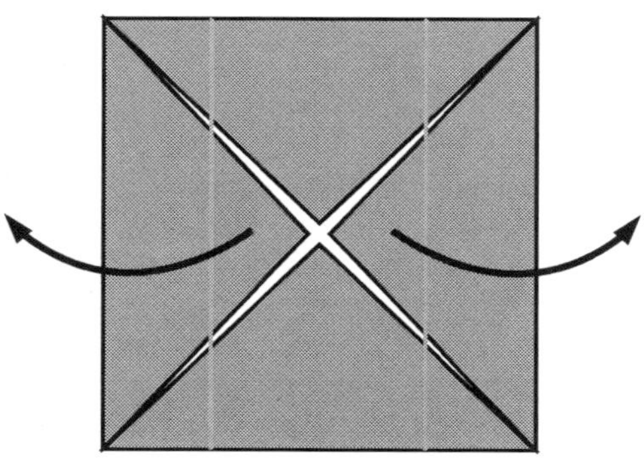

4 Zwei einander gegenüberliegende Ecken werden ebenfalls aufgeklappt.

BOX

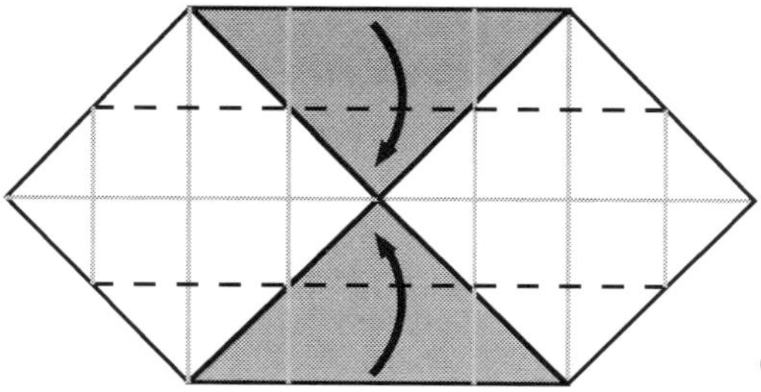

5 Nun werden die obere und untere lange Seite entlang der waagerechten gestrichelten Linien nach innen geklappt, sodass sie sich in der Mitte treffen.

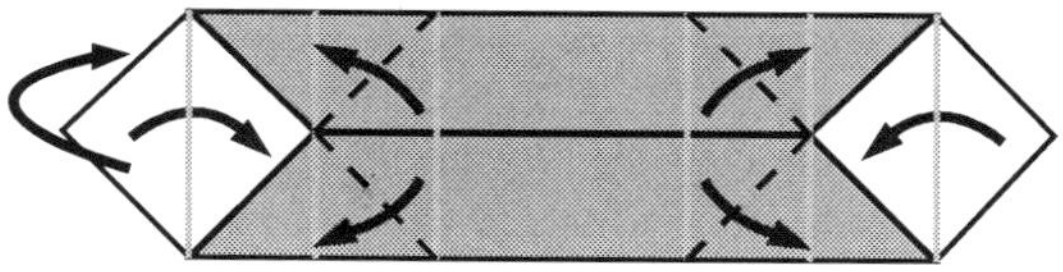

6 Falte und öffne wie im Bild zu sehen ist entlang der Richtung, in der die Pfeile zeigen. So werden die Knicke erzeugt, die du im letzten Schritt brauchst.

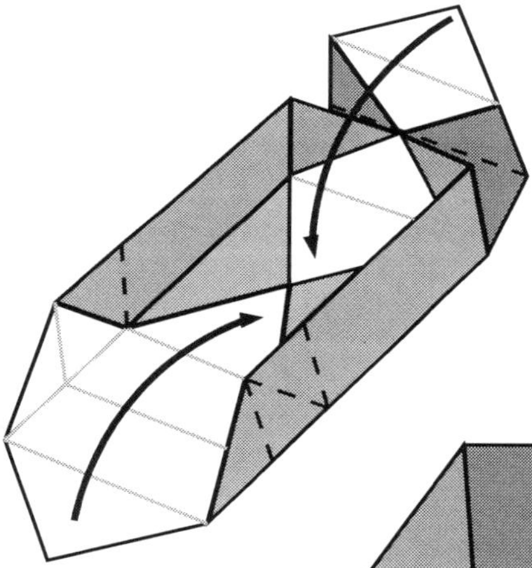

7 Falte jetzt genau wie in der Zeichnung die Box zusammen.

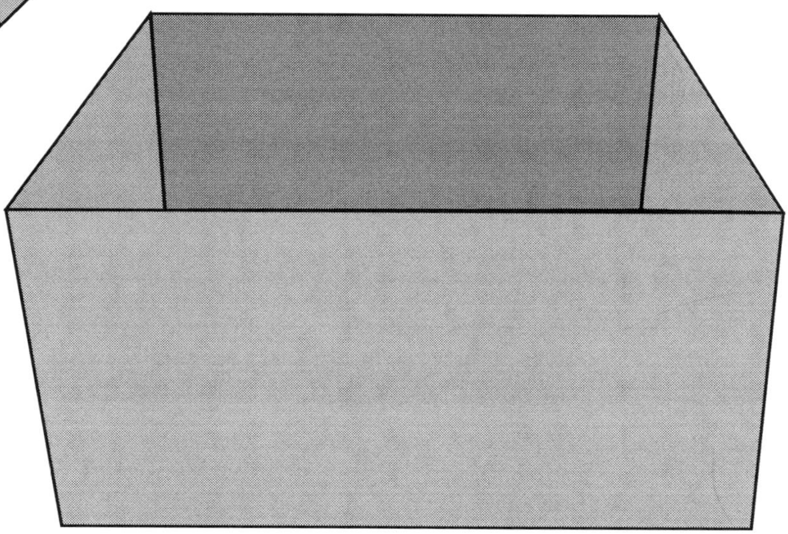

8 Deine Box ist jetzt fertig und du kannst darin alles mögliche aufbewahren.

Papierschachteln oder Pappschachteln gehören zu den praktischsten Dingen, die man sich vorstellen kann. Sie helfen beim Ordnung halten, wenn darin schön säuberlich alles mögliche aufbewahrt wird. Und man kann darin Dinge verschenken oder verschicken. Außerdem sind sie sind, denn man kann sie mehrfach verwenden. Besonders in Anbetracht der Tatsache, dass jedes Jahr eine Menge an Geschenkpapier weggeworfen wird, die 83 Quadratmeter Grundfläche bedecken können, ist eine selbst gebastelte Faltschachtel doch eine echt gute Alternative!

BRIEFUMSCHLAG

Du benötigst ein rechteckiges Stück Papier, das nicht unbedingt Origami-Qualität haben muss, sondern auch einfach ein anderes schönes Papier sein kann.

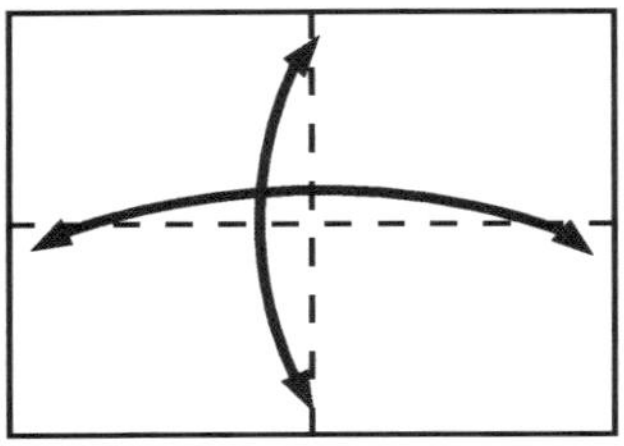

1 Falte das Papier jeweils einmal entlang der waagerechten und senkrechten gestrichelten Linie und klappe es wieder auf.

2 Falte am unteren Teil entlang der waagerechten gestrichelten Linie einen Papierstreifen nach oben und streiche ihn gut fest.

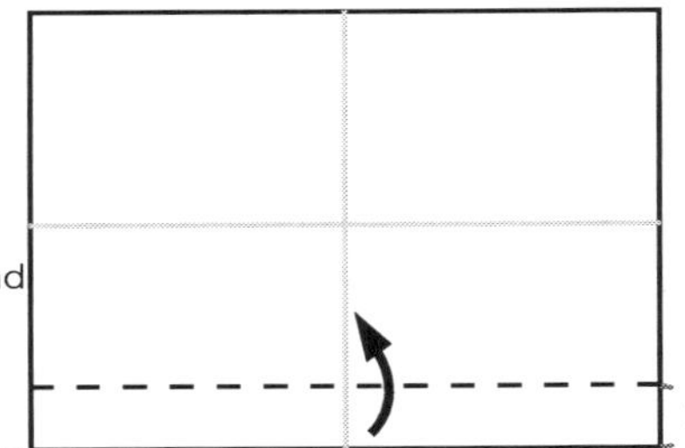

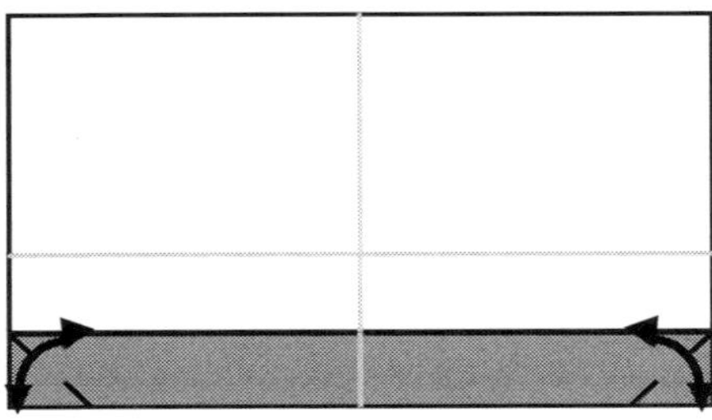

3 Falte die beiden unteren linken und rechten Ecken entlang der diagonalen gestrichelten Linie nach oben und klappe sie wieder auf.

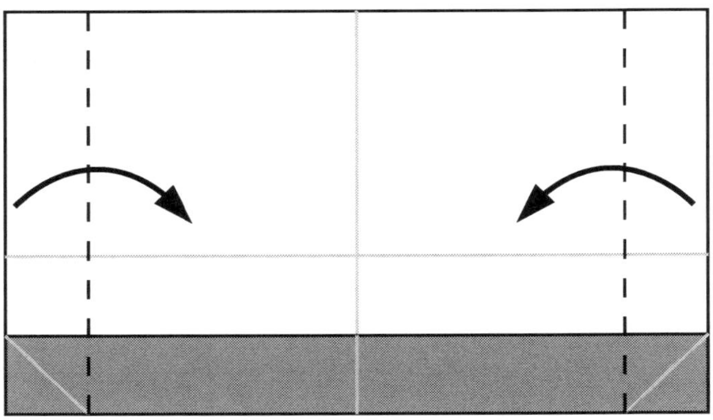

4 Falte dann an der linken und rechten Seite entlang der beiden senkrechten gestrichelten Linien jeweils einen Papierstreifen nach innen und streiche alles gut fest.

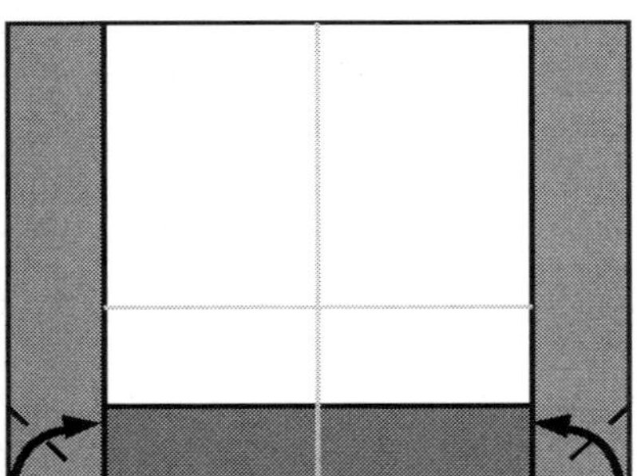

5 Falte die beiden Ecken links und rechts unten erneut entlang der waagerechten gestrichelten Linie nach innen und streiche sie diesmal gut fest.

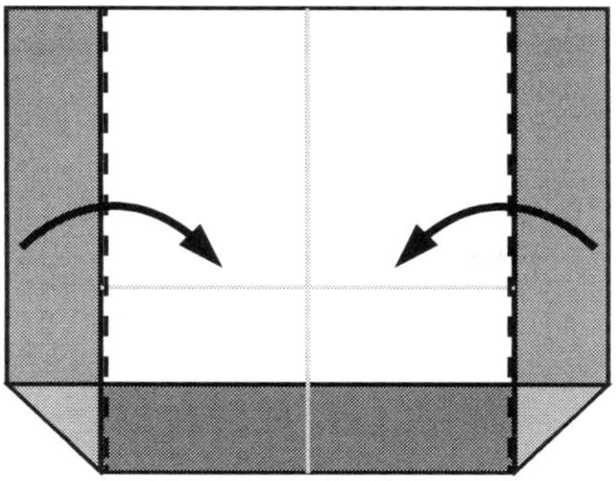

6 Falte jetzt entlang der senkrechten gestrichelten Linie erneut zwei Papierstreifen nach innen.

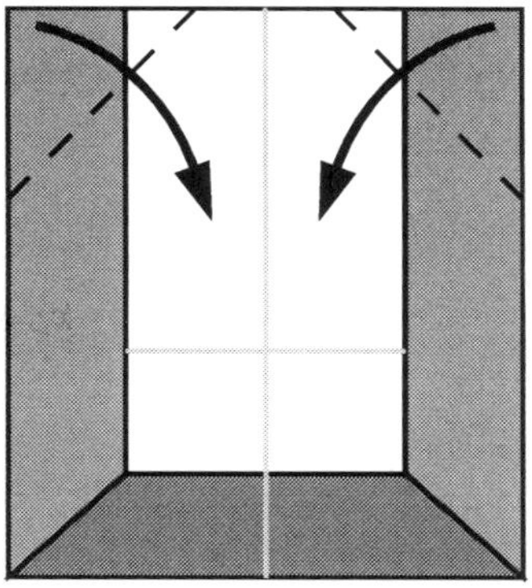

7 Falte die beiden linken und rechten oberen Ecken entlang der diagonalen gestrichelten Linien nach innen.

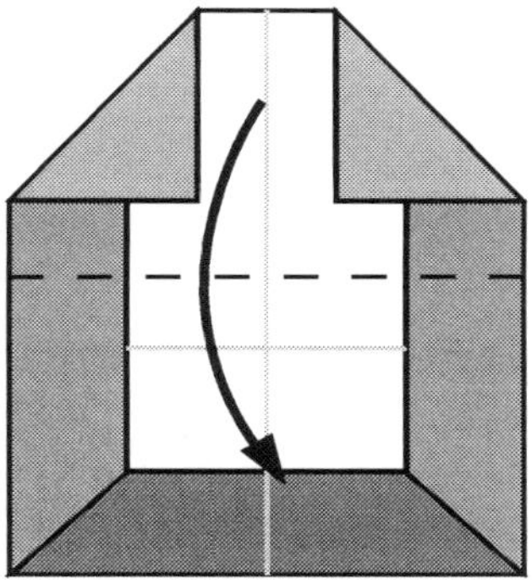

8 Falte jetzt entlang der waagerechten gestrichelten Linie den oberen Teil des Papiers nach unten.

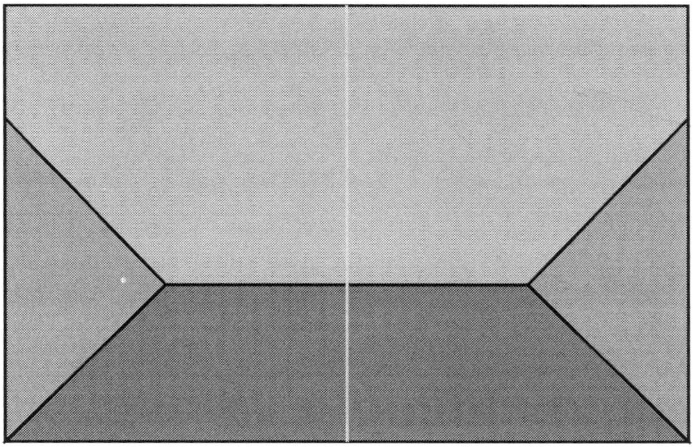

9 Der Briefumschlag ist fertig. Wem willst du schreiben?

Wenn du stabiles Papier genommen hast und ihn mit einem hübschen Klebebild versiehst, kannst du ihn sogar frankieren und wegschicken. Übrigens: falls du noch Briefmarken hast, die nicht selber kleben, sondern die befeuchtet werden müssen, solltest du wissen, dass du jedes Mal, wenn du eine Briefmarke anleckst, ungefähr zwei Kalorien zu dir nimmst. Bei englischen Briefmarken sind es immerhin 5,9 Kalorien. Der Klebstoff auf den Briefmarken enthält nämlich ein bisschen Zucker. Damit das Ganze etwas besser schmeckt, gab es in Belgien 2013 sogar Briefmarken mit Schokoladengeschmack.

TASCHE

Du benötigst ein stabiles und möglichst hübsches, quadratisches Blatt Papier. Außerdem brauchst du ein Lineal und ein scharfes Messer, beispielsweise ein Federmesser sowie eine feste Unterlage, auf der du schneiden kannst. Die Papprückseite eines Zeichenblocks ist dafür geeignet, falls du keine spezielle Schneideunterlage verwenden möchtest.

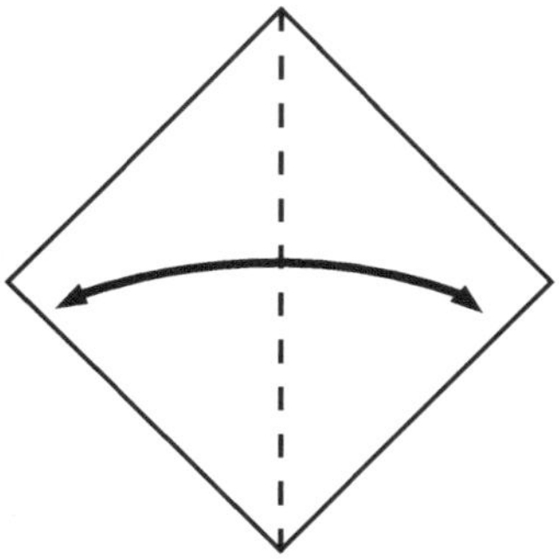

1 Lege das Blatt so vor dich, dass eine Ecke nach unten zeigt. Falte es entlang der senkrechten gestrichelten Linie zusammen und klappe es wieder auf.

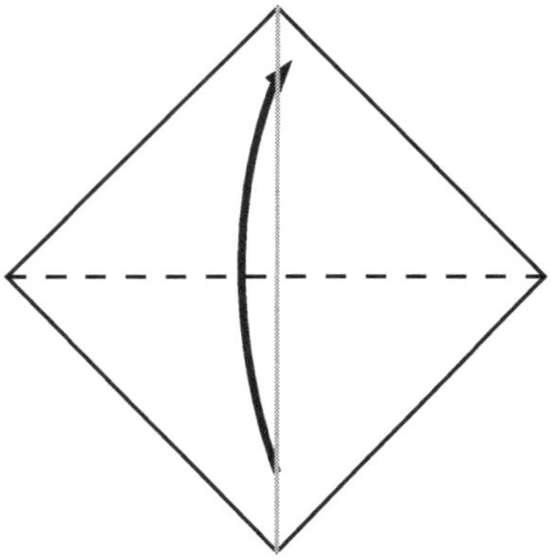

2 Falte es wieder entlang der waagerechten gestrichelten Linie nach oben und streiche es gut fest. Achte darauf, dass die geschlossene Seite des Blattes unten liegt.

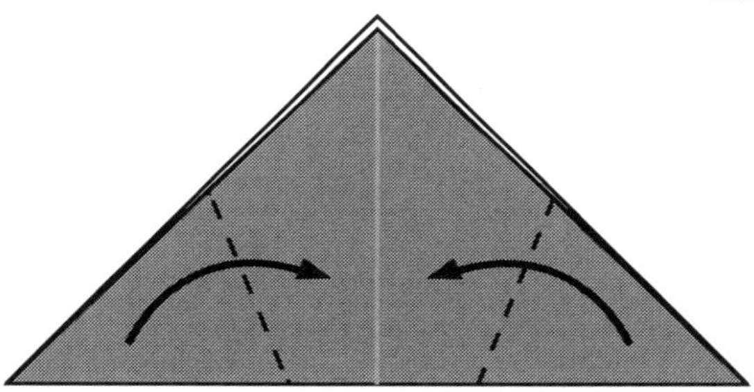

3 Falte jetzt die linke und rechte Ecke des Papiers entlang der gestrichelten diagonalen Linie so nach innen, dass sie sich in der Mitte nicht treffen,
sondern ein Stück überlappen.

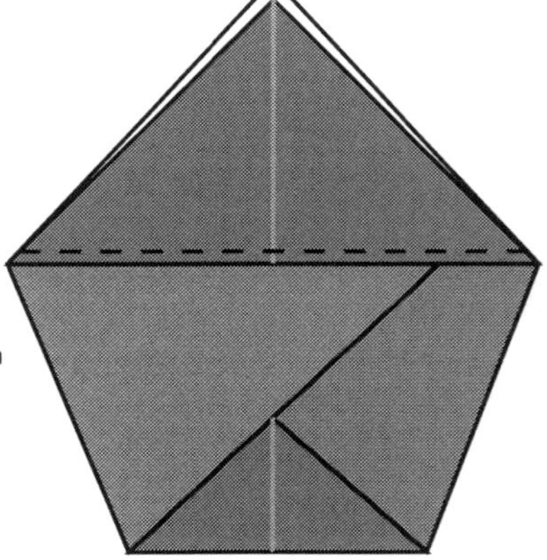

4 Falte jetzt die obere Lage der oberen Ecke nach vorne. Wenn du möchtest, dass deine Tasche besonders stabil ist, kannst du hier mit etwas Klebstoff nachhelfen.

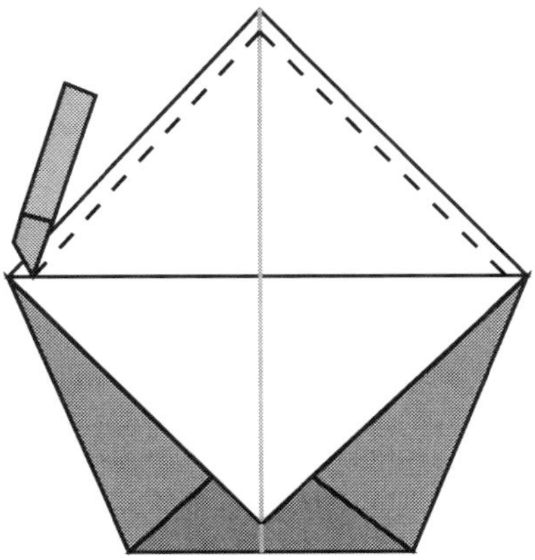

5 Jetzt brauchst du dein Federmesser. Schneide mit Hilfe des Federmessers und eines Lineals entlang der schrägen Linien einen schmalen Streifen Papier aus aber nicht ab!

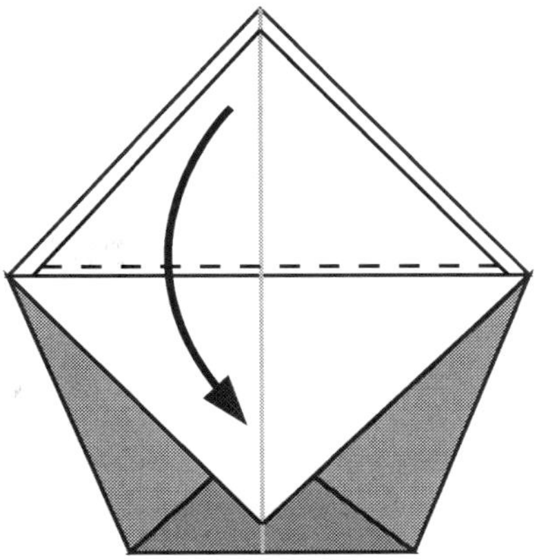

6 Klappe den hinteren Teil des Papiers jetzt nach vorne, sodass der ausgeschnittene Streifen als Henkel der Tasche stehen bleibt.

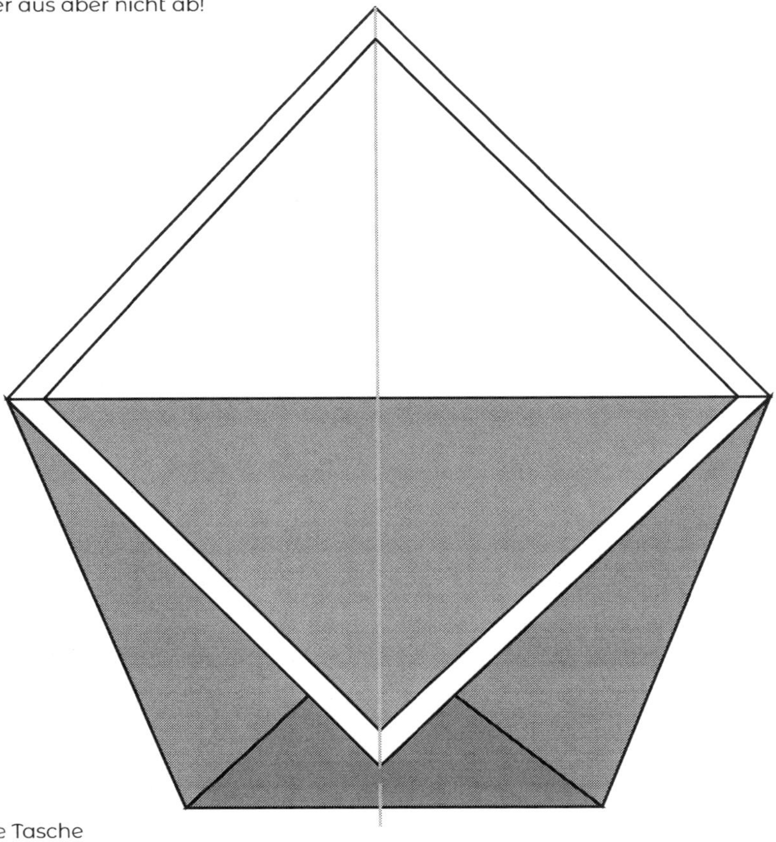

7 Jetzt ist deine Tasche fertig. Du kannst sie verzieren, ganz wie du möchtest

---

Es soll ja Leute geben, die ganz verrückt nach Handtaschen sind. Laut einer Statistik sollen Italienerinnen die meisten Taschen besitzen: zwischen 20 und 60! Wenn du Handtaschen auch so gerne magst, kannst du dir ja noch mehr falten. Die ersten Handtaschenträger waren aber Männer, denn die trugen im Mittelalter ihr Geld in kleinen Täschchen um die Hüfte geschnallt mit sich herum.

Zum Spielen

BOOT

Du brauchst ein rechteckiges Blatt Origami-Papier.

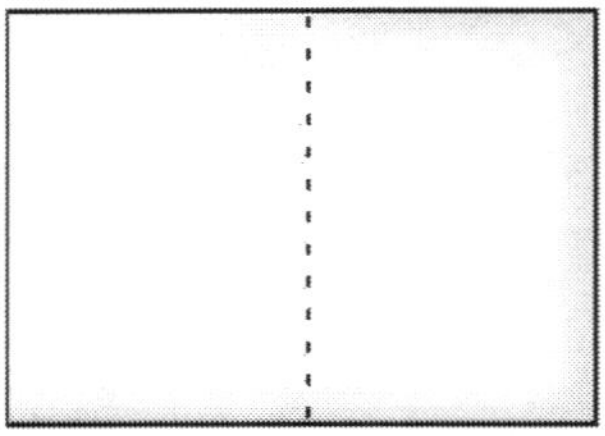

1 Falte das Blatt zunächst einmal auf die Hälfte.

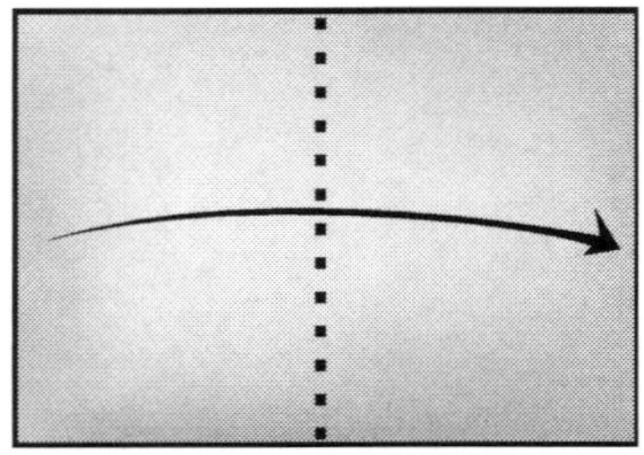

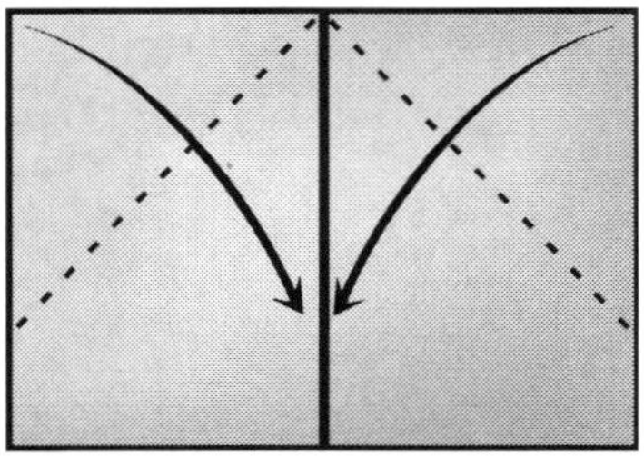

2 Dann faltest du es noch mal auf die Hälfte, klappst diesmal die Faltung aber wieder auf.

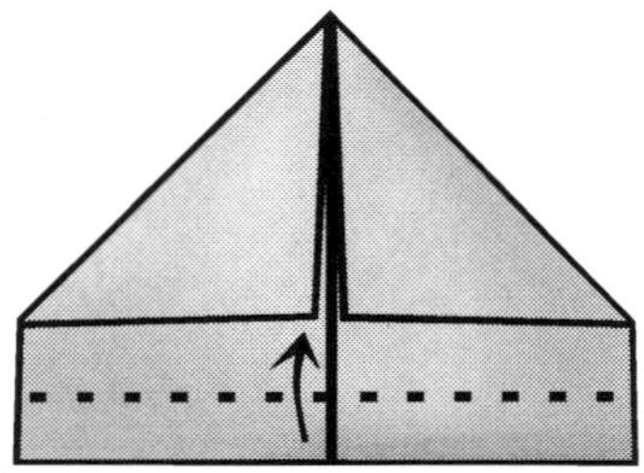

3 Falte jetzt die beiden oberen Ecken zur Mitte hin. Achte dabei darauf, dass die offene Seite der Faltung nach unten zeigt.

4 Unterhalb der soeben gefalteten Ecken befinden sich jetzt zwei Lagen Papier, die darunter heraus schauen. Falte zuerst die obere Lage Papier entlang der waagerechten gestrichelten Linie einmal nach oben.

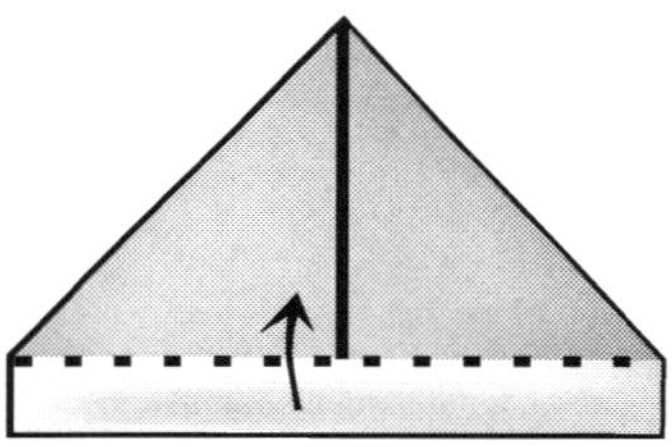

5 Falte den gleichen Papierstreifen noch einmal nach oben und knicke die beiden überstehenden Ecken nach hinten um die obere Faltung herum.

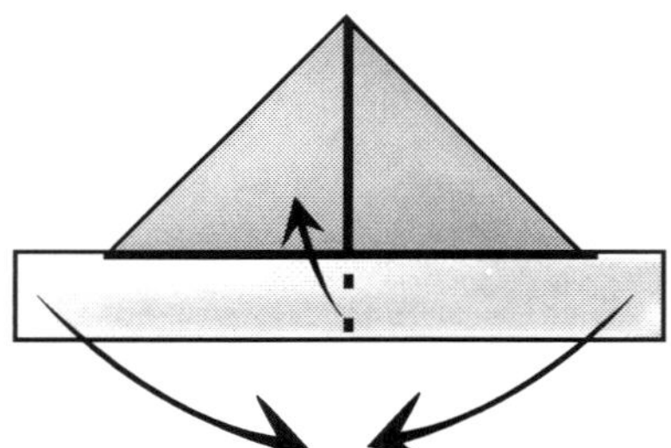

6 Drehe dein Objekt herum und wiederhole Schritt 4 und 5 mit dem hinteren überstehenden Papierstreifen.

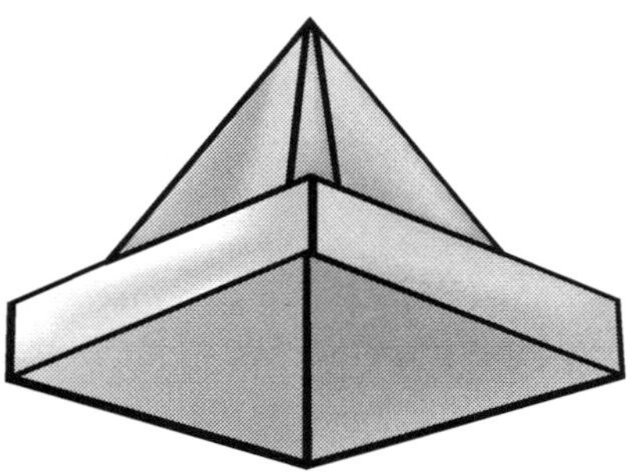

7 Jetzt kannst du deine Faltung öffnen. Wenn du jetzt aufhören würdest (und das Papier groß genug war), hättest du übrigens einen Hut.

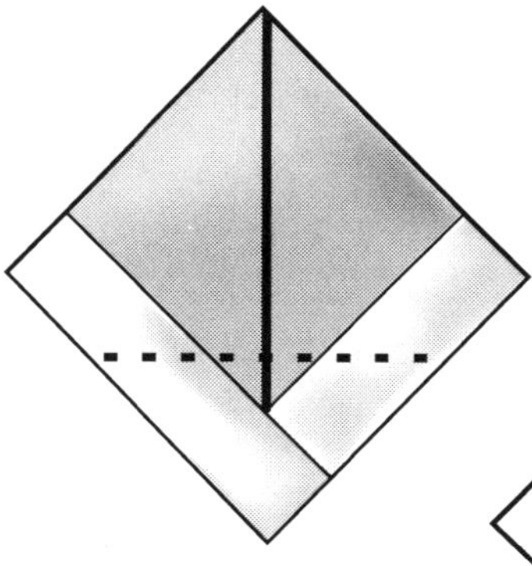

8

Öffne die Faltung komplett und klappe sie in der anderen Richtung wieder zusammen. Danach faltest du auf beiden Seiten entlang der waagerechten Linie das Papier wieder nach oben.

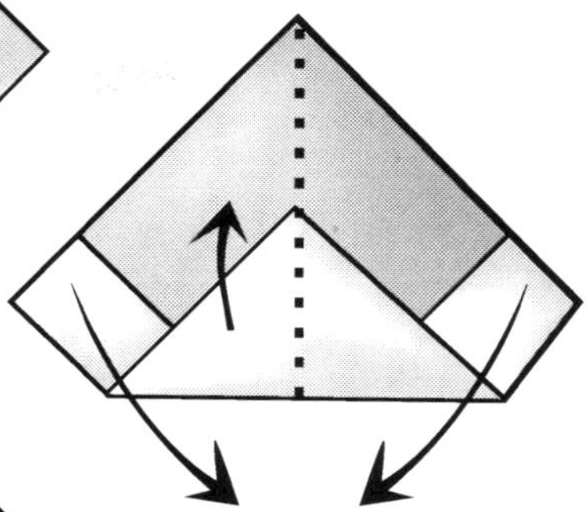

9

Jetzt öffnest du deine Falten und klappst sie wieder zurück in die Ausgangsposition.

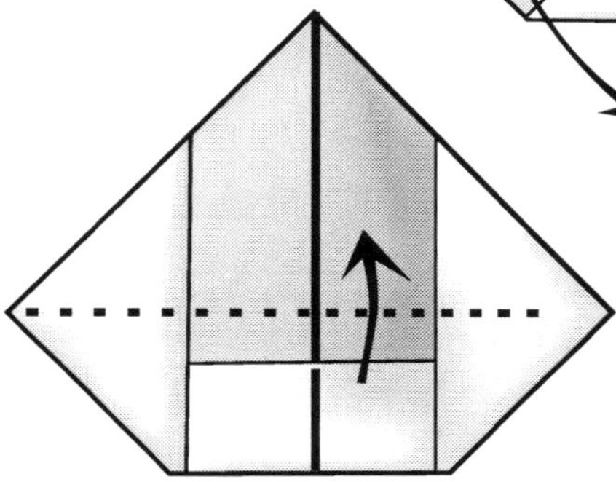

10

Als nächstes faltest auf beiden Seiten erneut entlang der waagerechten gestrichelten Linie den unteren Teil deines Papiers nach oben. Streiche jetzt alles sehr gut fest.

11

Dein Boot ist fertig und du kannst es schwimmen lassen!

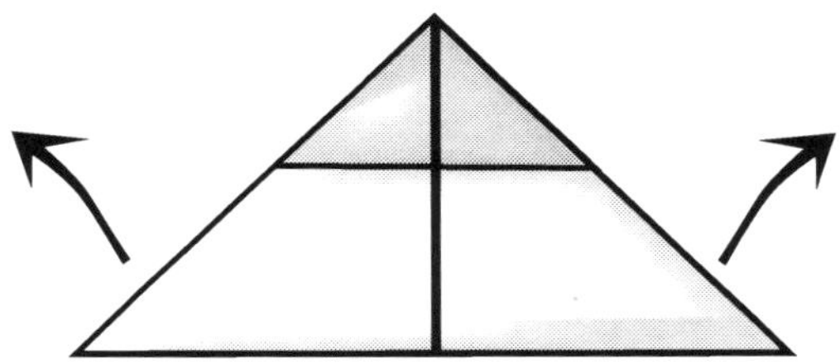

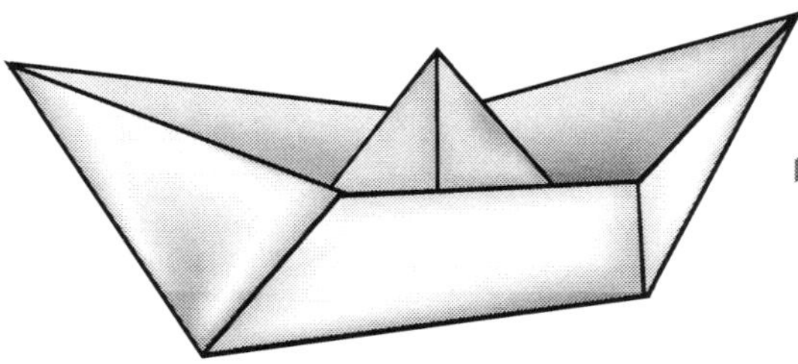

12

Ziehe deine Falten jetzt vorsichtig an den beiden Enden auseinander.

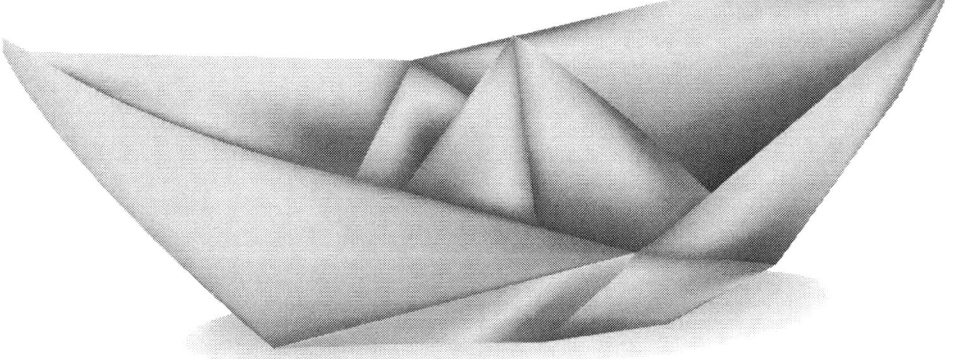

Die ersten Boote wurden schon von unseren frühesten Vorfahren konstruiert. Anfangs bestanden sie einfach aus einem ausgehöhlten Baumstamm oder wurden aus Schilf hergestellt. Beide Modelle waren überraschend haltbar und sogar für die Hochseeschifffahrt geeignet.

Du brauchst ein quadratisches Blatt Origami-Papier.

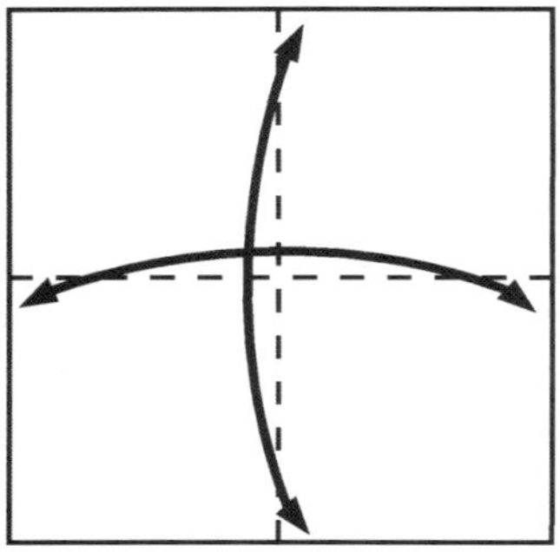

1 Stelle Hilfsknicke her, indem du das Blatt einmal senkrecht und einmal waagerecht faltest und wieder aufklappst.

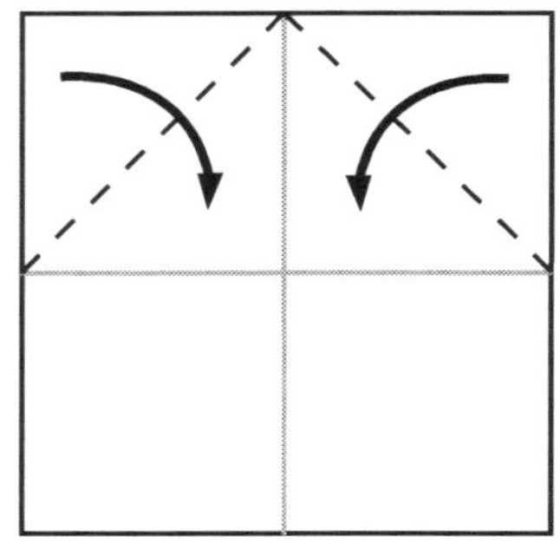

2 Falte die linke und rechte obere Ecke entlang der diagonalen Linien nach vorne.

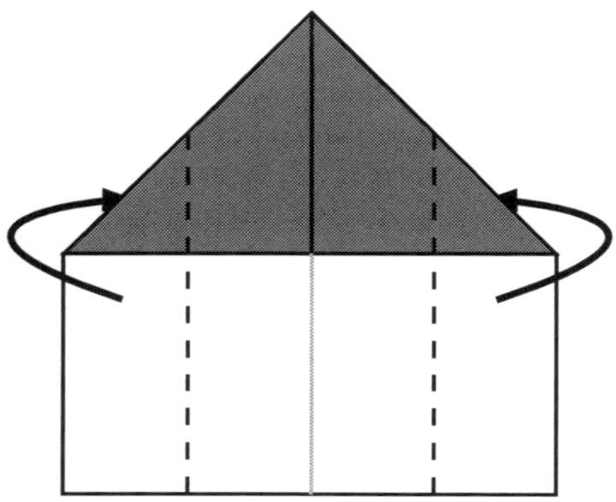

3 Falte die linke und rechte Seite entlang der senkrechten gestrichelten Linien nach hinten

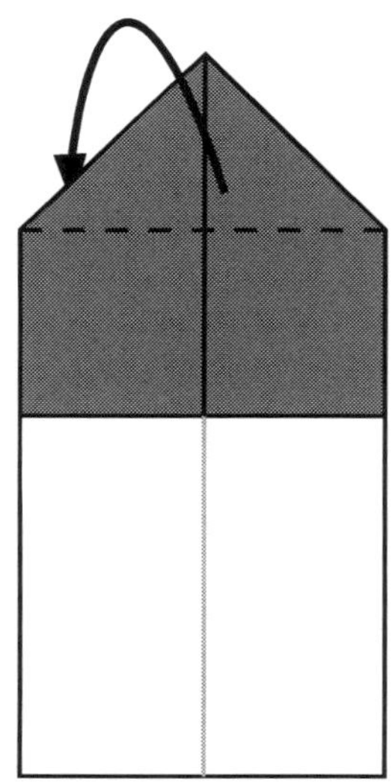

4 Falte die obere Ecke entlang der waagerechten gestrichelten Linie nach hinten.

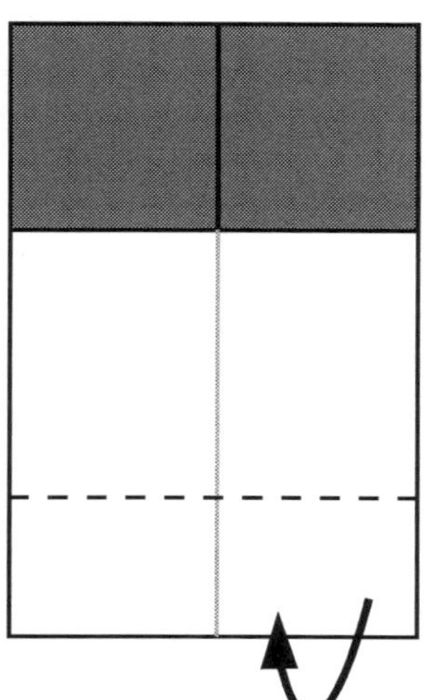

5 Falte an der unteren Seite entlang der waagerechten gestrichelten Linie einen breiten Streifen nach hinten.

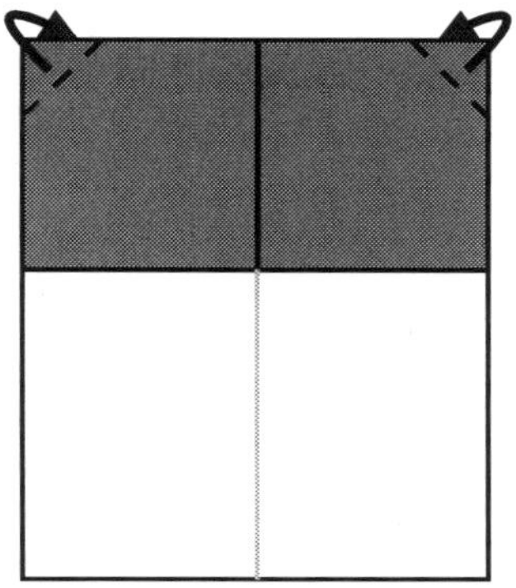

6 Falte die linke und rechte obere Ecke entlang der diagonalen gestrichelten Linien nach hinten.

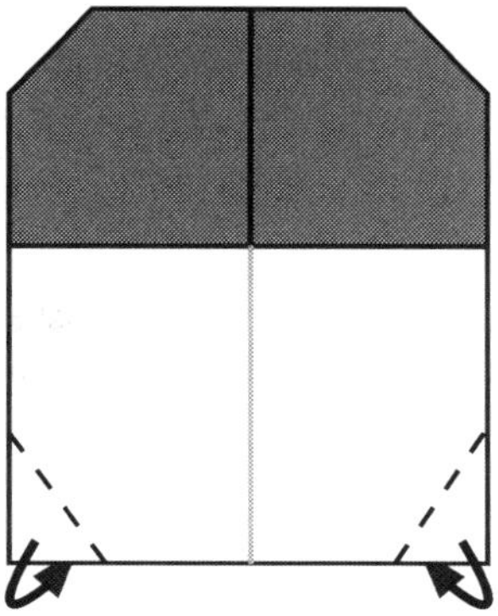

7 Falte die linke und rechte untere Ecke entlang der diagonalen gestrichelten Linien nach hinten.

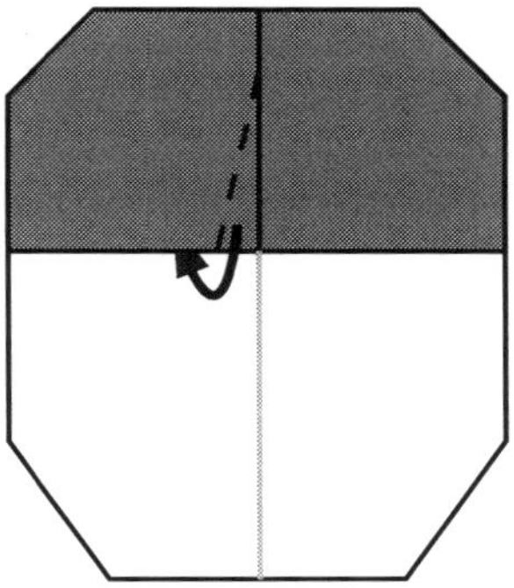

8 Falte von der oberen Papierlage, die die Haare darstellt, eine kleine Ecke entlang der schrägen diagonalen Linie nach hinten weg. Streiche alles gut fest.

9 Dein Jungengesicht ist jetzt fertig. Natürlich möchtest du es noch bemalen und vielleicht ein bisschen verzieren.

Du hast gesehen, dass Junge und Mädchen fast identisch zu falten sind. Versuche doch einmal, deine Freundinnen und Freunde zu falten und in den jeweils ein oder mehrere Merkmale zu geben, an ihnen man sie erkennt.

Du brauchst ein quadratisches Blatt Origami-Papier.

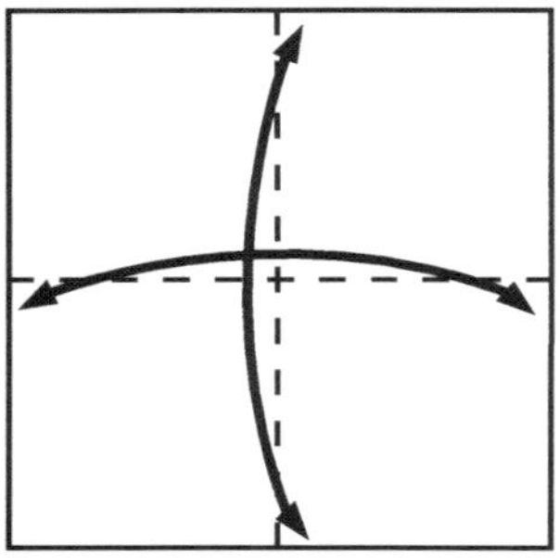

1 Stelle Hilfsknicke her, indem du das Blatt einmal senkrecht und einmal waagerecht faltest und wieder aufklappst.

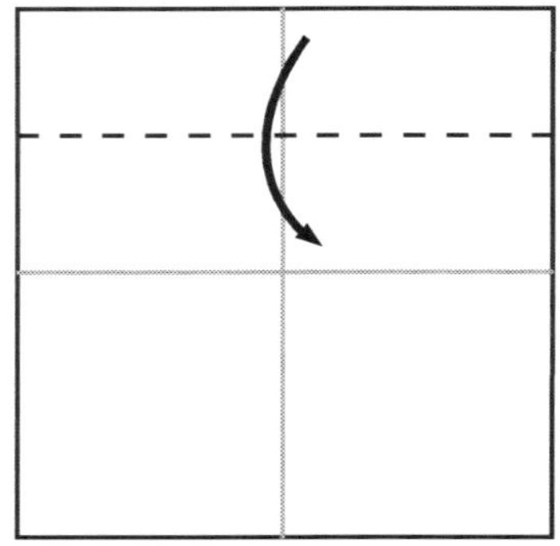

2 Falte entlang der waagerechten Linie vom oberen Teil des Blattes einen breiten Streifen nach unten.

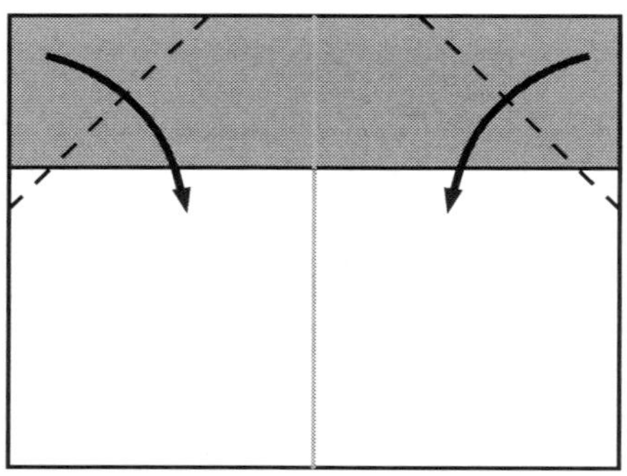

3 Falte die linke und rechte obere Ecke entlang der diagonalen gestrichelten Linien nach unten.

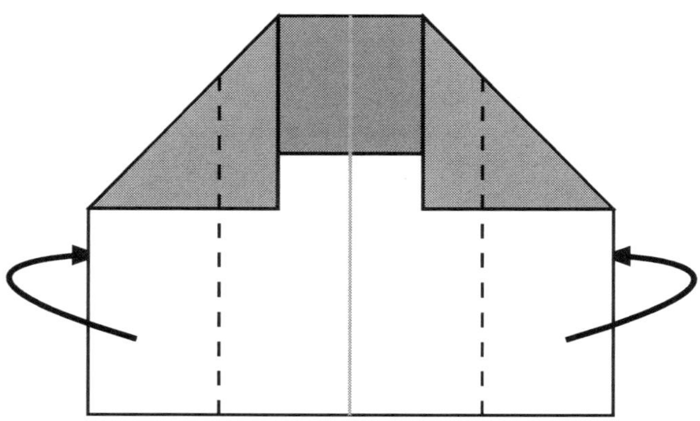

4 Falte die linke und rechte Seite deines Blattes entlang der senkrechten diagonalen Linien nach hinten.

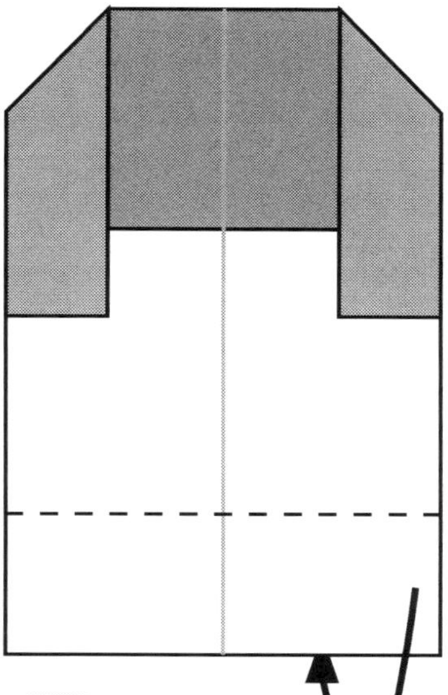

5 Falte an der unteren Seite des Blattes einen breiten Streifen entlang der waagerechten diagonalen Linie nach hinten.

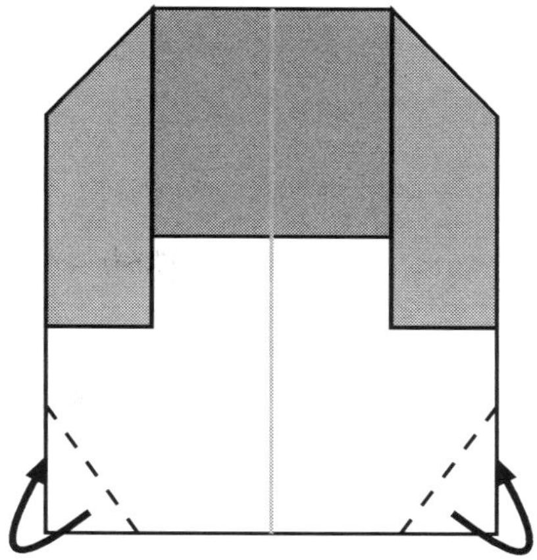

6 Falte die untere linke und rechte Ecke der Faltung entlang der diagonalen gestrichelten Linien nach hinten.

7 Dein Mädchen Gesicht ist fertig. Natürlich solltest du es noch anmalen und ein bisschen verzieren

---

Viele Mädchen experimentieren ja ziemlich gerne mit ihren Haaren herum. Das kannst du bei deinem gefalteten Mädchengesicht auch machen. Natürlich fällt dir zuerst die Farbe ein, die du verändern kannst. Aber wenn du beispielsweise Wollfäden auf ihren Kopf klebst, kannst du ihr auch alle möglichen Frisuren machen.

WINDRAD

Du brauchst ein quadratisches Blatt Origami-Papier. Außerdem brauchst du einen Holzstab oder Strohalm und eine Stecknadel

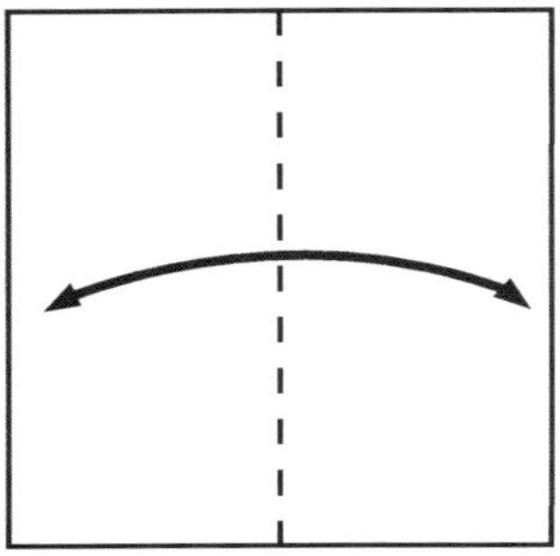

1 Mache zuerst einen Knick, indem du das Blatt entlang der waagerechten diagonalen Linie faltest und wieder aufklappst.

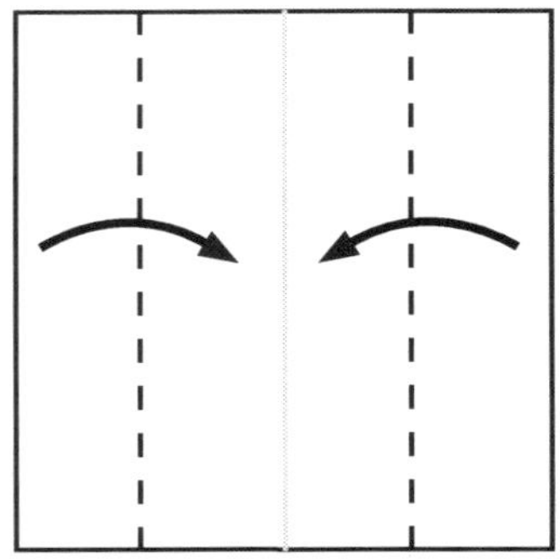

2 Falte jetzt die linke und rechte Außenseite deines Blattes entlang der senkrechten gestrichelten Linien nach innen, sodass sie sich in der Mitte treffen.

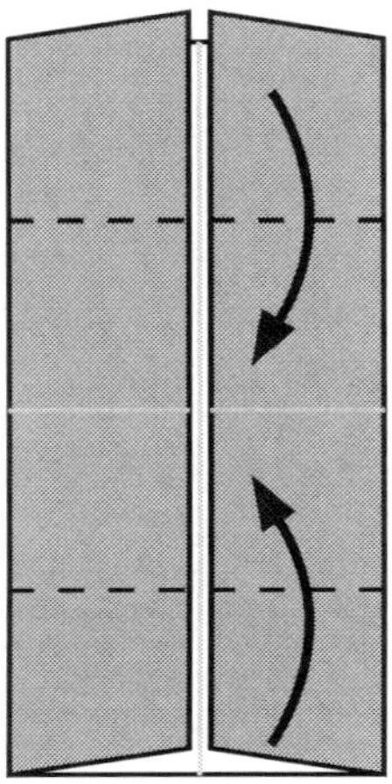

3 Falte die obere und untere Seite entlang der waagerechten gestrichelten Linien zur Mitte hin.

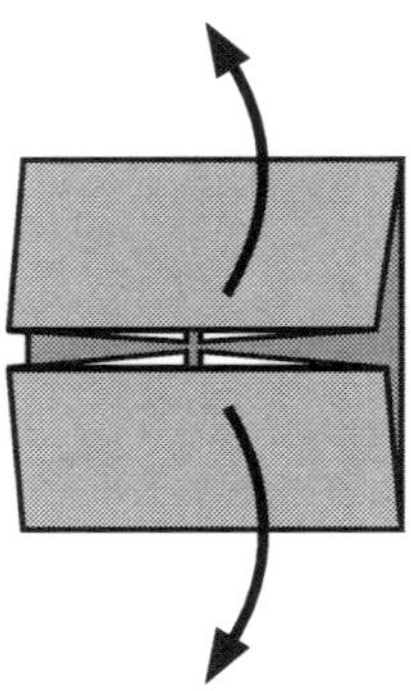

4 Klappe die soeben hergestellten Falten wieder auf.

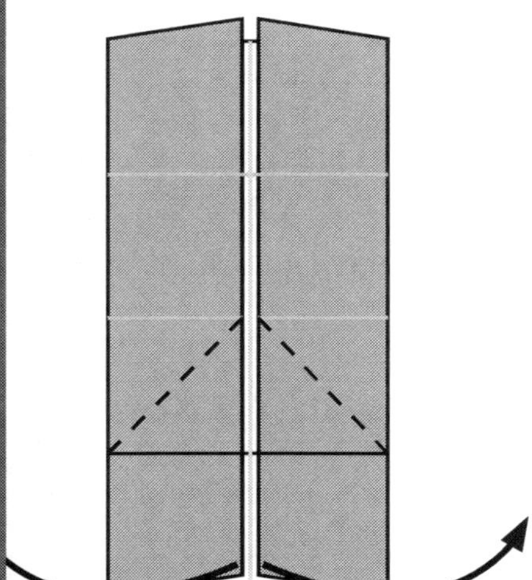

5 Öffne die Ecken und falte entlang der gestrichelten Linien nach vorne.

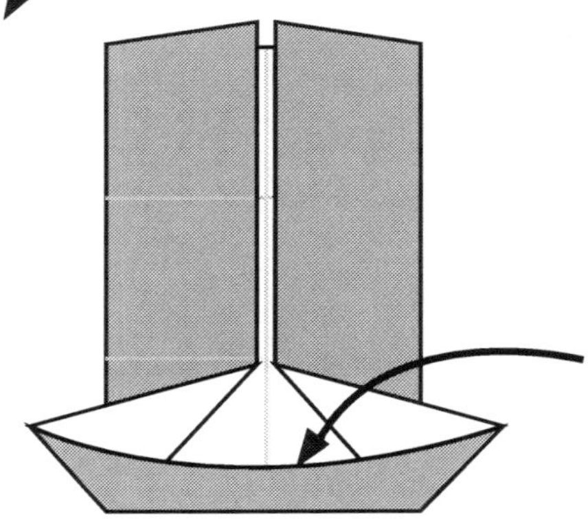

6 Öffne den Teil deiner Faltung, der mit einem Pfeil gekennzeichnet ist und streiche alles glatt.

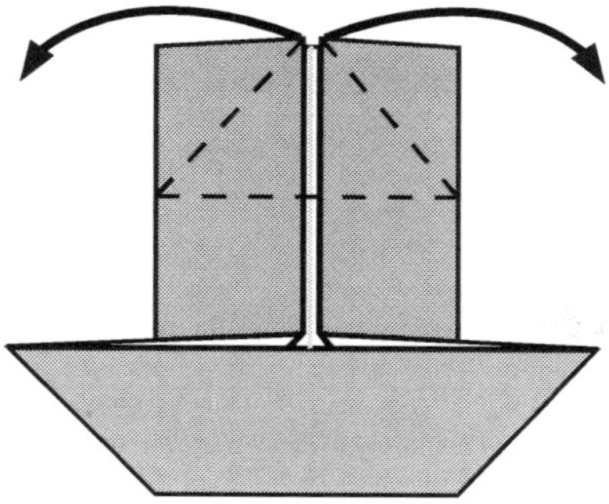

7 Wiederhole Schritt 5 und 6 mit dem oberen Teil deiner Faltung.

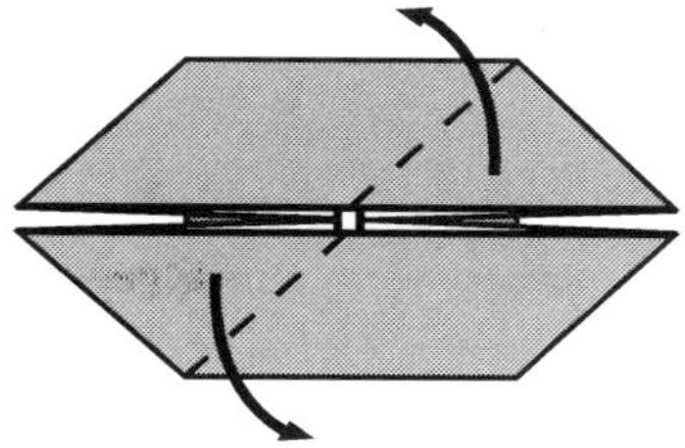

8 Falte jetzt entlang der diagonalen gestrichelten Linien und streiche alles sehr gut fest.

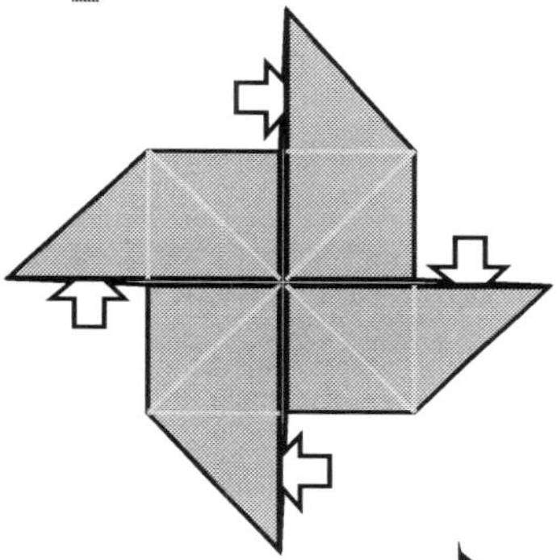

9 Öffne vorsichtig die mit Pfeilen gekennzeichneten Teile deiner Faltung, sodass sich später der Wind darin fangen kann.

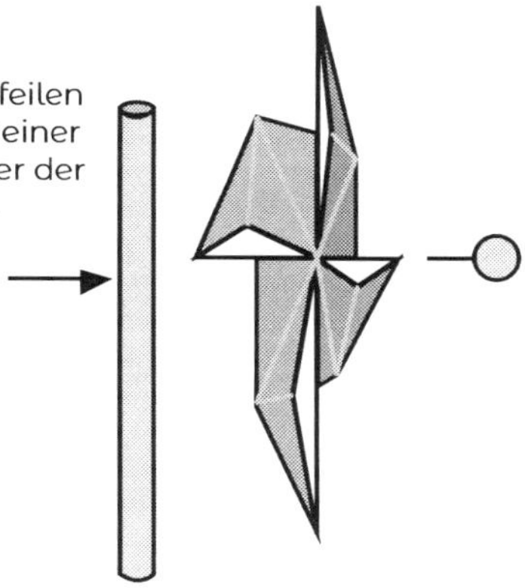

10 Befestige das Windrad mithilfe der Stecknadel an dem Holzstab

11 Dein Windrad ist fertig.

Es sieht lustig aus, wenn du auf dein buntes Windrad pustest oder es vom Wind draußen angetrieben wird. Um Strom damit erzeugen zu können, müsste es allerdings ein bisschen größer sein. Die erste Windkraftanlage zur Stromerzeugung dachte sich übrigens ein sparsamer Schotte aus – und zwar schon 1887. Er wollte damit sein Ferienhäuschen mit Energie versorgen.

WUERFEL

Du brauchst ein quadratisches Blatt Origami-Papier.

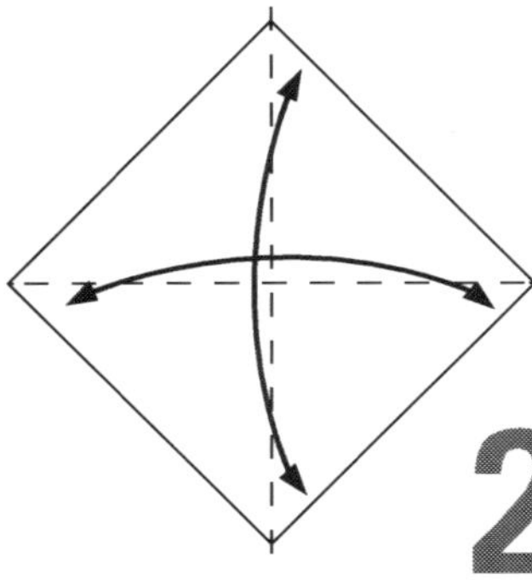

1 Bei diesem Schritt musst Du zunächst nur Knicke erzeugen, um das Falten später zu erleichtern. Falte jeweils einmal entlang der gestrichelten Linie und öffne das Blatt wieder.

2 Falte jetzt die vier Ecken des Papiers so entlang der gestrichelten Linie, dass sie sich in der Mitte treffen.

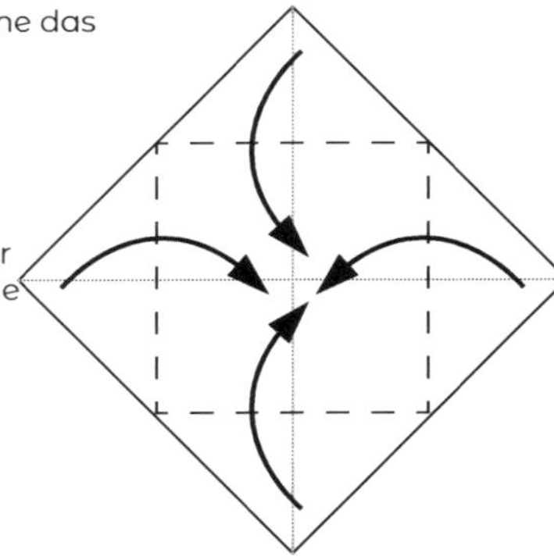

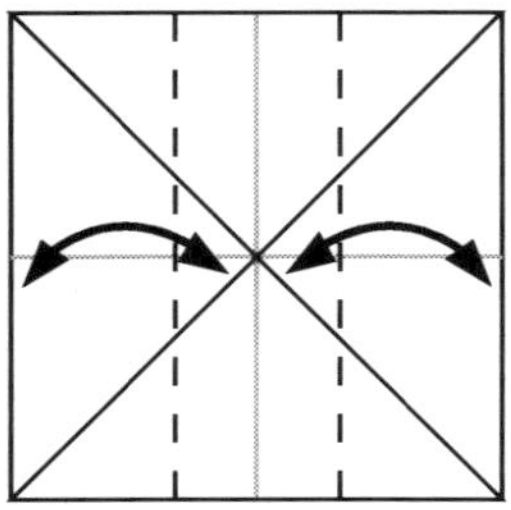

3 Du hast nun ein wieder an quadratische Blatt vor dir liegen. Falte jetzt entlang der senkrechten gestrichelten Linie das Blatt nach innen und klappe es wieder auf, damit Knicke entstehen.

4 Klappe die Dreiecke links und rechts auf.

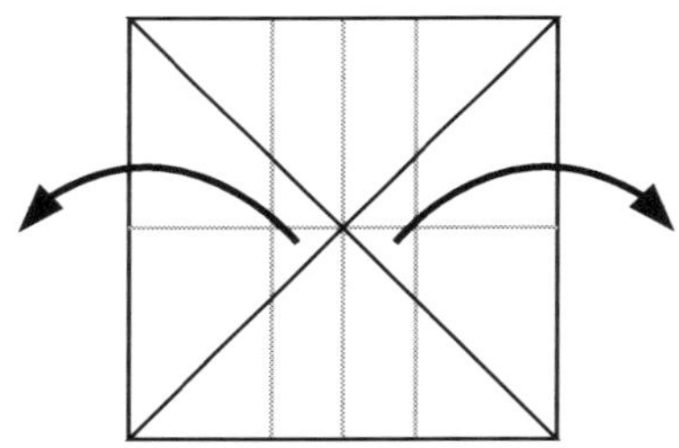

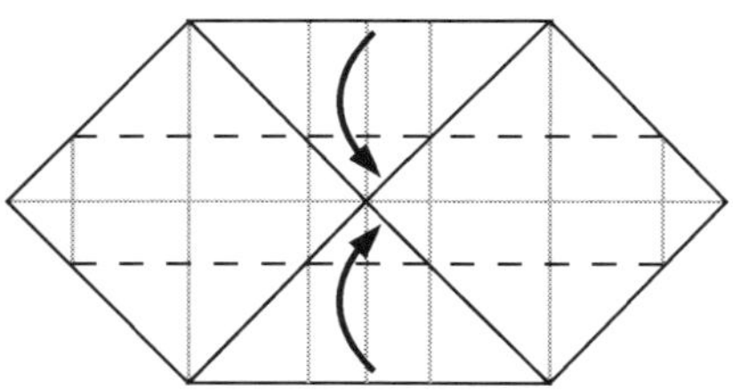

5 Falte das Blatt nun entlang der waagerechten gestrichelten Linien nach innen. Es ist nun nur noch ein Drittel so groß wie vorher.

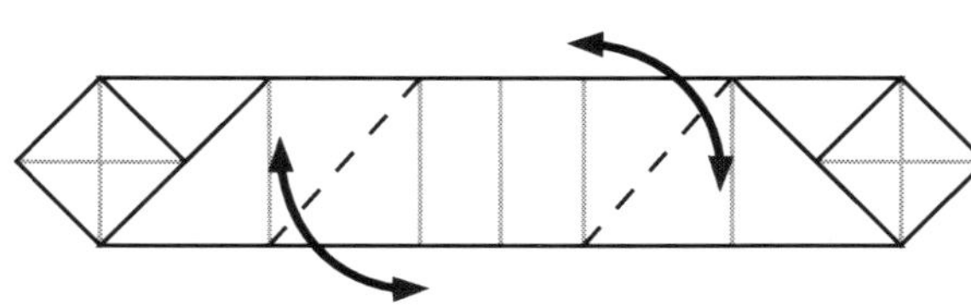

6 Falte jetzt entlang der diagonalen gestrichelten Linien das Blatt, damit Knicke entstehen und falte es wieder auf.

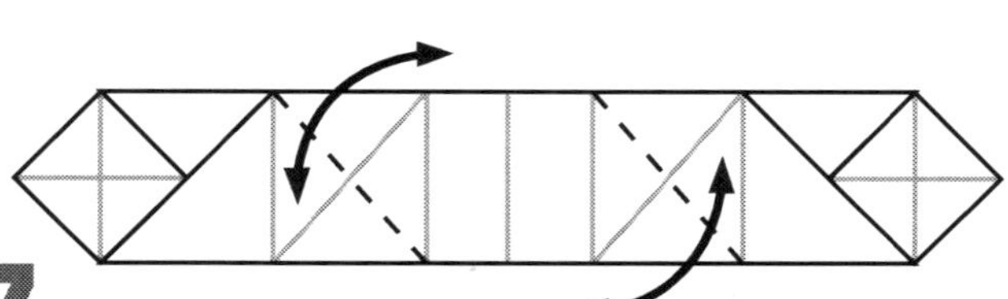

7 Wiederhole Schritt 6 in die entgegengesetze Richtung. Falte entlang der diagonalen gestrichelten Linien, um das Blatt dann wieder aufzufalten.

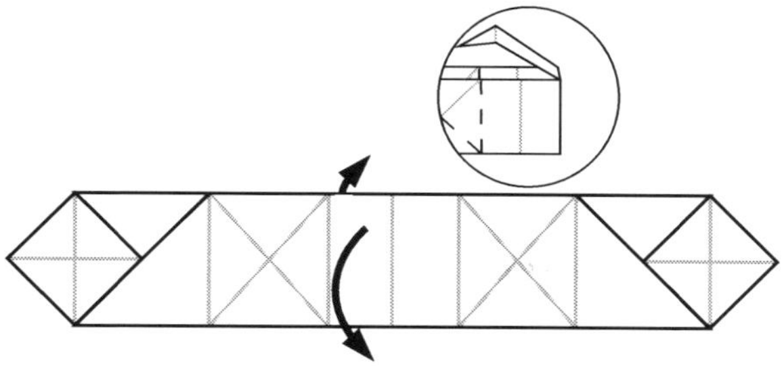

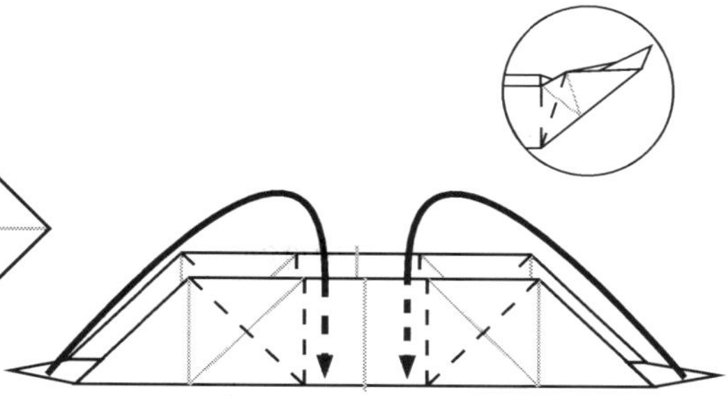

8 Falte nun beide Seiten nach außen, damit du in die Ausgangspostion von Schritt 9 kommst.

9 Drücke mit beiden Händen etwas gegen die gestrichelte Linien und schiebe die eine Seite unter die andere. Betrachte hierzu auch das eingreiste Bild als Hilfestellung. Anschließend kannst du problemlos entlang der Pfeillinie falten.

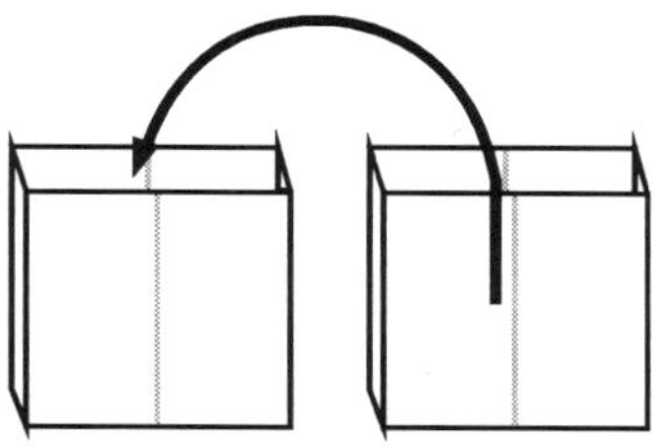

10 Wenn du beide Würfelteile gefaltet hast, steckst du sie ineinander und schon ist der Würfel fertig.

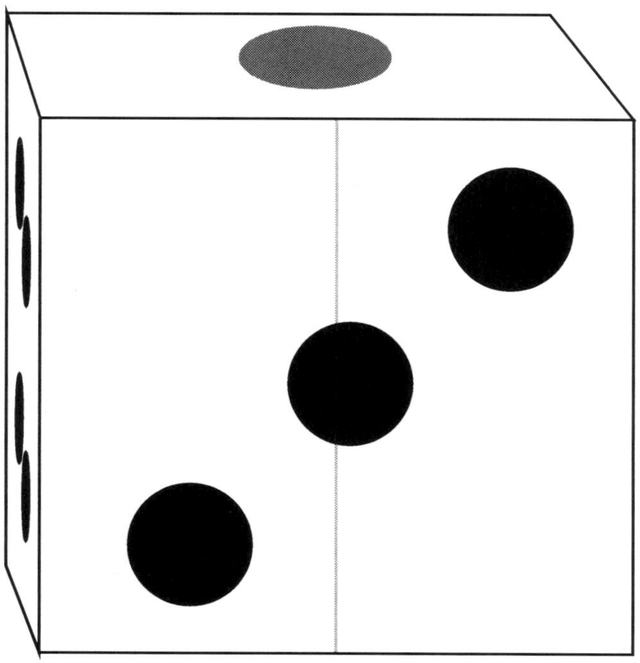

11 Du kannst deinen Würfel jetzt verzieren. Wenn du ihn mit den typischen Würfelpunkten bemalst, kannst du auch damit spielen.

Das bekannteste Würfelspiel ist wahrscheinlich das Spiel, das die meisten Leute unter dem Begriff 10.000 kennen, man nennt es aber auch das „gierige Würfelspiel“. Du spielst mit mindestens zwei Spielern, nach oben ist der Spieleranzahl keine Grenzen gesetzt. Es werden 6 Würfel gebraucht, die von jedem Spieler immer gleichzeitig gewürfelt werden. Gewonnen hat, wer zuerst 10.000 Punkte zusammen hat. Einfach oder?

DACKEL

Du benötigst ein quadratisches Blatt Origami-Papier.

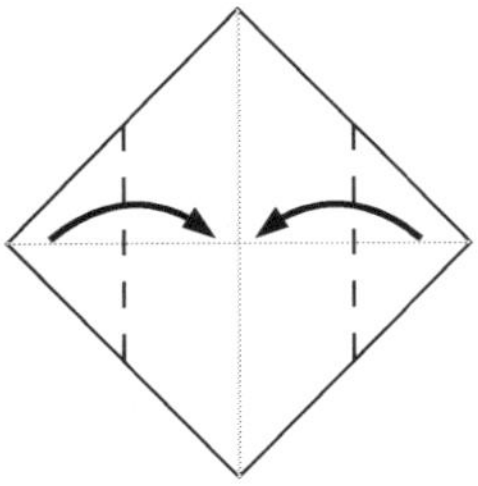

1 Lege das Blatt diagonal vor dich auf den Tisch, so dass zwei Enden jeweils nach oben und unten zeigen und falte entlang der senkrechten gestrichelten Linien die beiden Ecken links und rechts nach innen, so dass sie sich in der Mitte berühren.

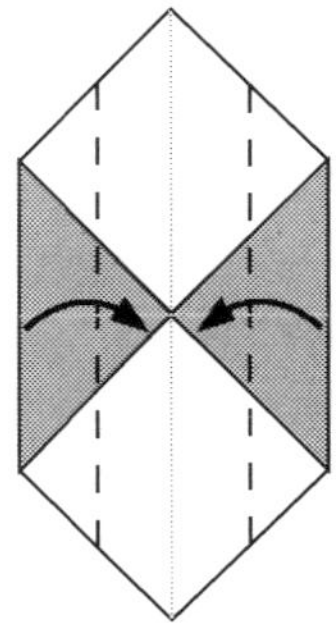

2 Als nächstes faltest du jetzt das Papier wieder entlang der senkrechten gestrichelten Linien nach innen.

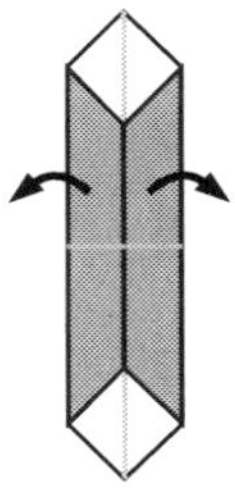

3 Öffne jetzt alle von dir eben angefertigten Falten wieder, so dass das Papier offen vor dir liegt, aber eine Reihe Knicke vorweist, die dir später beim weiteren Falten helfen.

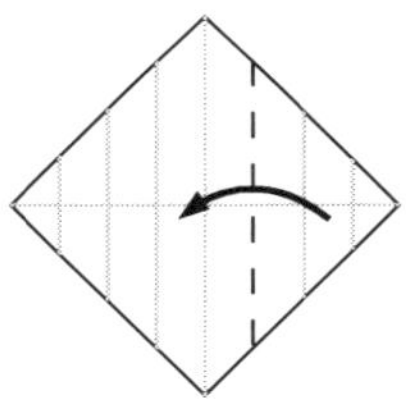

4 Falte das Blatt entlang der senkrechten gestrichelten Linie nach innen und streiche es gut fest.

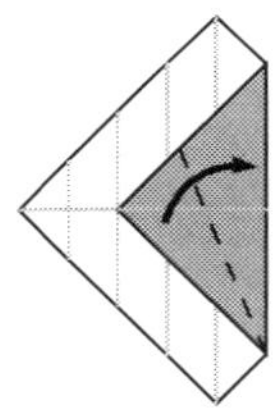

5 Falte den Teil, den du eben nach innen gefaltet hast, entlang der diagonalen gestrichelten Linie wieder nach außen und streiche alles gut fest.

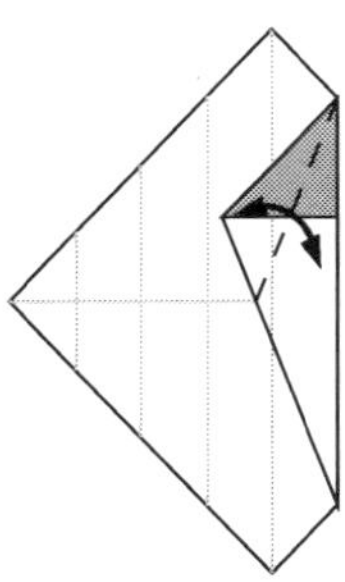

6 Falte den eben gefalteten Teil entlang der diagonalen Linie nach außen und öffne die Falte wieder.

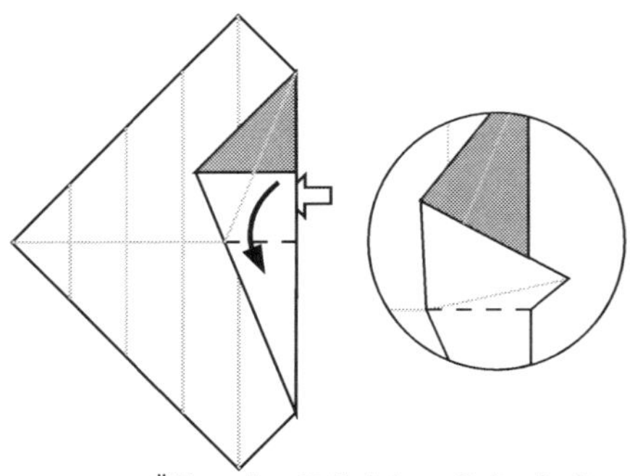

7 Öffne den Teil deiner Faltarbeit, der in der Grafik mit einem Pfeil angezeigt wird und streiche das Blatt nun glatt.

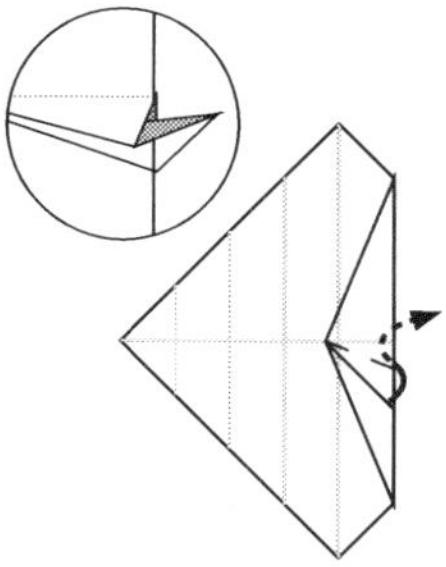

8

Jetzt musst du wie auf der Grafik gezeigt wird, eine Taschenfalte machen. Dazu faltest du die eben entstandene Ecke entlang der gestrichelten Linie und öffnest sie dann wieder.

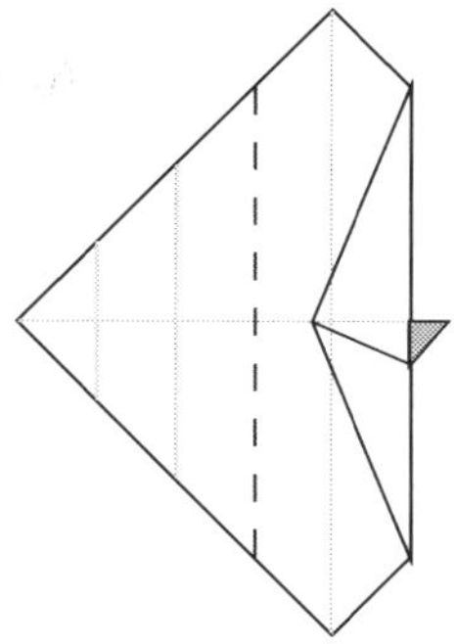

9

Falte die gegenüberliegende Seite nun auf die gleiche Weise wie in Schritt 5 bis 8.

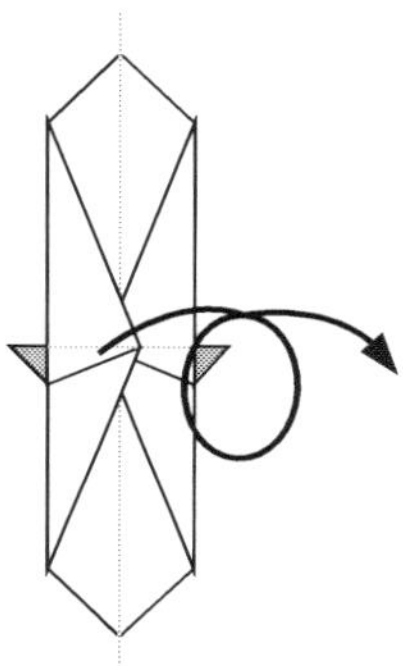

10

Dreh deine Faltarbeit herum.

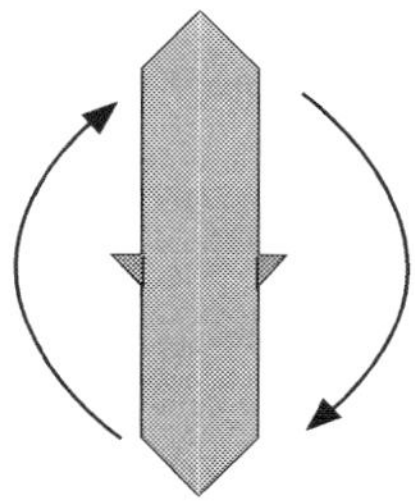

11

Lege sie so vor dich wie auf dem Bild gezeigt.

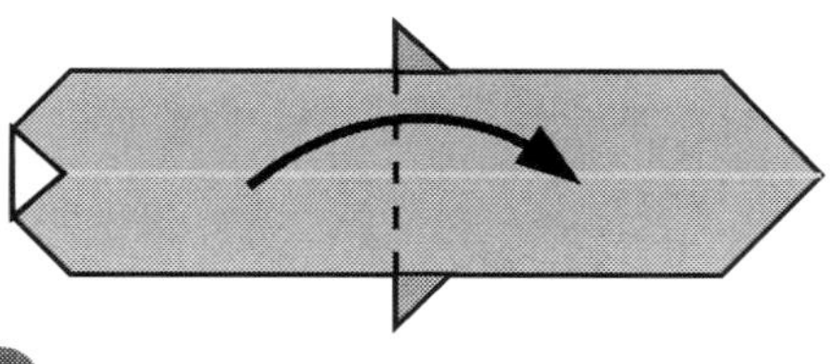

12

Falte jetzt ein kleines Stück der linken Ecke nach oben. Dann faltest du deine gesamte Faltarbeit entlang der senkrechten gestrichelten Linie zusammen.

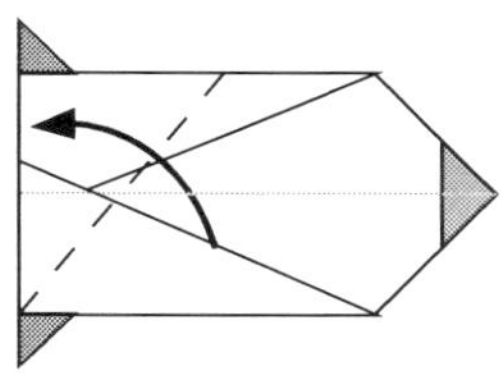

13

Falte dein Papier nun erneut entlang der diagonalen Linie.

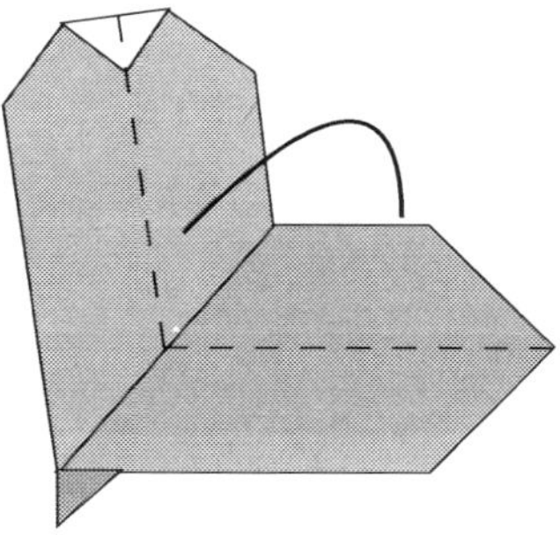

14

Klappe jetzt deine Faltarbeit wieder auf wie auf dem Bild gezeigt.

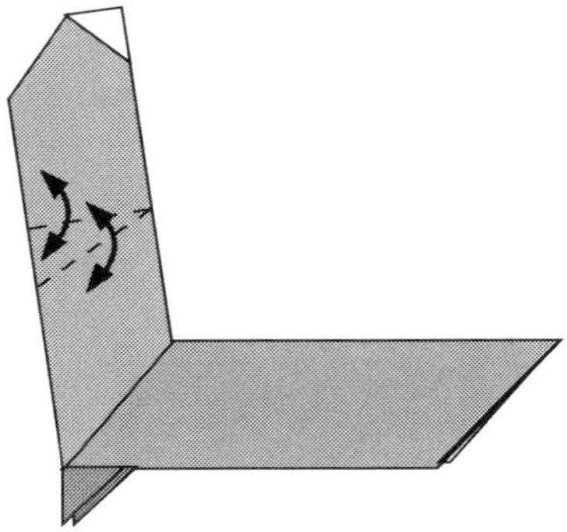

15 Falte nun entlang der beiden gestrichelten Linien um einen Knick zu erzeugen und falte wieder zurück.

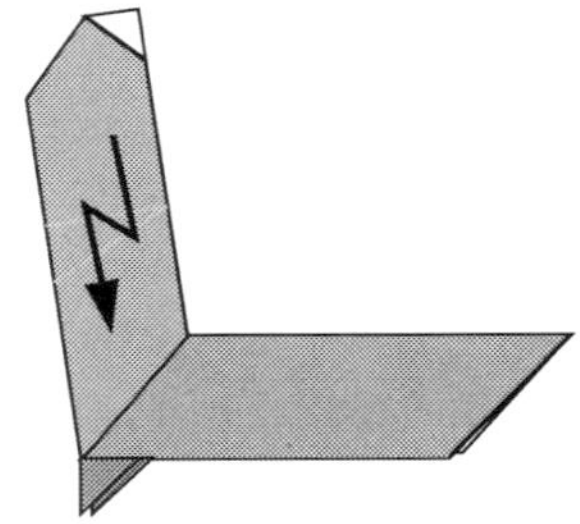

16 Falte das Papier nun genau wie im Bild gezeigt so, dass du zunächst entlang der waagerechten gestrichelten Linie nach unten faltest und dann wieder entlang der diagonalen gestrichelten Linie nach oben, man nennt das eine Treppenfalte oder eine Zickzack-Falte.

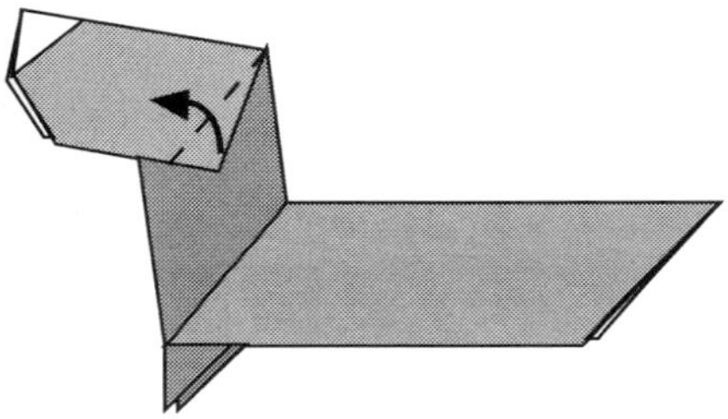

17 Du kannst nun schon die Grundform des Hundes erkennen. Falte jetzt für die Ohren entlang der diagonalen gestrichelten Linie die kleine Ecke des Blattes nach oben.

18 Für die Hinterbeine falte jetzt die hintere rechte Ecke deines Papiers nach unten um einen Knick zu erzeugt und falte es wieder zurück.

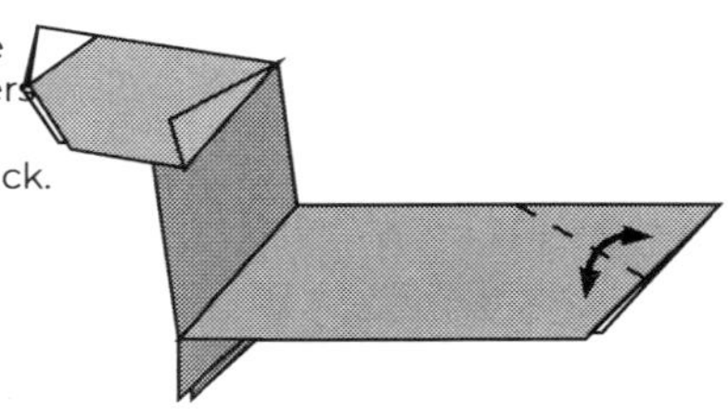

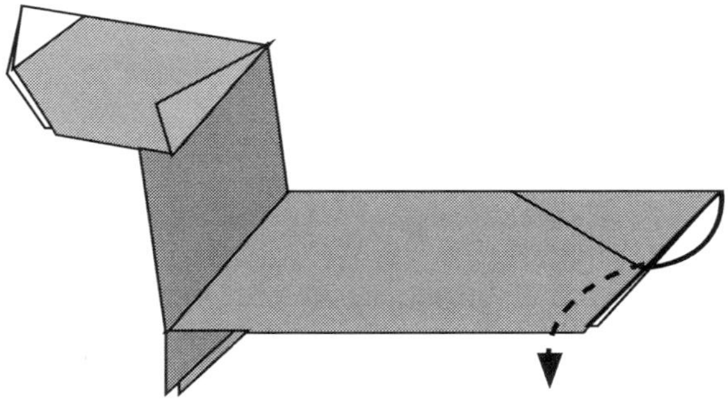

19 Als nächstes musst du wieder eine Taschenfalte machen, das ist aber ganz einfach, denn du musst jetzt lediglich entlang des eben erzeugten Knicks das Papier nach hinten drücken, wie du auf der Grafik sehen kannst.

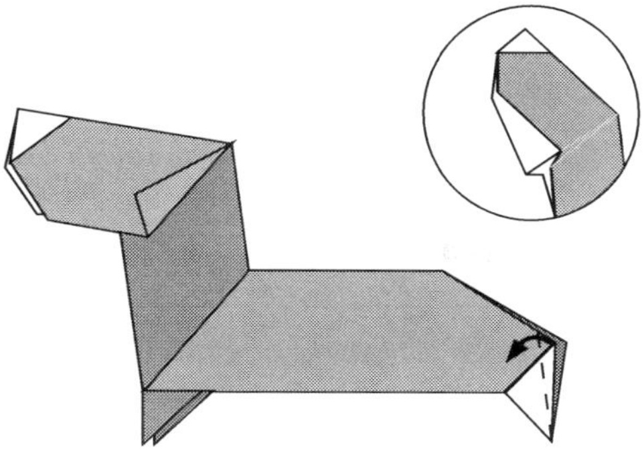

20

Damit die Hinterbeine deines Dackels schön geformt sind, faltest du den hinteren Teil seines Hinterteils nach vorne.

21

Jetzt wird an der gleichen Stelle noch einmal das Hinterteil nach vorne gefaltet und alles richtig gut fest gestrichen. Jetzt ist dein Dackel fertig.

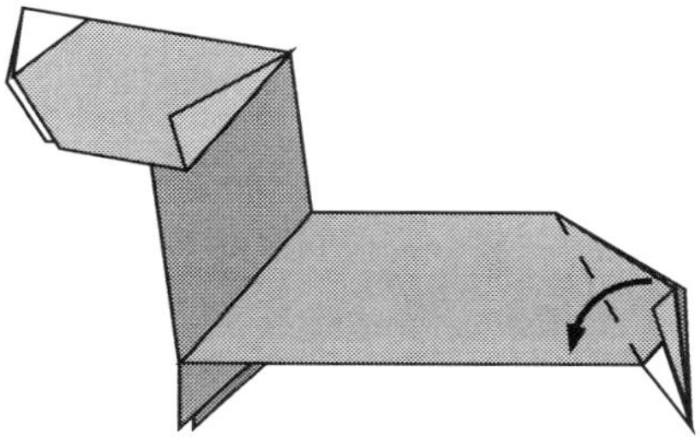

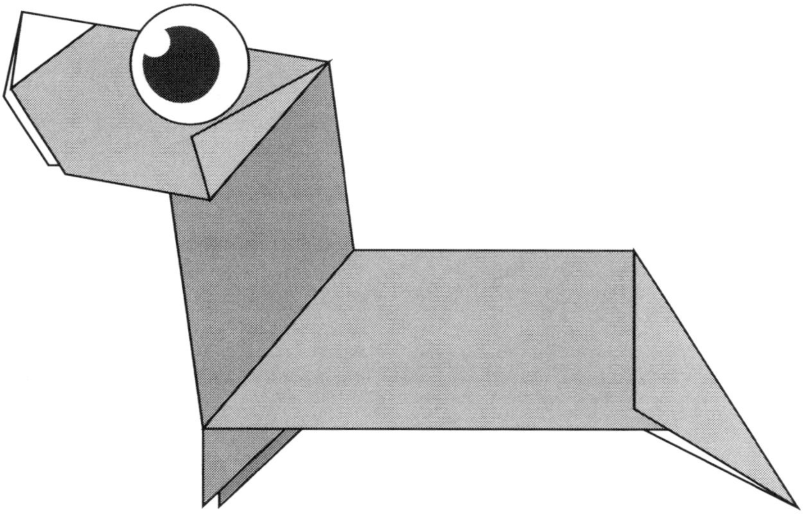

22

Du kannst deinem Hund noch Augen malen oder aufkleben.

Wer einen Dackel sieht, mag sich kaum vorstellen, dass der putzige kleine Kerl eigentlich ein Jagdhund ist. Deswegen ist er auch als Familienhund besonders aufmerksam und beschützt seine Leute gerne vor allem, was ihm gefährlich vorkommt.

Du brauchst ein quadratisches Blatt Origami-Papier.

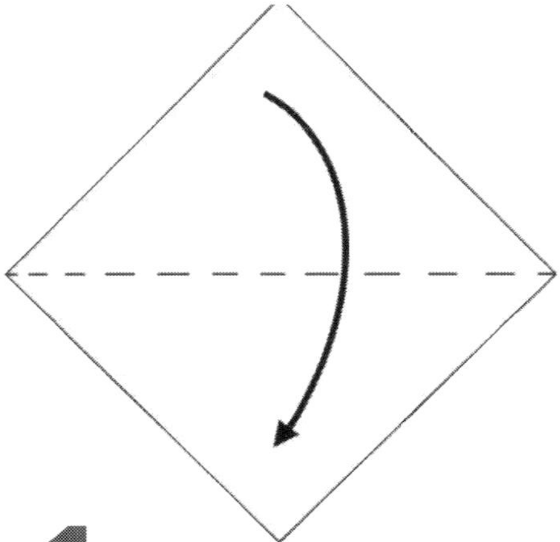

1 Falte das Blatt einmal diagonal.

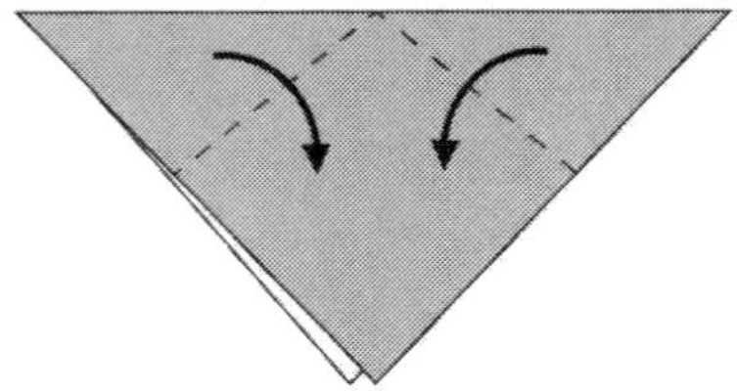

2 Falte die beiden äußeren Ecken des soeben entstandenen Dreiecks entlang der diagonalen gestrichelten Linien, so dass sie sich in der Mitte berühren.

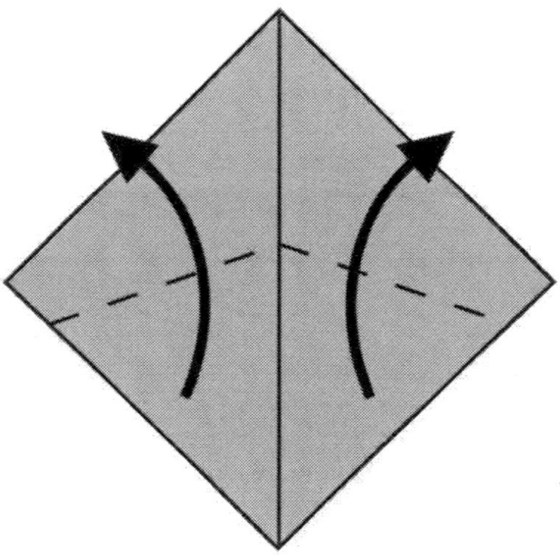

3 Falte das Blatt wie im Bild entlang der diagonalen gestrichelten Linien wieder nach oben.

4 Du siehst nun bereits die Grundform des Katzenkopfes. Falte jetzt entlang der waagerechten gestrichelten Linie das Papier nach unten bzw. nach oben. Achte dabei darauf, dass bei der unteren Ecke nur die obere Lage der Blätter nach oben geklappt wird.

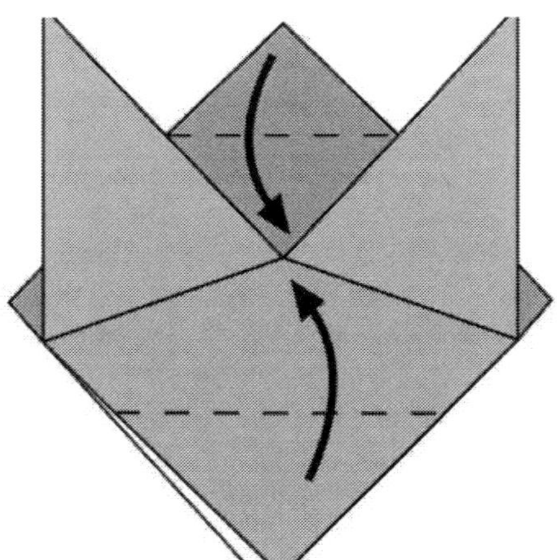

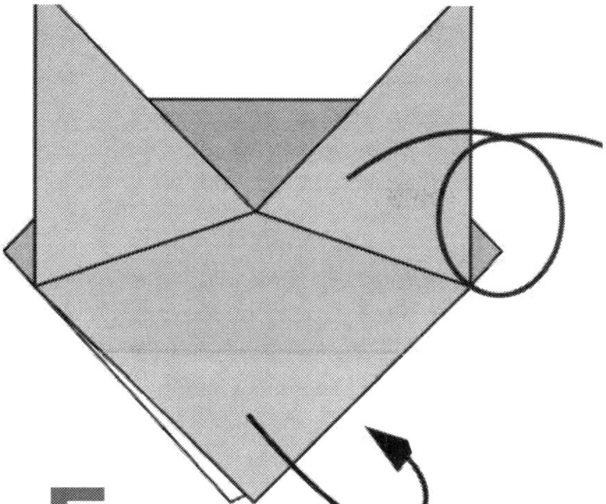

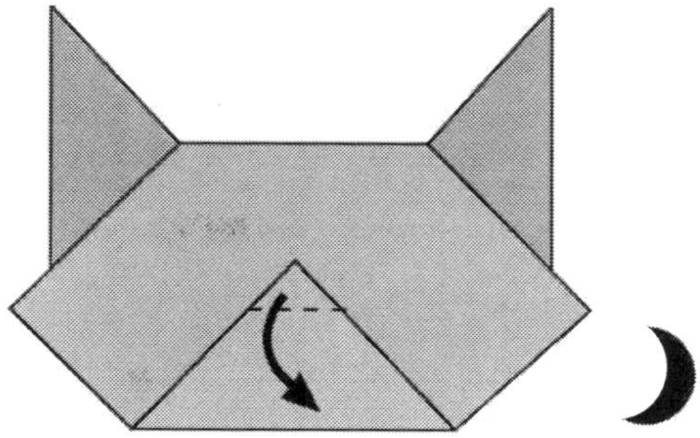

6 Falte jetzt entlang der waagerechten diagonalen Linie das Näschen der Katze nach unten. Streiche alles gut fest.

5 Dreh deine Faltung jetzt um. Du siehst die Katze nun von vorne. Falte jetzt das nach unten zeigende Dreieck passend zu der

Faltung, die du schon bei Schritt 4 vorge
nach oben.

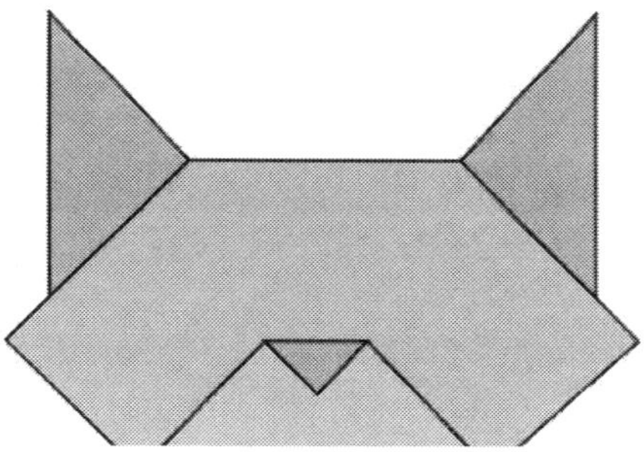

7 Deine Katze ist nun fertig.

8 Natürlich verzierst du sie jetzt noch, indem du Augen, Näschen, Mäulchen und Schnurrhaare aufklebst oder aufmalst.

Findest du es auch so schön, wenn Katzen schnurren oder miauen? Allerdings sagen Katzen ihr „Miau" eigentlich nur, wenn sie mit uns Menschen reden, für ein „Gespräch" miteinander haben sie andere Laute. Am 8. August ist übrigens Weltkatzentag.

Anmerkung: Wenn du ein bisschen mit den Ohren experimentierst, wirst du feststellen, dass du mit der nahezu gleichen Faltung verschiedene Tiere herstellen kannst. Wenn du die Ohren beispielsweise herunter klappst, siehst du einen kleinen Hund vor dir. Und wenn du die Ohren ganz weg faltest und stattdessen aus Papier lange Löffel anklebst, wird es ein Hase.

SCHLANGE

Du brauchst ein quadratisches Blatt Origami-Papier.

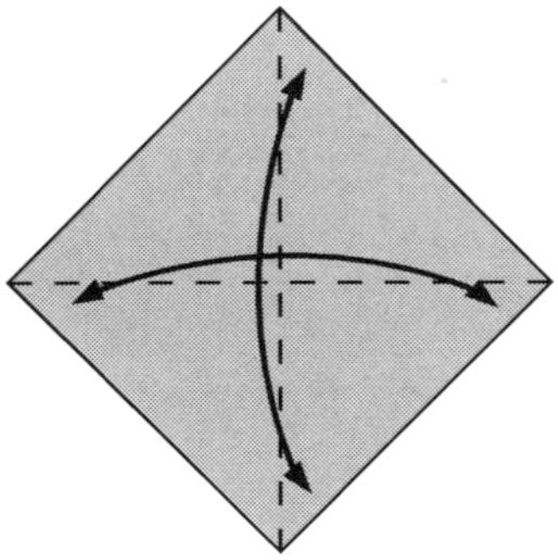

1 In den ersten Schritten bereitest du dein Blatt zunächst vor, damit das Falten der Schlange später einfacher wird. Dafür faltest du das Blatt zuerst an den beiden diagonalen gestrichelten Linien entlang und klappst es wieder auf.

2 Falte jetzt die jeweils die obere und untere Ecke des Blattes entlang der waagerechten gestrichelten Linie nach innen.

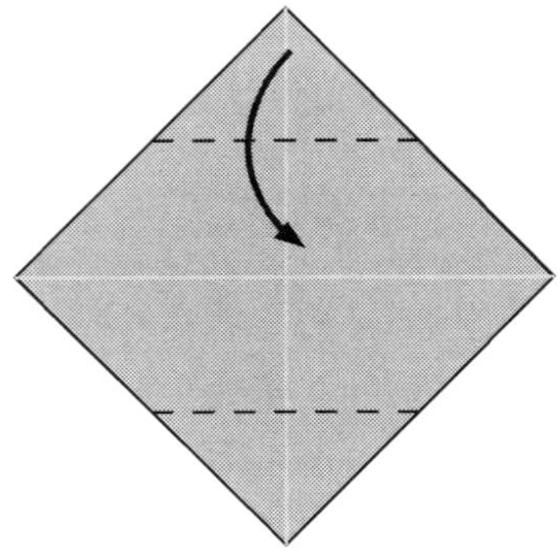

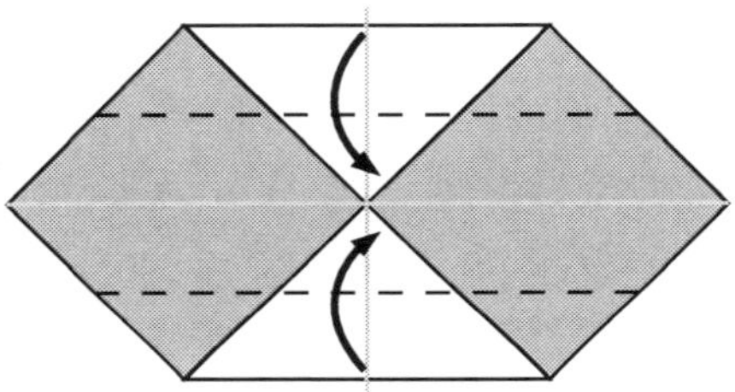

3 Falte wieder den oberen und unteren Teil deines Blattes entlang der waagerechten gestrichelten Linie nach unten bzw. oben nach innen, sodass die beiden Blatt-Teile sich berühren.

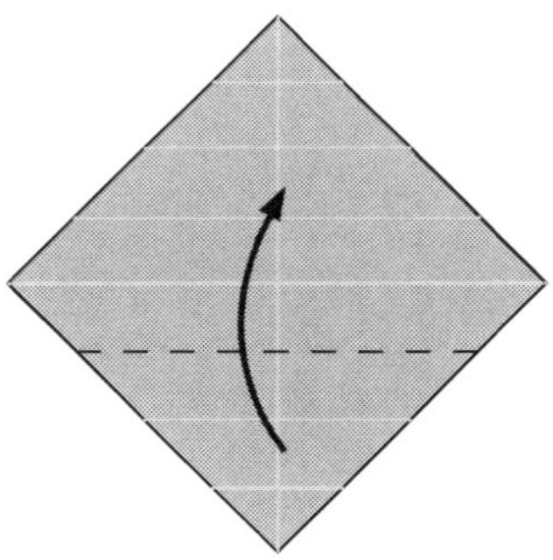

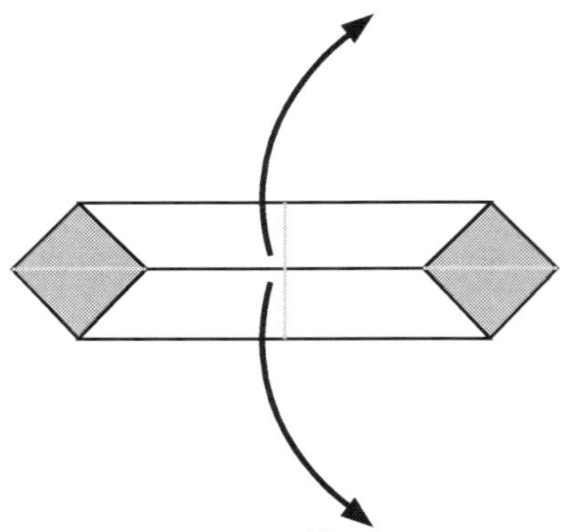

4 Klappe alles wieder auf.

5 Vor dir liegt jetzt ein Blatt mit einem senkrechten und mehreren vertikalen Knicken. Ab jetzt bleiben die Faltungen, die du machst, bestehen und du solltest sie auch gut fest streichen. Falte jetzt zuerst die untere Ecke des Blattes entlang der gestrichelten diagonalen Linie nach oben.

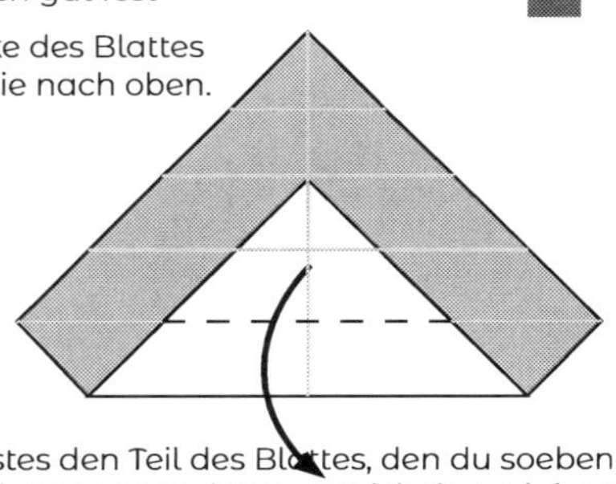

6 Falte als nächstes den Teil des Blattes, den du soeben nach oben gefaltet hast, entlang der waagerechten gestrichelten Linie wieder nach unten.

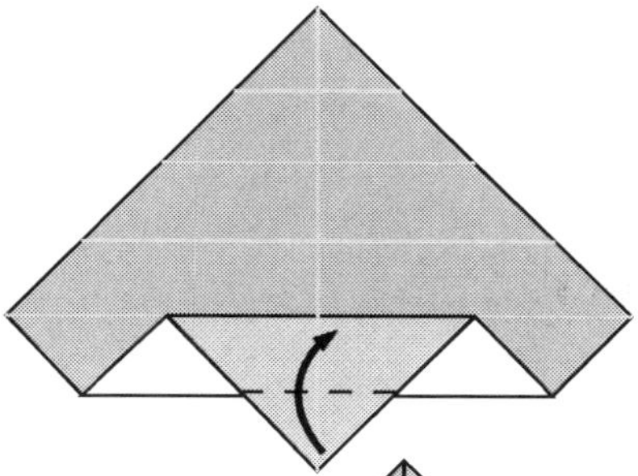

7

Verfahre noch einmal genauso. Falte den Teil des Blattes, den du eben nach unten gefaltet hast, entlang der gestrichelten Linie wieder nach oben.

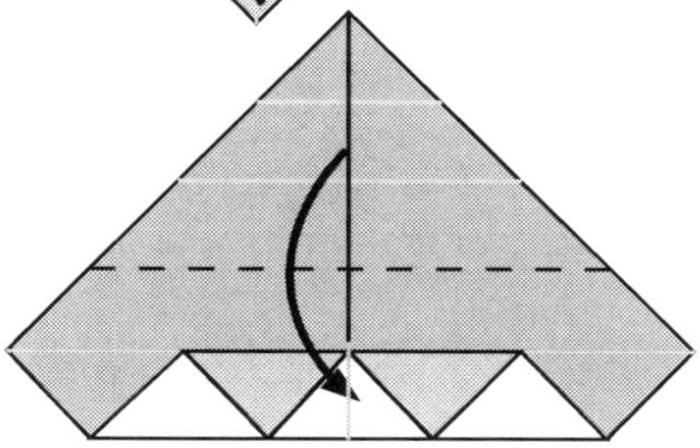

8

Wiederhole Schritt 6 und 7 noch einmal mit dem oberen Teil des Blattes, den du bisher noch nicht gefaltet hast.

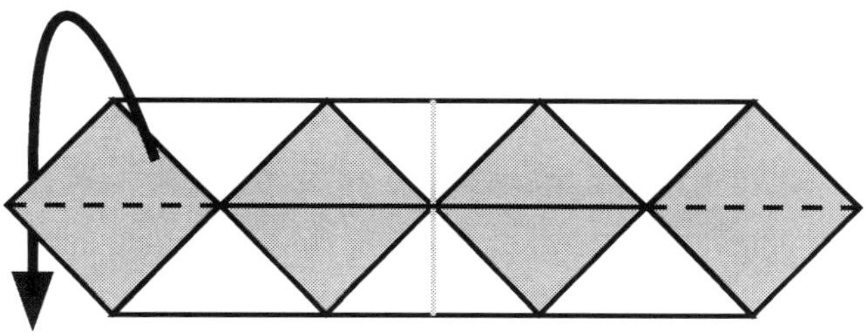

9

Vor dir liegt jetzt sozusagen die Schlangenhaut. Klappe nun deine Faltung entlang der waagerechten gestrichelten Linie in der Mitte nach unten.

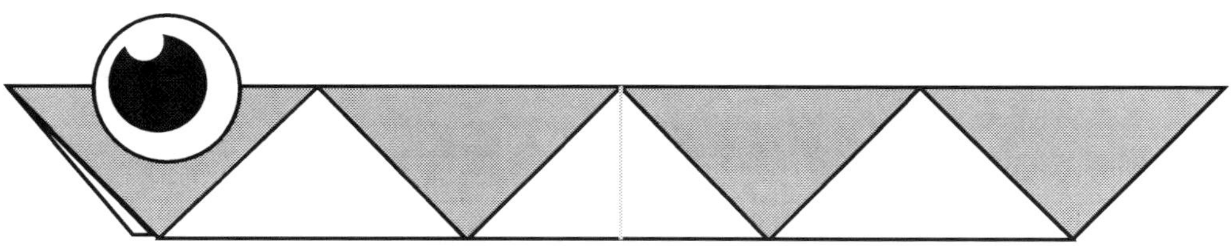

10

Deine Schlange ist jetzt fertig. Du kannst sie mit Augen bekleben und bemalen oder mit Glitzer, Pailletten oder Buntstiften noch weiter verzieren.

Hast du eigentlich schon mal eine Schlange mit Übergewicht gesehen? Genau. Die kriegen auch keins. Sie können nämlich monatelang fasten, wenn es sein muss. Eine Madagaskarboa hat es sogar einmal 49 Monate lang ohne Essen ausgehalten!

Vorwort zu den folgenden fünf Figuren

Die folgenden fünf Modelle, Falke, Elefant, Kranich, Schmetterling und Kolibri, sind technisch eine echte Herausforderung. Deshalb haben wir ein neues Konzept entwickelt: Eigens für dieses Buch hergestellte Videos kommen zu der schriftlichen Faltanleitung und den Grafiken dazu.

Alle drei, Text, Bild und Video ergänzen sich gegenseitig und unterstützen dich dabei, die Objekte vollendet zu falten.

ELEFANT

Du brauchst ein quadratisches Stück Origami Papier. Bei diesem Objekt ist es sinnvoll, zusätzlich zur Beschreibung nicht nur die Grafik, sondern auch das Video als Vorlage zu nutzen.

1

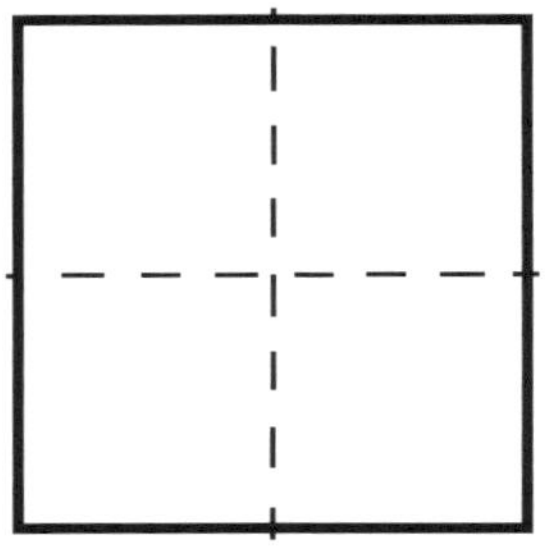

Zunächst müssen Hilfsknicke hergestellt werden. Dazu faltest du zuerst das Blatt entlang der waagerechten und senkrechten Linie. Streiche die Falten leicht fest und falte dann alles wieder auf.

www.brainbook-verlag.de/origami2020/elefant

2

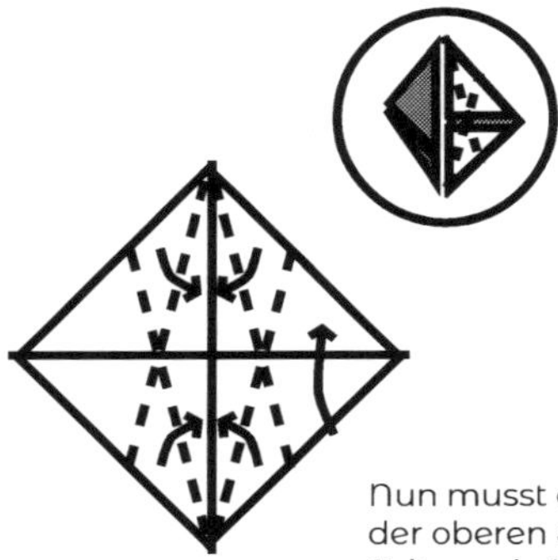

Nun musst du zuerst, ausgehend von der oberen Ecke die linken beiden Seiten schräg zur Mitte falten. Das wird nun gut fest gestrichen und wieder aufgeklappt. Dann drehst du das Objekt um und faltest auf die gleiche Weise wie eben die Seiten mittig nach innen, aber ausgehend von der entgegengesetzten Ecke.

3

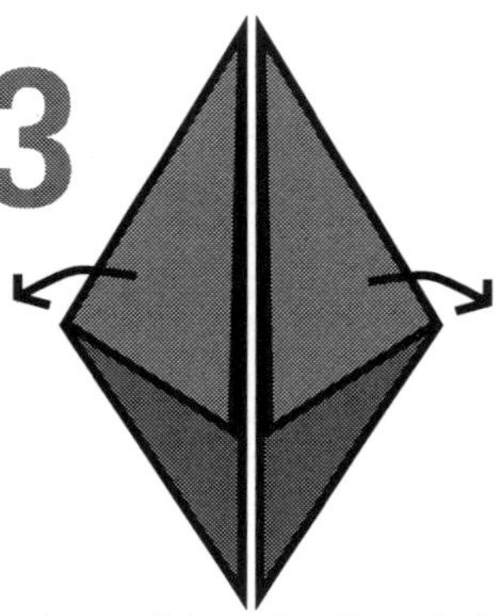

Auch jetzt faltest du alles wieder auf. Nun faltest du das komplett geöffnete Blatt, wie im Video zu sehen ist, entlang der gedachten Linie von Ecke zu Ecke nach oben. Klappe auch das wieder auf, fasse die linke und rechte Ecke, drücke sie zusammen und nach innen. Im Video wird das sehr deutlich gezeigt.

4

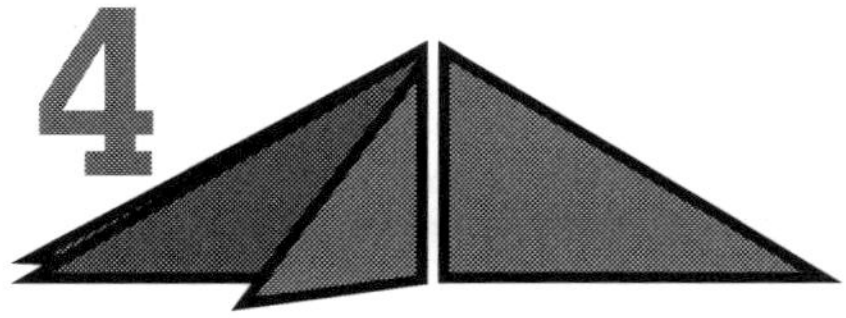

Falte das Objekt jetzt entlang der Mittellinie zusammen.

5

Drücke nun so lange an dem Ding herum, bis der Zuschauer anfängt vor Verzweiflung und Langeweile zu weinen. Direkt nach Schritt vier kommt Schritt sechs, soweit ich das erkennen kann. Ich könnte hier höchstens schreiben: Falte das Objekt von der stumpfen Spitze ausgehend mittig zusammen und klappe es wieder auf. Das gibt es im Video zwar nicht, es würde aber zum Bild auf der Grafik passen.

6

Ausgehend von der stumpfen Spitze klappst du nun die rechte Seite nach vorne. Dann faltest du die untere Spitze dieses Teils wieder nach oben und drücke das kleine überstehende Eckchen um das Papier herum nach hinten. Jetzt kannst du alles wieder aufklappen.

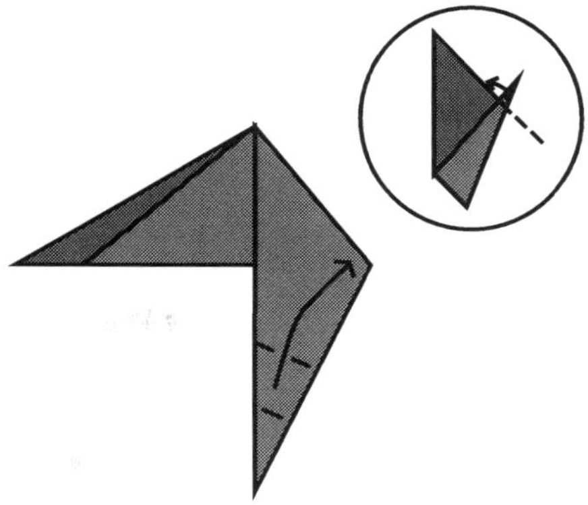

7

Falte, wie im Video zu sehen, dein Objekt entlang der beiden Diagonalen nach hinten. Schritt

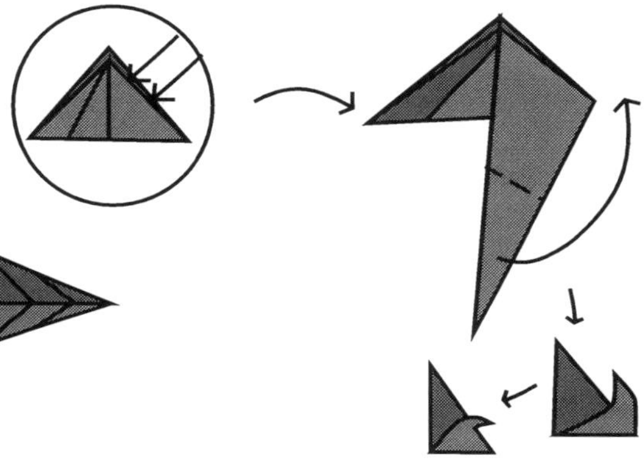

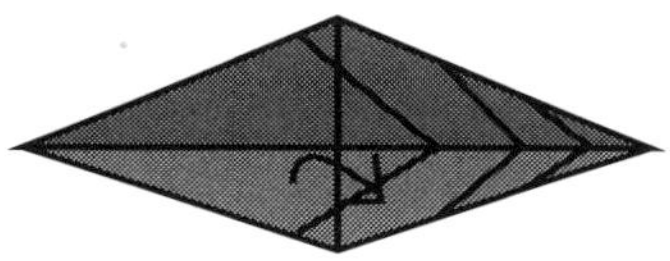

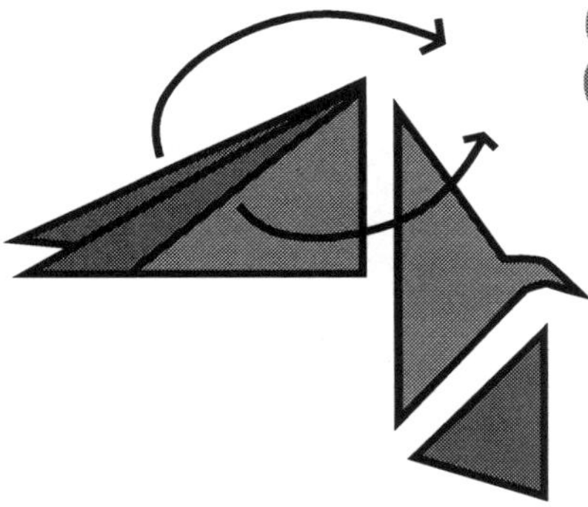

8

Drücke das Papier dann nach hinten, sodass die neu entstandene Falte die vorherige Falte eingehüllt und schiebe die oberste Spitze nach vorne. Das wird der Schwanz des Elefanten.

9

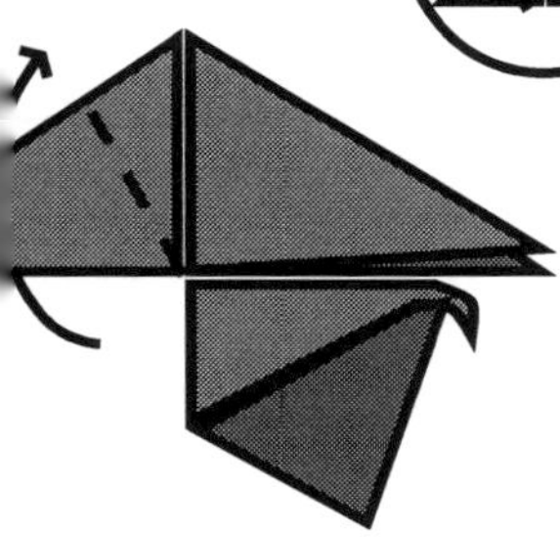

Klappe jetzt die beiden nach vorne stehenden Ecken nach hinten.

10

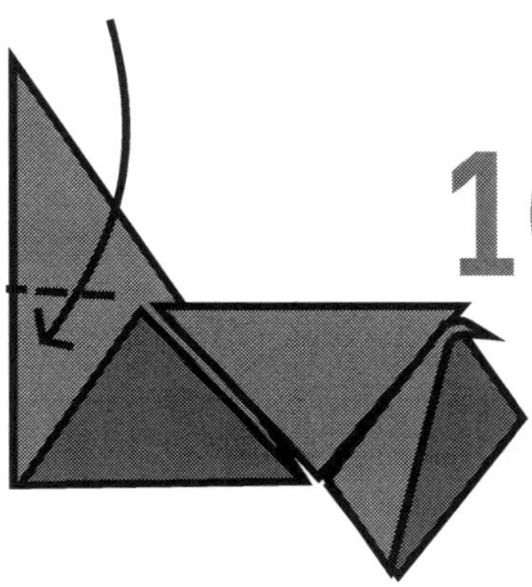

Falte das Objekt entlang der auf der Grafik zu sehenden gestrichelten Linie nach oben. Falte dann die linke, nach oben zeigende Spitze ein wenig auf und drücke sie nach innen. Streiche alles gut fest.

11

Jetzt faltest du den soeben bearbeiteten Teil entlang der gedachten Linie nach vorne. Dann klappst du das eben Gefaltete wieder auf und drückst es nach innen. Jetzt wird alles gut fest gestrichen. Nun werden auf beiden Seiten die vorderen Ecken nach hinten gefaltet. Orientiere dich dabei am Video.

12

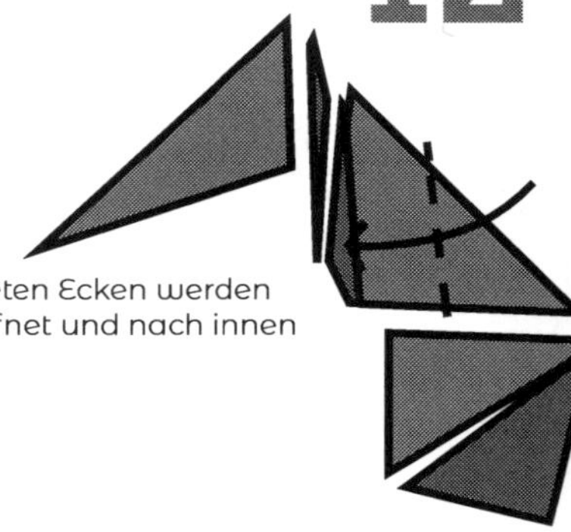

Die soeben gefalteten Ecken werden wieder leicht geöffnet und nach innen gedrückt.

13

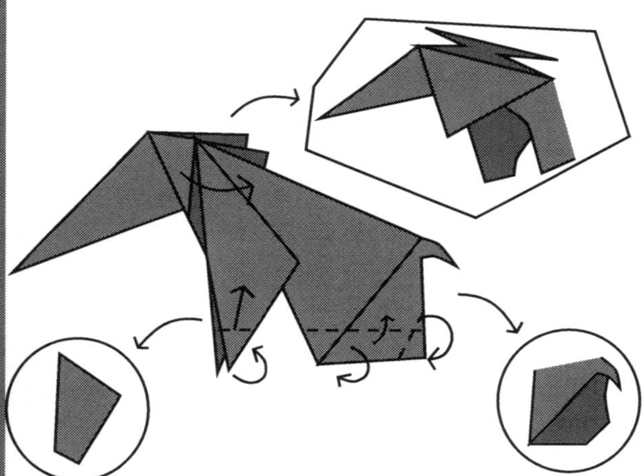

Jetzt werden erneut beidseitig die Falten, aus denen später Ohren und Beine entstehen sollen, nach vorne gedrückt. Orientiere dich hier unbedingt sowohl an der Grafik als auch am Video. Die grobe Form des Elefanten ist nun fertig. Für die Vorderbeine werden nun die beiden Ecken nach oben gefaltet und dann für die Standfestigkeit nach innen gedrückt. Ebenso verfährst du an den Hinterbeinen, wo du aber zusätzlich auch die hintere Ecke nach innen drückst. Jetzt kann der Elefant bereits stehen.

14

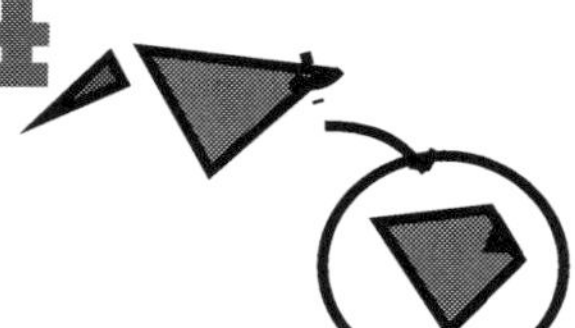

Gib dem Schwanz noch einen kleinen Schwung, indem du die Ecke vorne klappst.

15

Um die Ohren zu formen, drückst du ebenfalls jeweils ein Eckchen nach vorne.

16

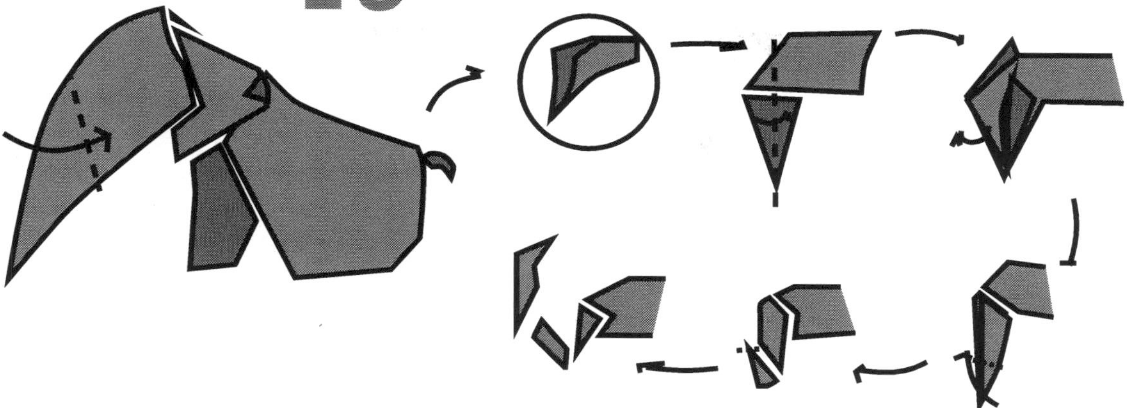

Für den Kopf ziehst du jetzt entsprechende Falte auseinander und klappst sie nach außen wo du sie gut festdrückst. Zum Schluss wird der Rüssel geformt. Dafür klappst du die linke vordere Spitze des Kopfteils diagonal nach vorne, klappst diese Falte dann wieder auf und drückst sie nach innen. Zum Schluss wird der Rüssel noch einmal nach außen gefaltet, um ihn plastischer aussehen zu lassen und die Spitze des Rüssels wird zweimal nach oben gefaltet.

17

Jetzt ist der Elefant fertig.

Du brauchst ein quadratisches Blatt Origami Papier

www.brainbook-verlag.de/origami2020/Schmetterling

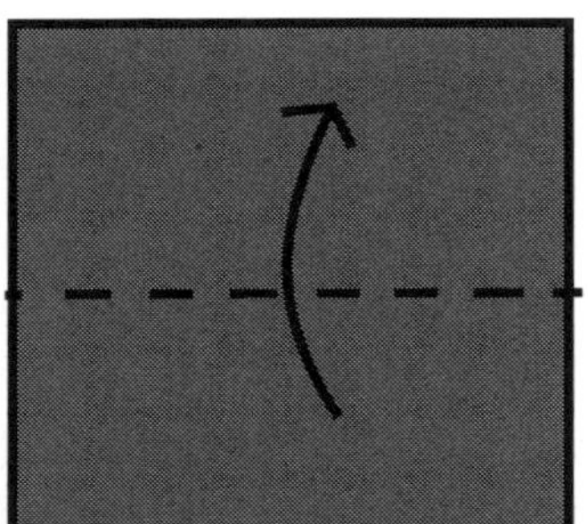

1

Falte das Blatt waagerecht nach oben zusammen.

2

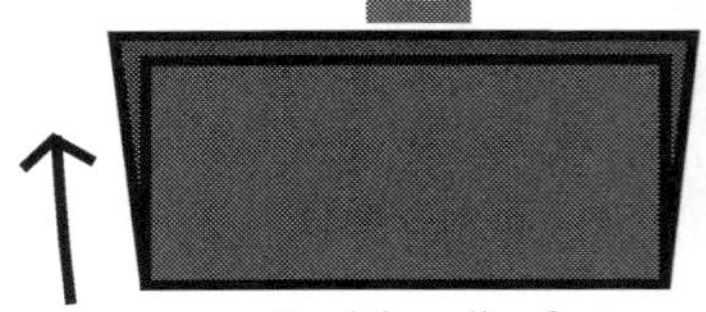

Streiche alles fest.

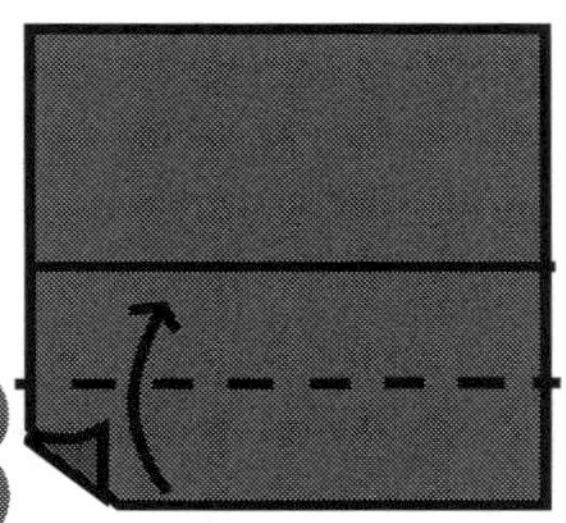

3

Falte jetzt das Blatt entlang der in der Grafik zu sehenden gestrichelten waagerechten Linie nach oben.

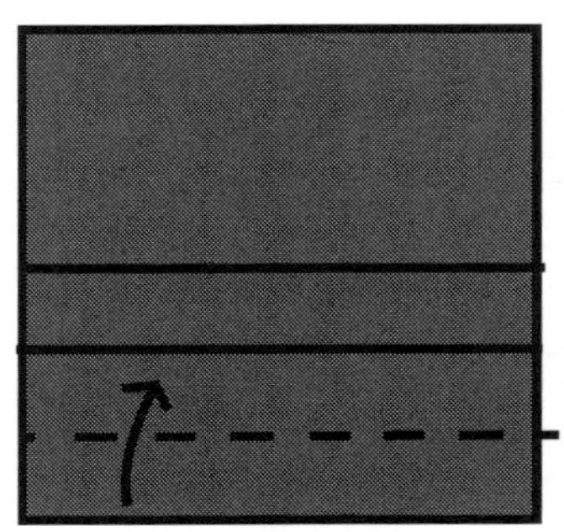

4

Falte das Blatt erneut entlang der in der Grafik zu sehenden waagerechten gestrichelten Linie nach oben.

5

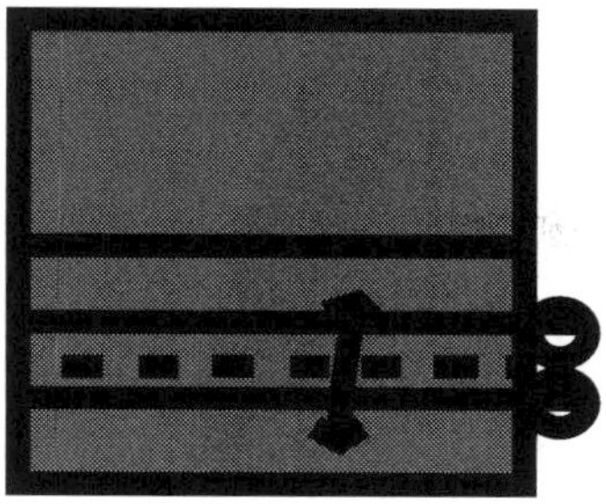

Und wieder wird das Blatt entlang der in der Grafik zu sehenden waagerechten gestrichelten Linie nach oben gefaltet und zwar so, dass die beiden Linien aus Schritt 3 und 4 aufeinander zu liegen kommen.

6

Um das zu erleichtern, kannst du eine Markierung einfügen.

7

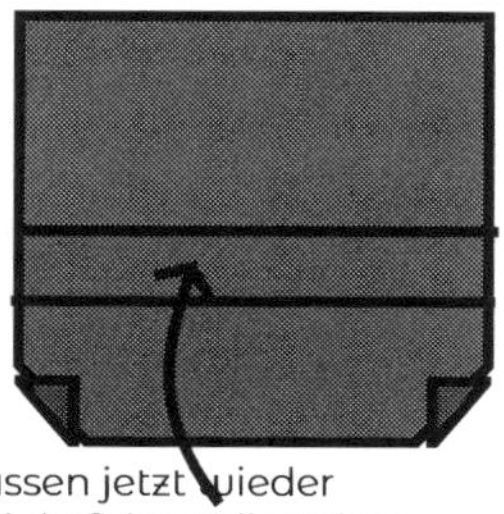

Sämtliche Falten müssen jetzt wieder aufgeklappt sein und du faltest die Ecken der soeben gemachten Falten wie im Video zu sehen nach innen. Danach faltest du, wie im Video zu sehen, das Papier entlang der Ecken nach innen.

8

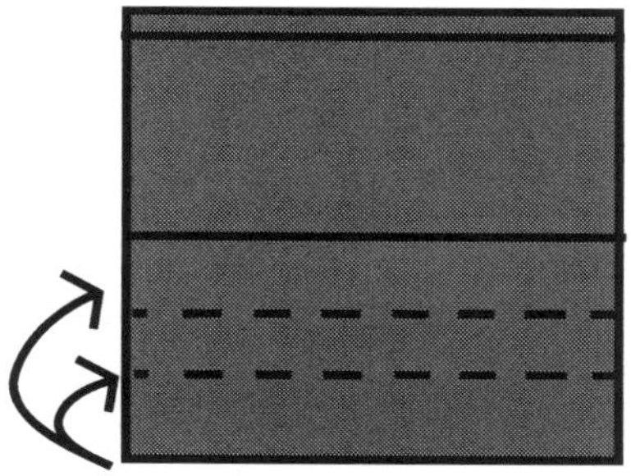

Jetzt drehst du das Papier um. Falte das Papier zweimal entlang der waagerechten gestrichelten Linien aus der Grafik.

9

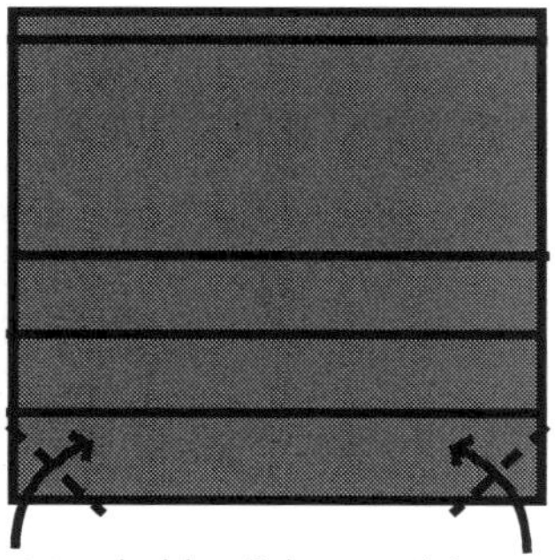

Falte die unteren beiden Ecken nach innen.

10

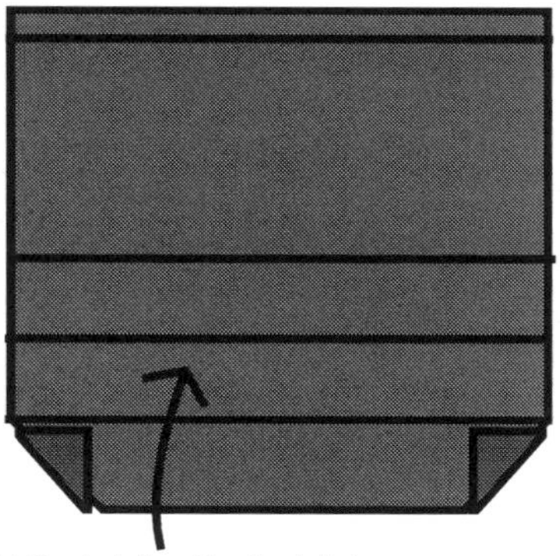

Wie bei Schritt 7 wird das Papier jetzt waagerecht entlang der Ecken nach innen gefaltet.

11

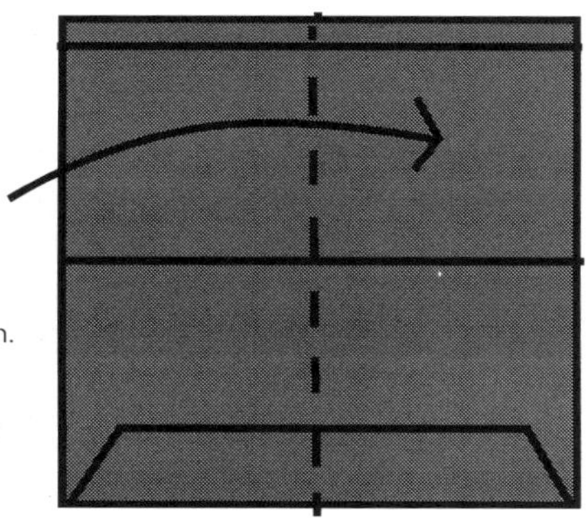

Dreh das Papier jetzt um.

12

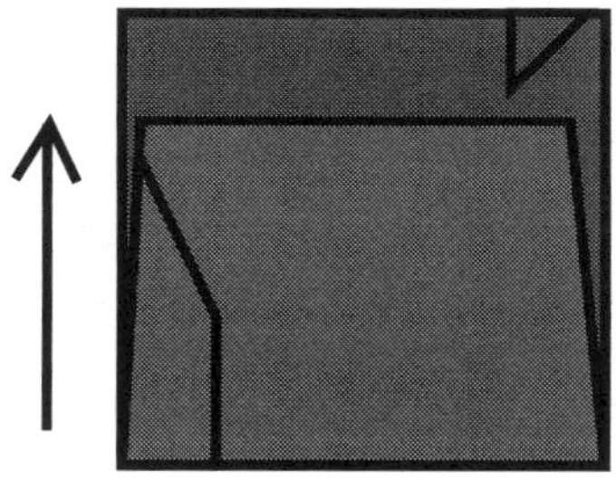

Jetzt wird das gesamte Papier entlang der Schmalseite nach oben geklappt und somit um die Hälfte verkleinert.

13

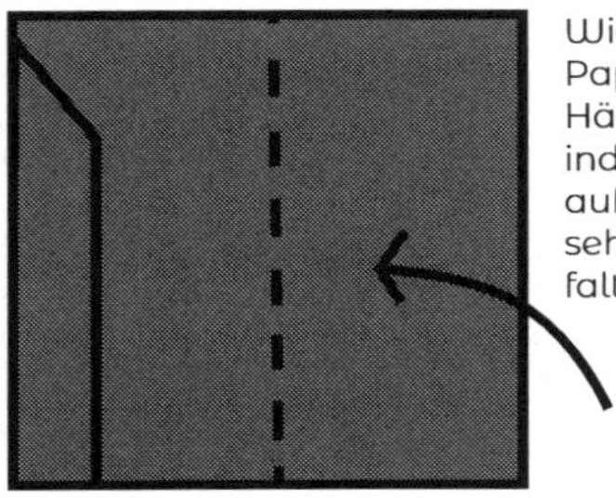

Wieder wird das Papier auf die Hälfte verkleinert, indem du es wie auf dem Video zu sehen, zusammen faltest.

14

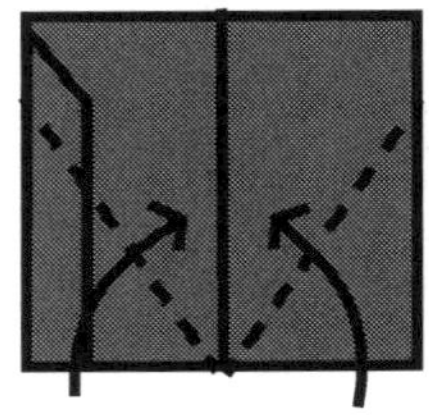

Klappe die zuletzt gemachte Faltung wieder auf und falte die Ecken entlang der in der Grafik zu sehenden diagonalen Linien nach oben.

15

Klappe die letzten beiden Falten wieder auf.

16

Streiche alles gu fest.

17

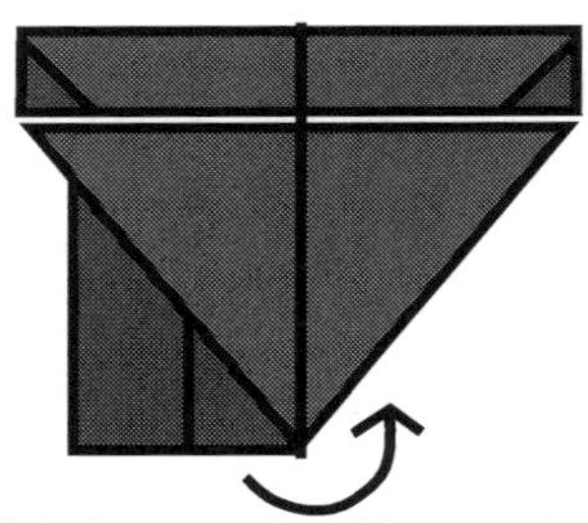

Drücke jetzt, wie im Video zu sehen, eine der Ecken nach innen und drehe das Papier dann um.

18

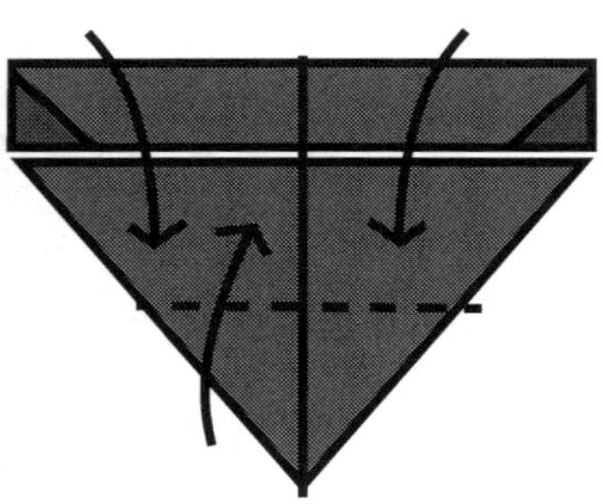

Falte nun, wie auf der Grafik und im Video zu sehen.

19

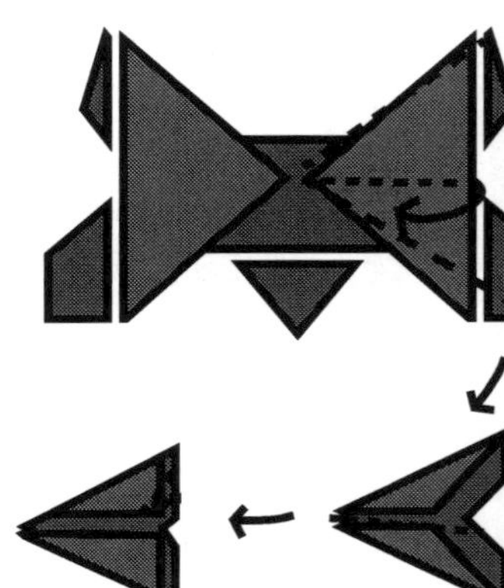

Wenn du die Faltung nun öffnest, wie im Video gezeigt wird, ist bereits die Grundform des Schmetterlings erkennen. Streiche jetzt alles gut fest.

20

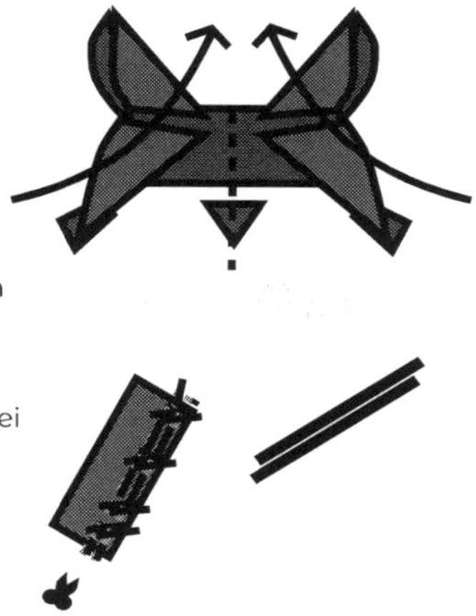

Die Flügel werden jetzt so zurecht gedrückt, dass sie dreidimensional wirken. Folge dabei am besten dem Video.

21

Falte deinen Schmetterling nun entlang der senkrechten Mittellinie zusammen und schiebe die Flügel noch etwas auseinander. Daraus ergibt sich dann der Leib des Schmetterlings. Zum Schluss drückst du vorsichtig entsprechend der in der Grafik gezeigten gestrichelten Linien die Flügel zurecht.

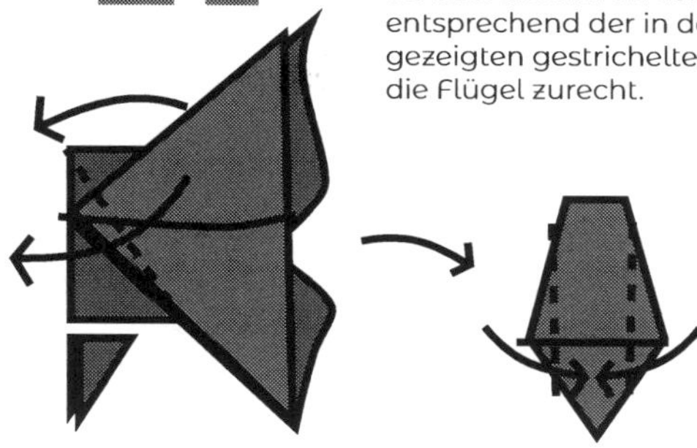

22

Der Schmetterling ist fertig. Wenn du möchtest, kannst aus dem gleichen Papier noch dünne Fühler schneiden und anbringen.

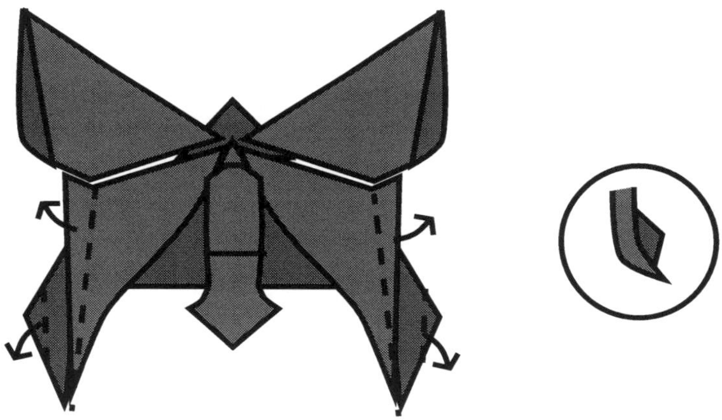

23

KRANICH

Du brauchst ein quadratisches Blatt Origami-Papier.

www.brainbook-verlag.de/origami2020/Kranich

1

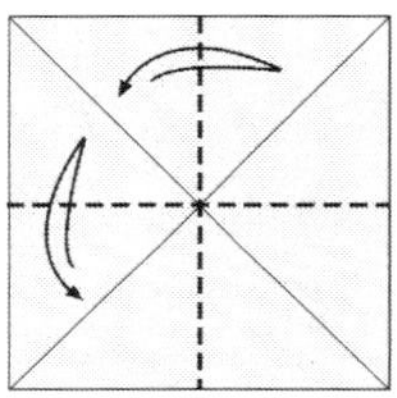

Um für das eigentliche Falten benötigte Hilfslinien herzustellen, falte das Blatt zunächst entlang der beiden diagonalen gestrichelten Linien, klappe es wieder auf und dann noch einmal entlang der waagerechten Linien. Klappe auch das wieder auf.

2

Jetzt faltest du das Blatt diagonal und streichst es gut fest.

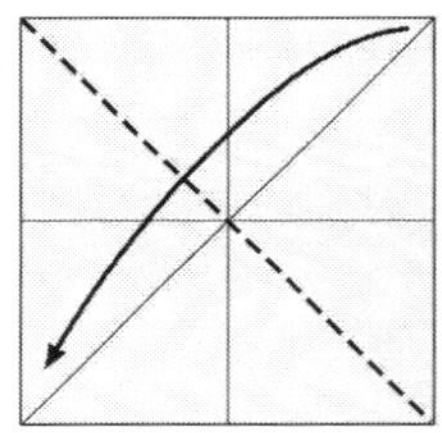

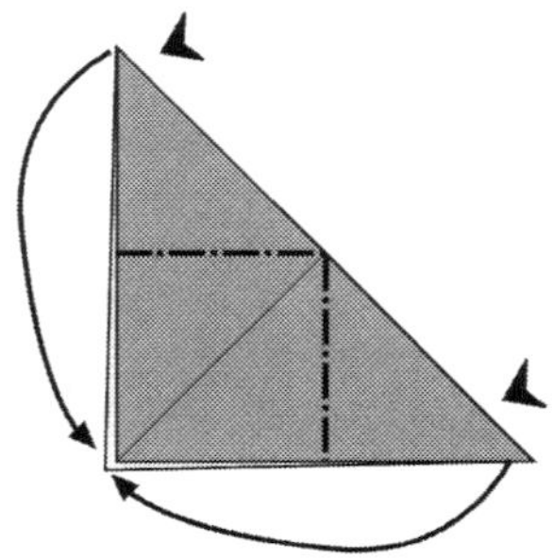

Ziehe jetzt die linke und rechte Ecke nach innen. Orientiere dich dabei am Video.

4

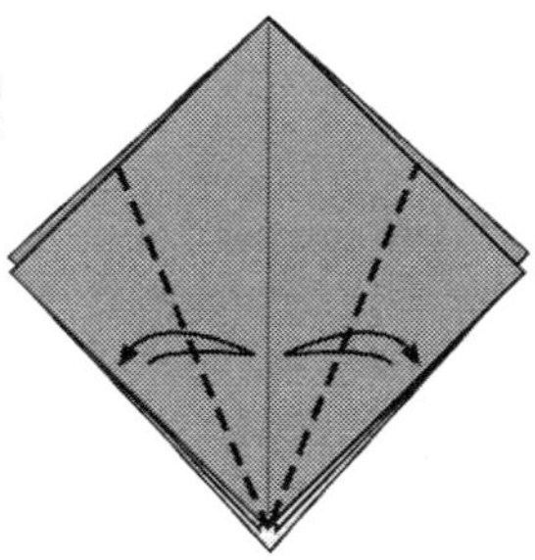

Klappe nun deine Faltung entlang der diagonalen gestrichelten Linien nach innen und klappst die Faltung wieder auf.

5

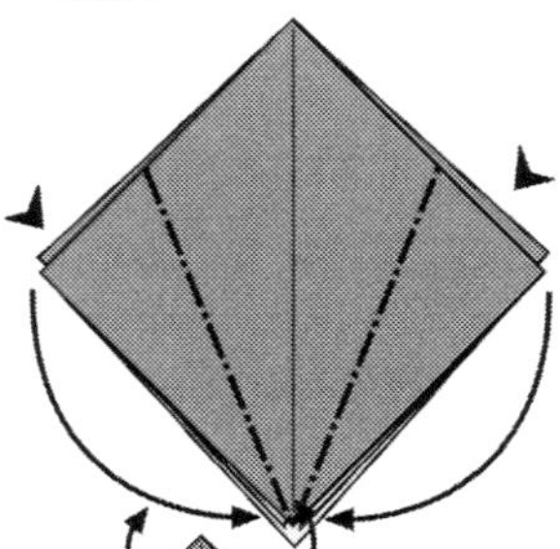

Achte darauf, dass auch die Ecken gut festgedrückt werden. Schiebe die Ecken nach innen wie bei Schritt 3.

6

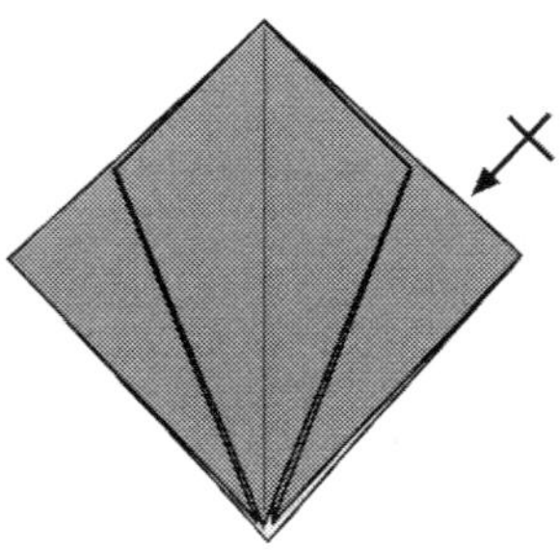

Wiederhole die Schritte 4 und 5 auf der anderen Seite.

7

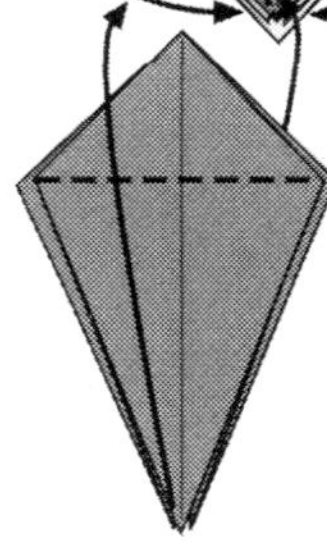

Dann faltest du die obere Ecke ebenfalls nach unten und klappst sie wieder auf.

8

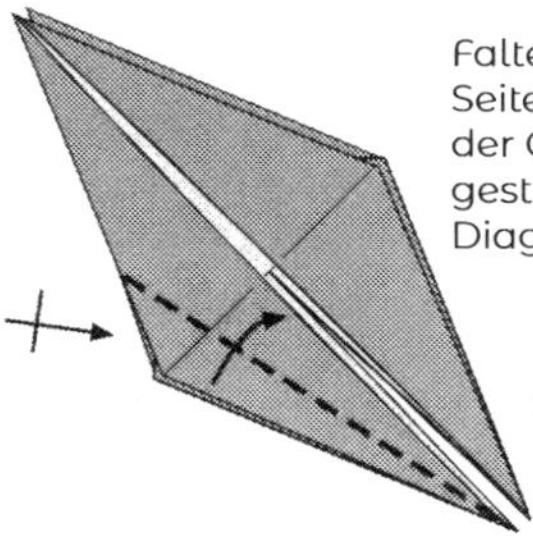

Falte jetzt auf beiden Seiten entlang der in der Grafik angezeigten gestrichelten Diagonallinie nach innen.

9

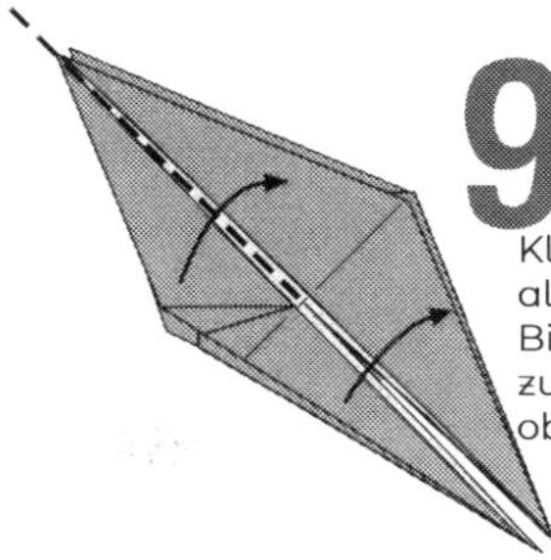

Klappe jetzt alles, wie im Bild und Video zu sehen, nach oben.

10

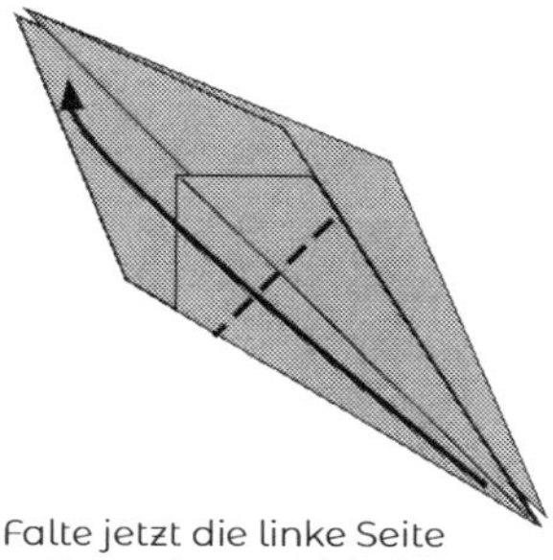

Falte jetzt die linke Seite entlang der gestrichelten Linie nach oben.

11

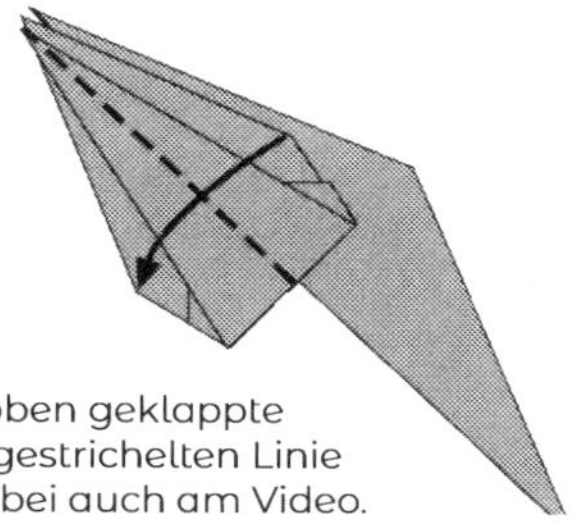

Nun faltest du die linke nach oben geklappte Seite entlang der diagonalen gestrichelten Linie zusammen. Orientiere dich dabei auch am Video.

12

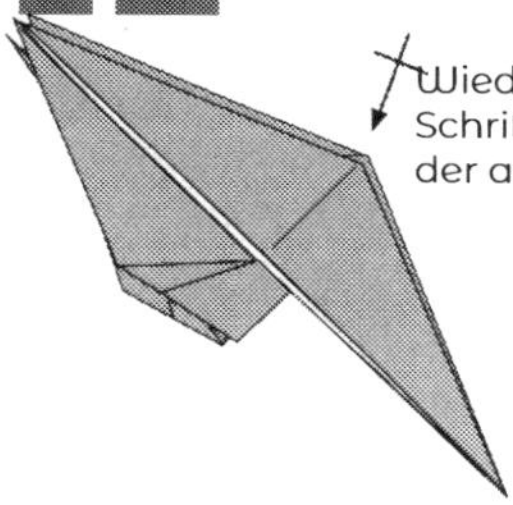

Wiederhole die Schritte 8 bis 11 auf der anderen Seite.

13

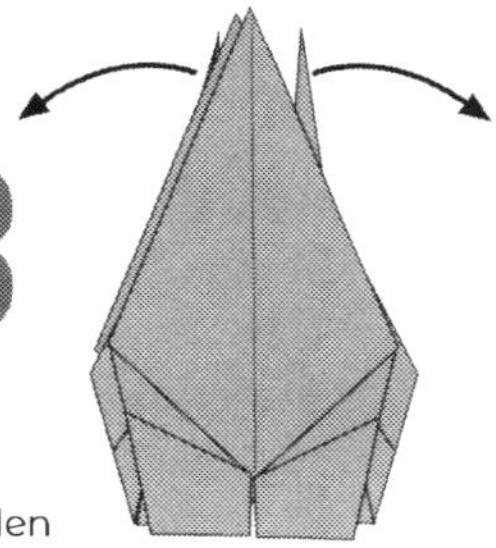

Bei der jetzt entstandenen Faltung ragen zwei Spitzen etwas heraus. Ziehe sie an den Enden ein wenig nach außen.

14

Falte den oberen Teil der linken Spitze nach vorne, sodass der Kopf entsteht.

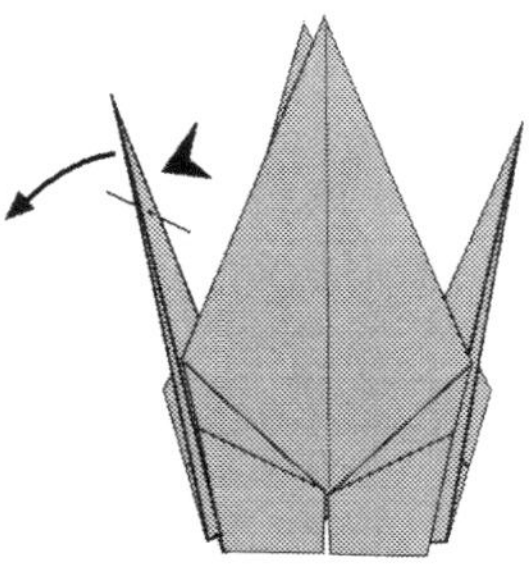

15

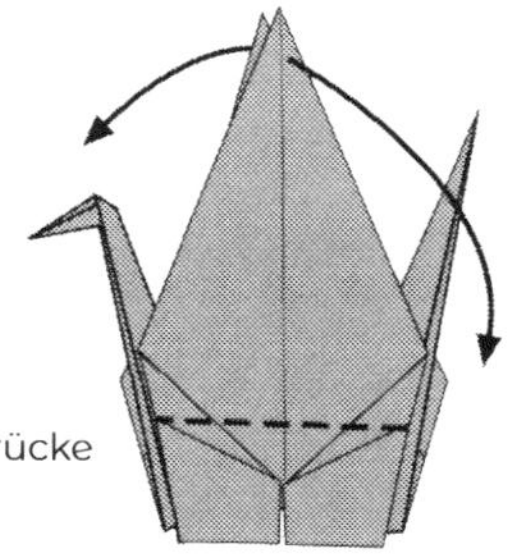

Öffne jetzt die Flügel und drücke sie etwas zurecht.

16

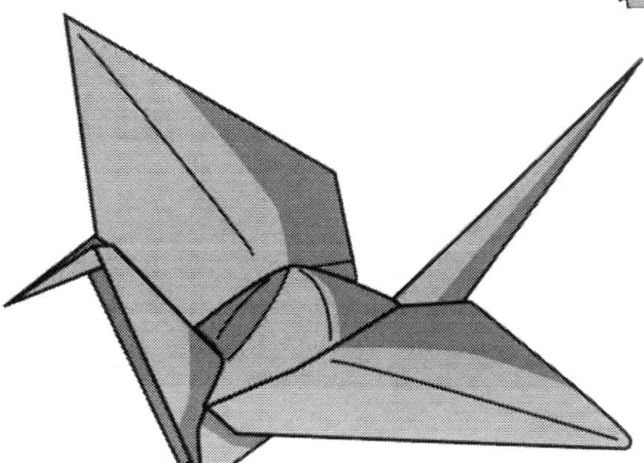

Der Kranich ist fertig.

KOLIBRI

Du brauchst ein quadratisches Blatt Origami-Papier. Dieses Objekt ist relativ kompliziert, deswegen ist es empfehlenswert, jeden Schritt am Video zu überprüfen.

www.brainbook-verlag.de/origami2020/Kolibri

1

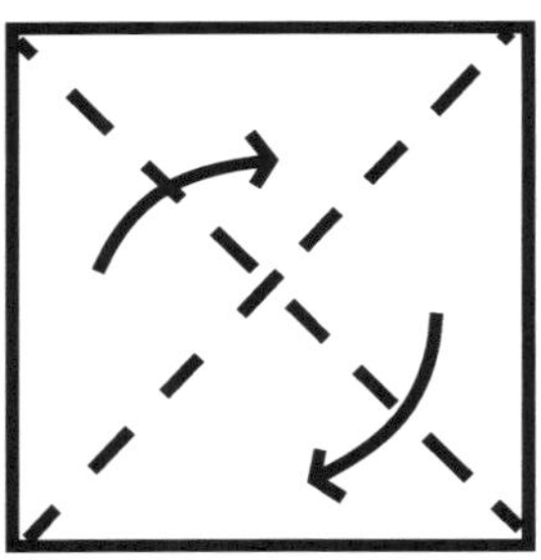

Zunächst musst du mehrere Hilfslinien falten. Falte das Blatt entlang der beiden gestrichelten diagonalen Linien, streiche die Falten fest und klappe alles wieder auf.

2

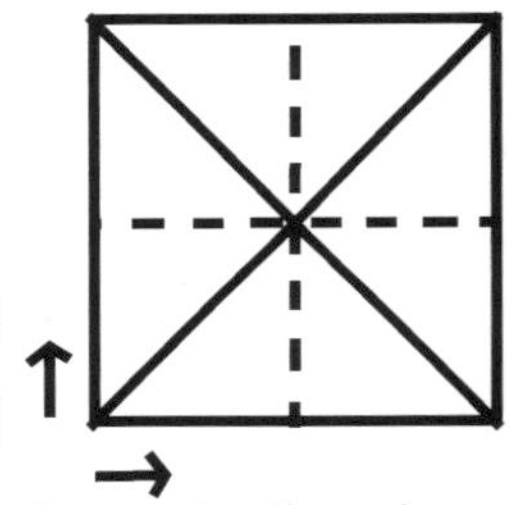

Dann faltest du erneut entlang der waagerechten und senkrechten gestrichelten Linie, streichst es fest und klappst das Blatt wieder auf.

3

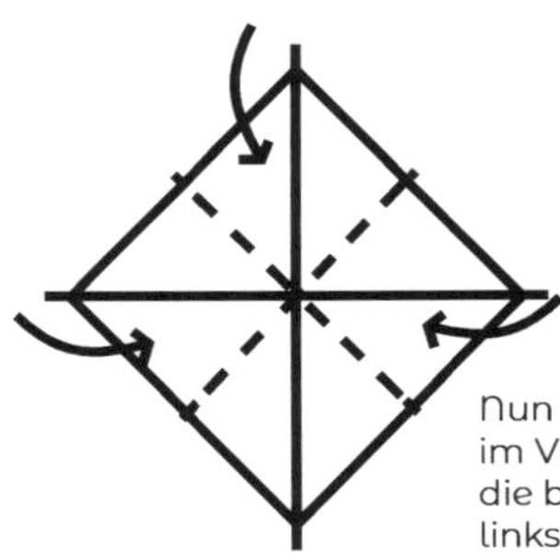

Nun drückst du, wie im Video gezeigt wird die beiden Ecken links und rechts nach innen.

4

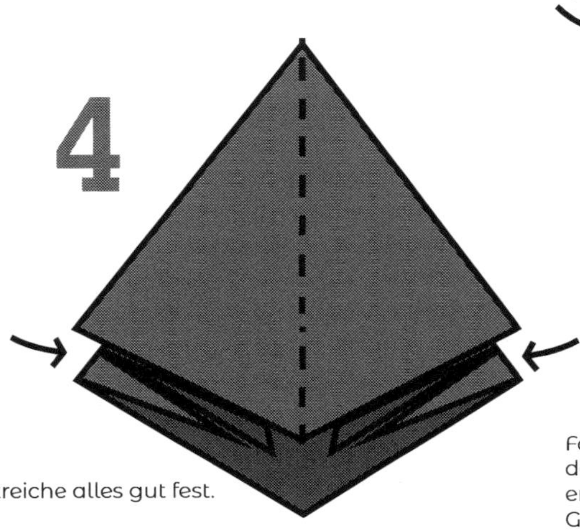

Streiche alles gut fest.

5

Falte die obere Lage des Papiers jetzt entlang der auf der Grafik zu sehenden gestrichelten diagonalen Linien nach innen. Klappe die obere Ecke nach vorne, streiche sie ein wenig fest und falte alles wieder auf.

6

Hebe den oben liegenden Teil des Blattes an und drücke die linke und rechte Seite nach innen. Orientiere dich dabei am Video.

7

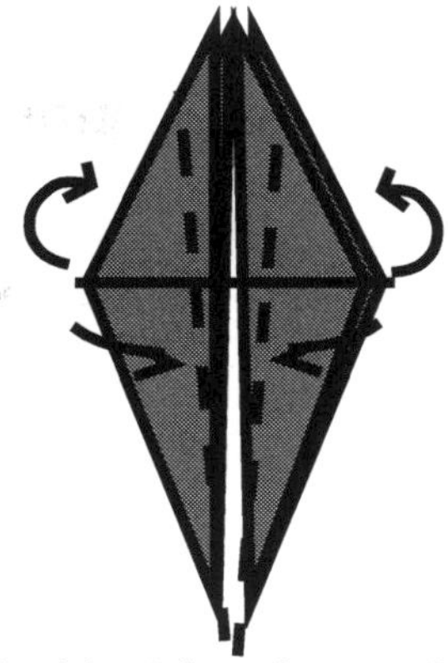

Drehe deine Faltung jetzt um. Falte die linke und rechte Ecke, wie auf dem Video zu sehen ist, entlang der gestrichelten Linien, die du auf der Grafik siehst, nach oben und falte die darüber liegende Spitze nach unten.

8

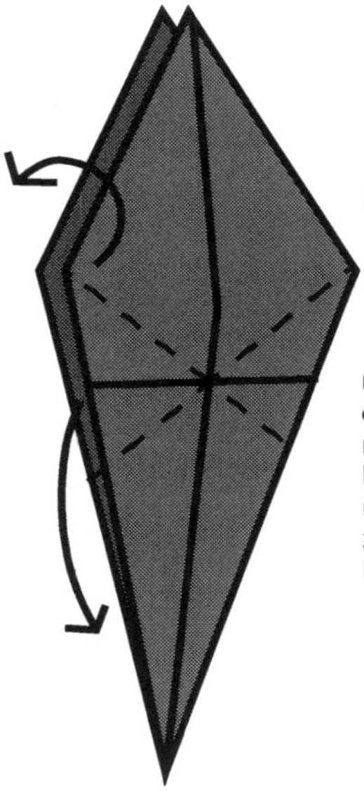

Falte den linken oberen Teil deiner Faltung erneut von beiden Seiten mittig nach innen und zwar von vorne und hinten.

9

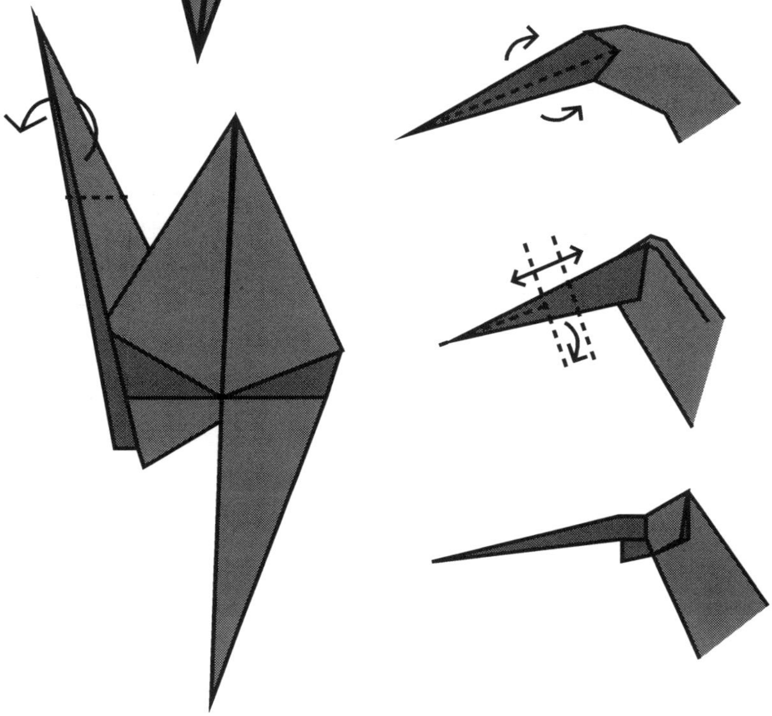

Jetzt klappst du diesen linken Teil nach oben und drückst ihn gut fest. Dieser Teil wird der Kopf. Zunächst klappst du aber alles noch einmal auf und drückst den Kopfteil wie auf dem Video zu sehen in der Mitte zwischen den beiden Falten zusammen, sodass der Kopf plastisch wirkt. Bearbeite den Kopf weiter, indem du die obere Spitze nach vorne faltest, wieder aufklappst und ebenfalls mittig zusammendrückst. Schließlich wird der Schnabel zurecht gebogen, wie im Video zu

10

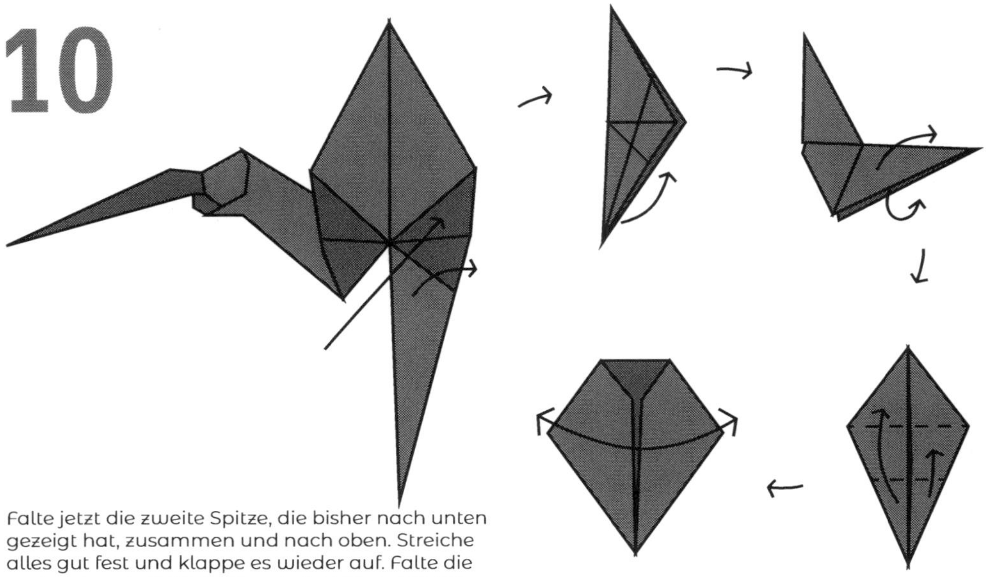

Falte jetzt die zweite Spitze, die bisher nach unten gezeigt hat, zusammen und nach oben. Streiche alles gut fest und klappe es wieder auf. Falte die soeben bearbeitete Spitze wie im Video gezeigt, nach hinten. Öffne diese Falte wieder und öffne auch den hinteren Teil deiner Faltung, sodass du den soeben bearbeiteten Teil deines Objekts in der Falte nach oben drücken kannst. Orientiere dich dabei am Video. Auch diese Falte wird zunächst wieder geöffnet und die Spitze nach oben gedrückt. Auch diese Faltung wird geöffnet und der Schwanz wird mittig nach innen geschoben und wieder zusammengefaltet. Hier ist das Video als Vorlage besonders wichtig. Der Schwanz wird jetzt zwischen den Flügeln zusammen gefaltet.

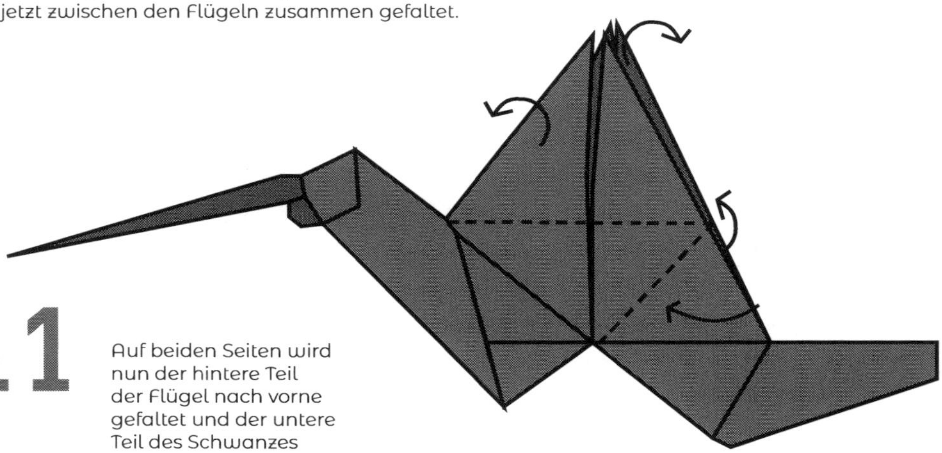

11

Auf beiden Seiten wird nun der hintere Teil der Flügel nach vorne gefaltet und der untere Teil des Schwanzes nach oben angepasst.

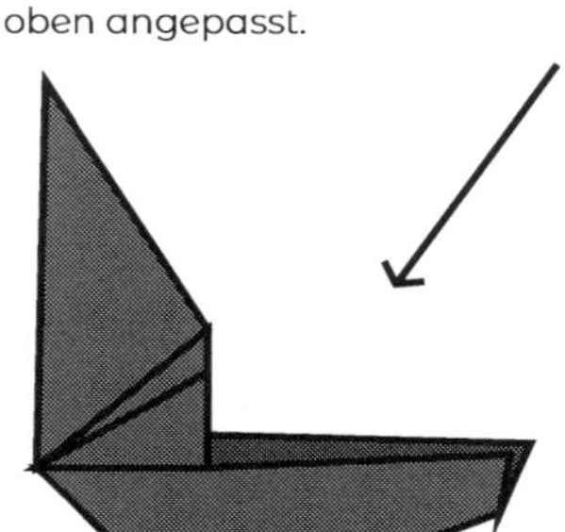

12

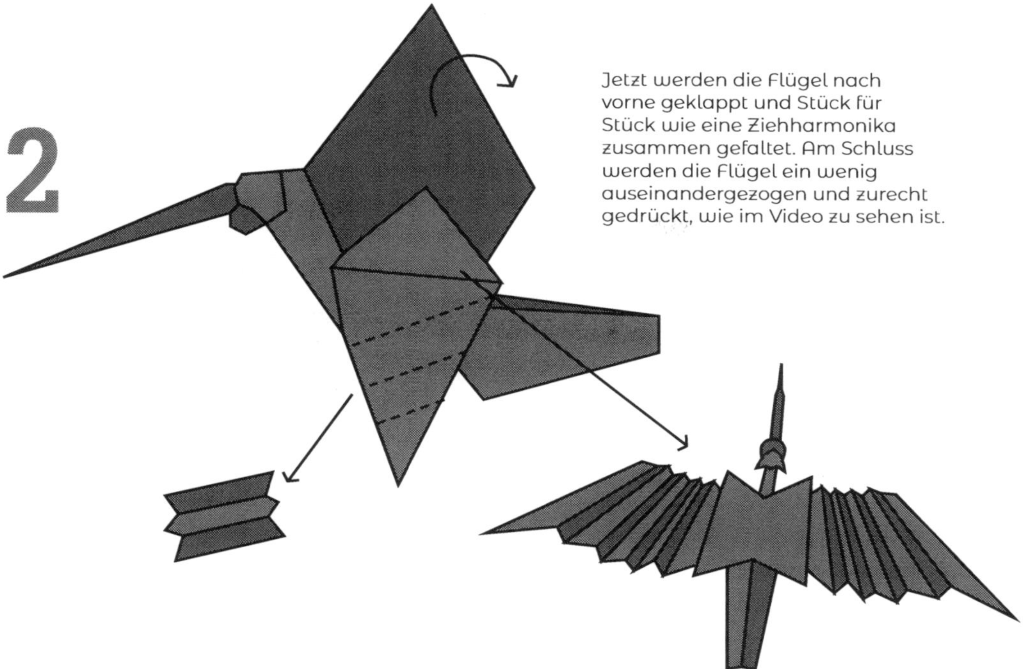

Jetzt werden die Flügel nach vorne geklappt und Stück für Stück wie eine Ziehharmonika zusammen gefaltet. Am Schluss werden die Flügel ein wenig auseinandergezogen und zurecht gedrückt, wie im Video zu sehen ist.

13

Der Kolibri ist fertig.

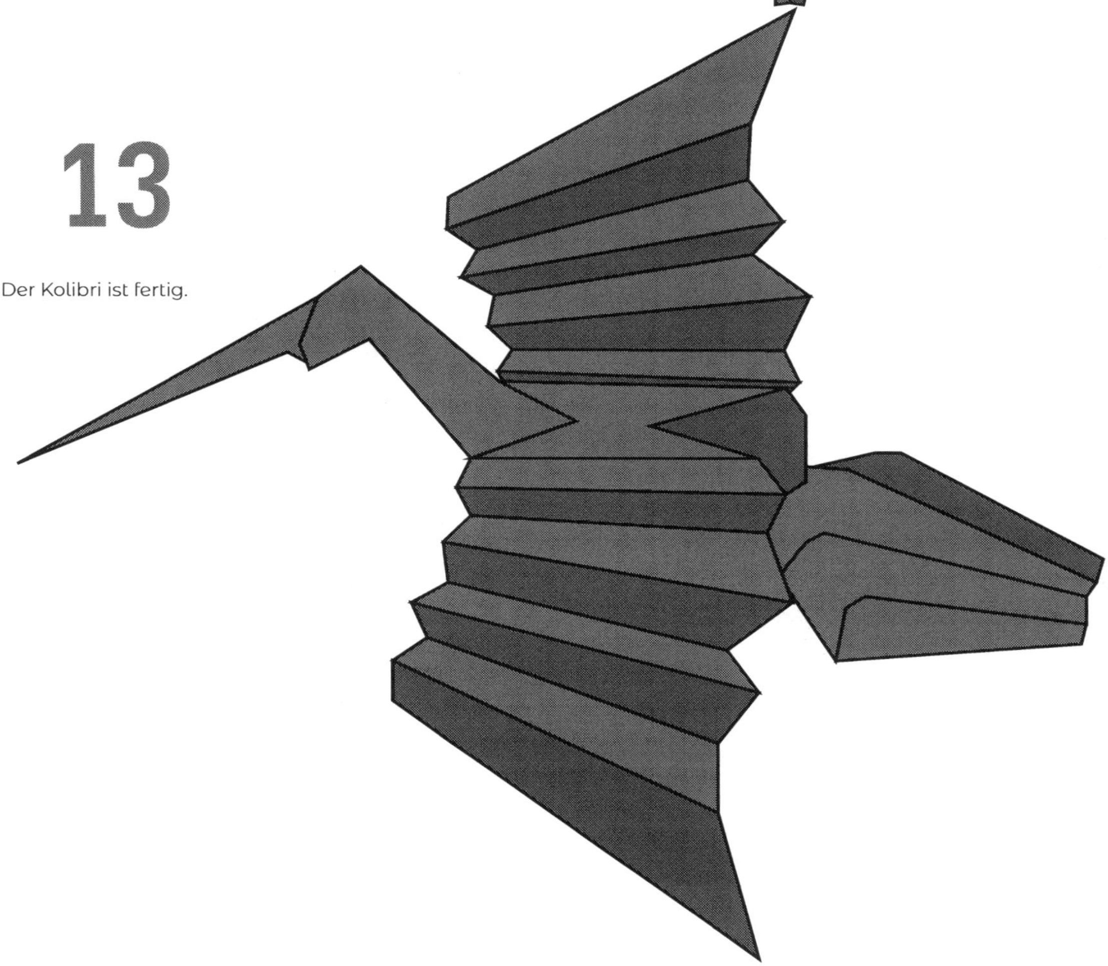

FALKE

Du brauchst ein quadratisches Blatt Origami Papier

www.brainbook-verlag.de/origami2020/Falke

1

Falte das Blatt waagerecht nach oben zusammen.

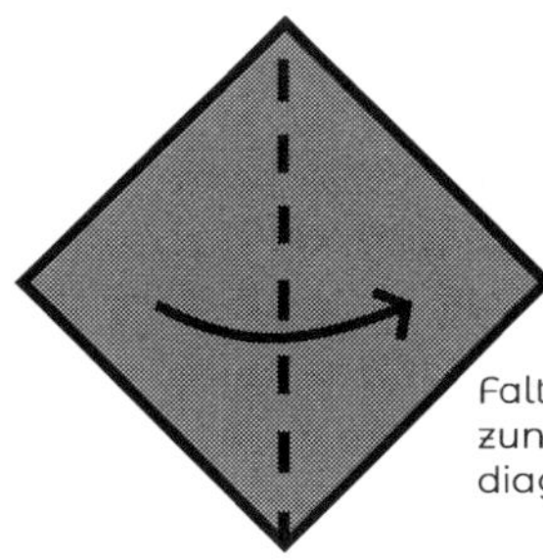

2

Falte das Papier zunächst einmal diagonal.

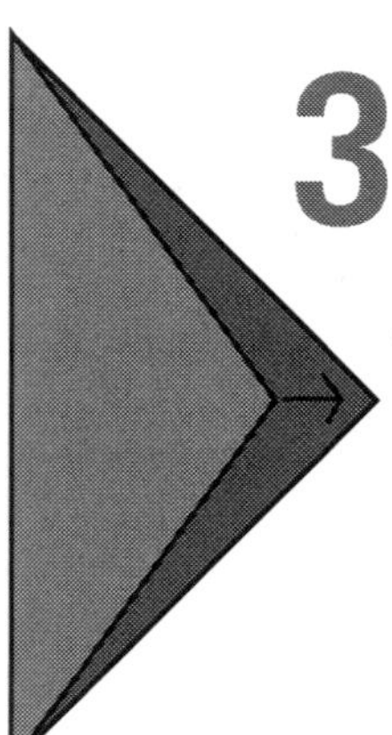

3

Streiche es gut fest.

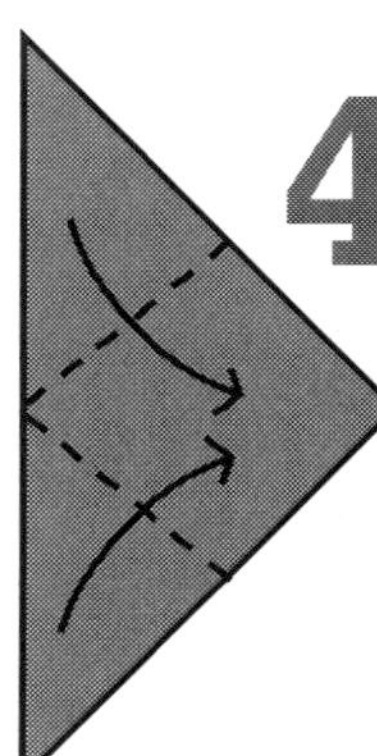

4

Klappe die beiden Ecken des so entstandenen Dreiecks entlang der in der Grafik zu sehenden Diagonalen nach innen. Streiche alles gut fest.

5

Nun lege das Dreieck mit der Spitze nach unten vor dich und falte die obere Lage des Papiers so nach oben, dass ein Stückchen über die gerade Seite nach oben ragt. Klappe die Faltung nun wieder auf. Drücke wie im Video zu sehen diese Falte nach innen und streiche alles gut fest. Wiederhole diesen Vorgang auf der anderen Seite. Nun legst du deine Faltung mit der breiteren Seite nach unten vor dich und faltest auf der rechten Seite eine Ecke nach oben. Orientiere dich dabei am Video.

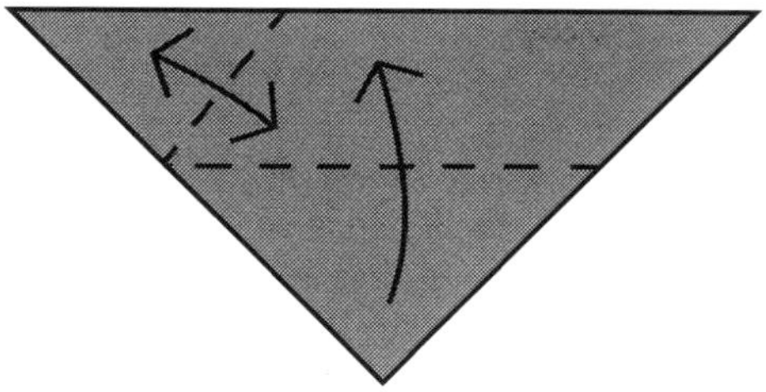

6

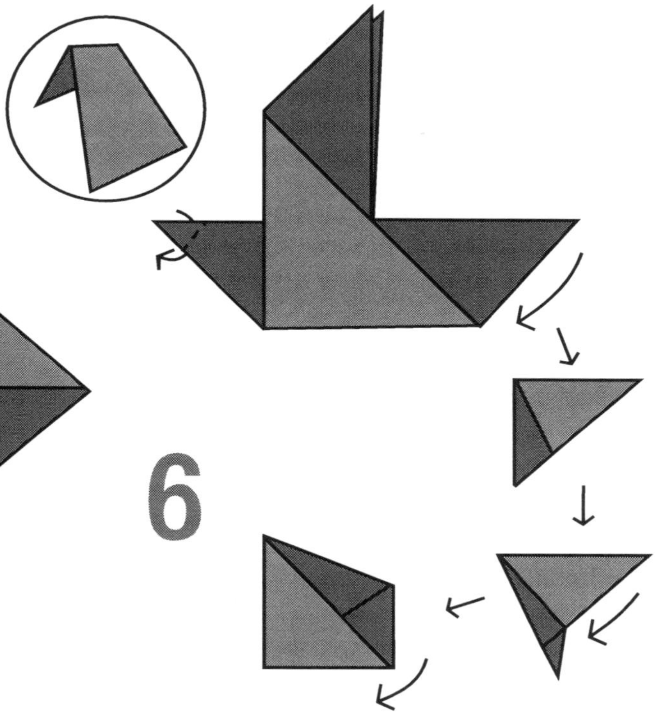

Klappe dein Objekt wieder auf und drücke die soeben hergestellte Falte nach innen. Klappe nun die beiden äußeren Seiten deiner Faltung nach oben. Als nächstes falte die hintere Ecke deines Vogels einmal nach vorne, gut fest streichen und einmal nach hinten, wieder gut fest streichen und dann wieder auf. Mithilfe der so hergestellten Hilfsfalten kannst du jetzt die hintere Ecke vorsichtig nach innen schieben und nach vorne falten, so dass der Schwanz deines Vogels entsteht.

7

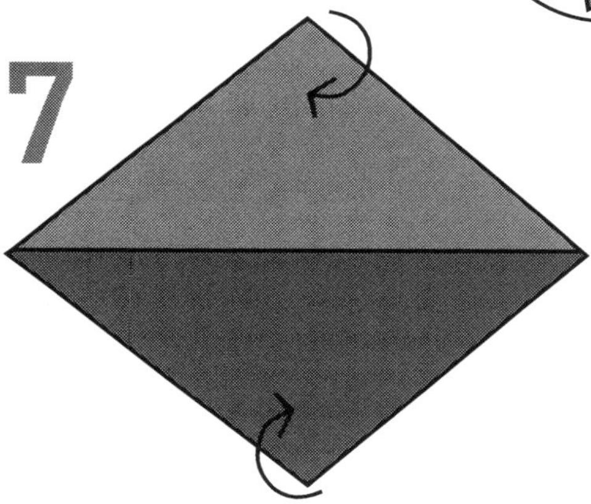

Der Falke ist jetzt fertig.

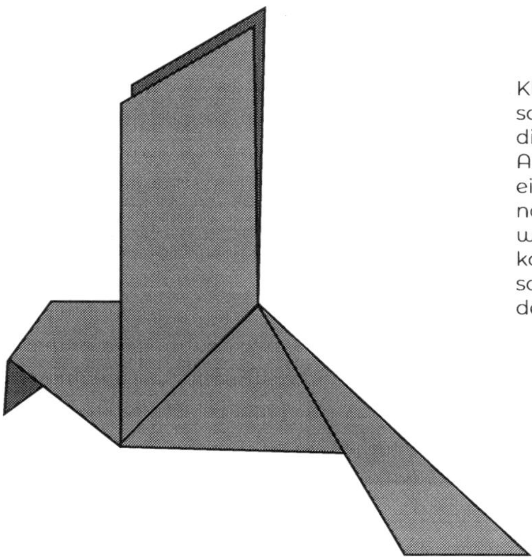

BRAINBOOK

BrainBook UG (haftungsbeschränkt)
Am Sportfeld 8
65399 Kiedrich

ISBN: 978-3-96890-030-8

Printed in Poland
by Amazon Fulfillment
Poland Sp. z o.o., Wrocław

43016073R00072